誤《あやま》ちの絆

警視庁総合支援課

堂場瞬一

講談社

目次

誤《あやま》ちの絆

警視庁総合支援課

第一部　兄弟

1

「――以上、長々と話しましたが、新しい組織の仕事内容については、まだしっかりとは固まっていません。しばらくは試行錯誤で動いていくことになりますが、積極的に意見を出し合って、いいチームを作りましょう」

四月四日、月曜日。課長の三浦亮子《みうらりょうこ》が訓示を終えて、さっと一礼する。「警視庁総務部犯罪被害者支援課」は「総合支援課」に改組され、先週末、四月一日に正式発足していた。しかしその日は辞令交付や引っ越しなどで一日が過ぎて、課長の正式な初訓示は週明けの今日になってしまった。

亮子は胸のところにチェーンで垂らしていた眼鏡をかけ直すと、課長室に引っこんだ。柿谷晶《かきやあきら》はゆっくりと息を吐いて、自席についた。私物はない。捜査一課時代に使っていた資料などは、全て同僚に引き継いでしまった。しばらくはここで、古い案件の資料などを読みこみ、仕事に慣れることになるだろう。いや、今まで誰も経験してこなかった仕事をやるのだから、課長が言ったように試行錯誤で取り組んでいくしかないのだが。

「どうだい？」

村野《むらの》秋生《あきお》が声をかけてきたので、晶は慌てて立ちあがろうとした。村野がそれを制して、空いていた隣の席の椅子を引いて座る。

「どうもこうも……どうなんでしょうね」晶は曖昧な笑みを浮かべるしかなかった。

「ここの仕事、理屈では分かりますし、研修もちゃんと受けましたけど、実際にどんな風になるのか、想像もつきません」

「実際に案件が発生した時に、現場で工夫してやってみるしかないよ」

「村野さんは、もやもやしませんか？」

「俺が？　どうして」村野が目を見開いた。

「現場から外されたことになるじゃないですか」

「ずけずけ言うんだな、君は」村野が苦笑する。

「何でもはっきり言うように、教育されていますから」

「それが常に正しいわけじゃないけどね。言わぬが花、ということはある」

村野は組織改編される前の被害者支援課で、長年主力として働いていた。しかしあまりにも仕事にのめりこみ過ぎ――彼自身、事故の被害者だったという過去があるせいだろうが――心身ともにすり減っていた。組織が改編されたのに伴い、実際に被害者支援を行うのではなく、課全体の予算や人員配置を担当する支援課総務係に横滑り異動していた。彼とは一緒に仕事をしたこともあるが、当時の様子を思い出すと、毎日定時に終わるような仕事に耐えられるかどうかは分からない。走り続けることでしか生きられない人もいるのだ。

「急に暇になったら——」

「何かあったら、俺も手伝うよ。重要案件については手を突っこんでいいって、課長のお墨つきを得ている」

「それも困りますけどね。村野さんが手を出すと、だいたい大事になるんでしょう？」

「そんなこと、ないさ」村野が鼻を鳴らした。「最初は穏便に——様子を見ながらやればいいよ。暇なうちに過去の案件に目を通して、慣れておいてくれ」

「そのつもりです。でも慣れろと言っても、百の事件には百通りの悲しみがある——でしょう？」

「ああ」

以前、村野自身がそう言っていた。あまりにも情緒的な台詞《セリフ》だと思っていたが、今は何となく理解できる。だから、軽々に「あなたの気持ちは分かる」と言ってはいけないということだ。悲しみは人によって違う——とはいっても、過去の事件を知れば得るところはあるはずだ。

古い資料を見直す前に、晶は支援課の名簿を確認した。被害者支援課から総合支援課に改組されてスタッフも増え、係の構成も変わった。総務係を筆頭に、現場部隊は「支援第一係」と「第二係」に分かれた。他に、まだあまり知られていないこの仕事を世間に広めるための「広報係」、現場の警察官たちへ講習を行う「教育係」がある。晶は支援第一係に所属していた。

今回の改組の大きな目的は、被害者・被害者家族の支援だけでなく、加害者家族の支援も視野に入れていることである。加害者家族に対するネット上の誹謗《ひぼう》中傷が激しくなっていたが、これまで警察では、積極的には対応していなかった。しかし現実に事件に発展することもままあり、もはや看過できないということになって、今回支援課に新たな役目が付加されたのだ。一係と二係は、それぞれ専門の担当が決まっているわけではなく、その都度上司の判断で出動することになる。

支援課全員の名前を覚えるには、時間がかかりそうだ。そして、当初は仕事がかなり混乱することも予想されている。新しい——これまでの仕事のやり方を知らないスタッフが、大量に入ったからだ。当然、晶もその一人になる。

自分がここへ引っ張られた理由は——晶自身も加害者家族だからで、なかなかきついものがある。できるだけ考えないようにしようと、晶は自分に言い聞かせていた。

村野は事故の被害者という自分の立場を意識し、自ら希望してこの部署に異動してきたのだが、晶の場合はスカウトである。それ故、どうしてもまだ前向きにはなれていない。異動自体が昔から仕組まれていたことにも、違和感を抱いていた。

「柿谷、今日、大丈夫か？」向かいの席に座る清水将太《しみずしょうた》が声をかけてきた。

「ああ……はい、大丈夫です。懇親会ですよね」

「取り敢《あ》えず、一係だけでな」清水がうなずく。

清水は交通捜査課から異動してきた警部補で、支援第一係のナンバーツー、晶にとっては直接の先輩になる。三十六歳、独身。がっしりした体格で、顔つきもワイルドだ。何というか……昭和《しょうわ》のアクション俳優のような感じ。今の俳優が、皆毒気を抜かれた草食系の顔をしているのに対し、いかにも精力的な印象がある。実際にどうかは分からないが。

「今日はあくまで軽く、だからな」係長の若本大輔《わかもとだいすけ》が釘《くぎ》を刺した。こちらは四十五歳、晶と同じ捜査一課からの異動である。表情をあまり変えないので何を考えているか分からないが、真面目そうな雰囲気はある。

「了解してます。店は静かなところを押さえてありますから」清水が軽い調子で答えた。どうやらこの男は、「宴会部長」らしい。安く美味《うま》い店をたくさん知っていて、宴会では盛り上げ役に回る——他の業界では、職場の宴会などは流行《はや》らなくなっているというが、警察では未《いま》だに「宴会信仰」が根強い。警察は必ずチームで動くから、一緒に酒を呑《の》み、結束を固めて次の事件へ向かう。

「懇親会、出ないとまずいですかね」隣の席に座る秦香奈江《はたかなえ》が小声で訊《たず》ねた。少年事件課出身の彼女は、係の中では一人だけ、晶よりも年下である。小柄で、何となく小動物を思わせる。

「取り敢えず、二時間の我慢だから」晶も小声で答える。「美味《おい》しいものを食べる会だと思えばいいでしょう」

「ですかねえ」

「私だって、好きじゃない」晶は真顔で言った。「宴会をやめさせたかったら、早く偉くなって」

「試験勉強、嫌いなんですけどね」

やる気のないタイプなのだろうか、と晶は訝《いぶか》った。宴会嫌いは別に構わないが、仕事はきちんとやってもらわないと。これから自分たちは、経験したことのない状況に巻きこまれるだろう。それを乗り越えるためには、とにかく気持ちを強く持たねばならない。

宴会は、二時間で無事に終わった。それほど荒れることはなく、二次会への出席強要もなし。ほっとして、晶は宴会会場の新橋《しんばし》から、山手線《やまのて》で渋谷《しぶや》へ向かった。ここで井《い》の頭線《かしら》に乗り換えて、自宅のある下北沢《しもきたざわ》まで……渋谷駅は今や完全に迷宮になっており、その中で井の頭線だけは少し離れた場所で取り残された感じがある。いくら駅の改良工事が進んでも、山手線の改札を出てから井の頭線に乗るまでの距離は変わらない。八時過ぎ、帰宅を急ぐ人たちで駅の構内はざわついている。井の頭線は、渋谷駅の改札に近い車両が常に混むので、電車を一本見送って、前の方の車両に乗りこんだ。

下北沢駅周辺、午後八時半――この街が一番混み合う時間帯だ。ここには結構長く暮らしているが、晶は次第に居心地の悪さを感じるようになっている。この街に集う人たちの平均年齢は、二十歳ぐらいだろう。飲食店の単価は軒並み安く、古着屋なども多い。三十歳になった晶は、若者たちの波の中で浮いているような気分を抱くことが多くなった。

自宅へ戻り、シャワーを浴びて一息つく。四月、まだ夜は肌寒いのだが、アルコールが入っている時に風呂にゆっくりつかるのは好きではなかった。

スウェットの上下に着替え、冷蔵庫の中を確認する。週末に買い出しをしておいたので、数日間は買い物しないで済みそうだ。

ミネラルウォーターのペットボトルを開け、三分の一ほどを一気に飲む。今日の呑み会は……まあ、あんなものだろう。昼間支援課でスタッフとみっちり打ち合わせをし、夜は少し和らいだ雰囲気で、スタッフのプライベートな一面を垣間見《かいま》た。一係は総勢八人——まだ全員の性格は見抜けていない。係長の若本はあまり癖のない、いかにも警察官という真面目なタイプだろうか。清水は少し軽い。支援課の仕事を甘く見ている節もあるから、いざ本番となった時には心配だった。逆に香奈江は、緊張して少し怯《おび》えてさえいる。少年事件課でも悲惨な事件を扱ってきたはずだが、まったく毛色の違う部署に放りこまれて、今後の自分の身の上を心配している様子がありありと見えた。

まあ、じっくりやっていくしかないだろう。そのためには、しばらく事件は起きない方がいい。過去の案件を分析し、さまざまなケースに対してどう対応していくか、シミュレートしておく時間がどうしても必要だ。いずれ「実戦」の時は必ずやってくる。その日のために、いくら備えておいても足りないことはないだろう。

デスクにつき、便箋を取り出した。行方知れずの兄に向けた、出すことのない手紙を書き始める。これが六十二通目。

晶です。ご無沙汰しています。どうしてもお話ししたいと思い、この手紙を書いています。

毎回同じ書き出し。書き終えると丁寧に畳み、封筒に入れて、一番下の大きな引き出しに突っこむ。これまで書いた手紙は全て、この引き出しにしまってあった。出す当てはない——兄の居所が分からないのだから当然だ。

そもそも自分は、どうしてこんなことをしているのだろう。

加害者家族という立場は、永遠に変わらない。手紙を書いたからと言って浄化できるわけではないのだが……兄に会えば、話して、何か突破口が見つかるかもしれない。だが兄の居場所を探し、実際に手紙を出し、約束を取りつけて会う——そうする勇気がどうしても出ないのだった。

2

翌朝、支援課に出勤するなり、晶は不穏な話を聞いた。

「乱闘騒ぎですか？」

「ああ、人が一人死んでる」

若本の説明に、晶は思わず眉を釣り上げた。乱闘……ピンとこないが嫌な感じだ。

「現場は調布《ちょうふ》なんだ……念《ねん》の為《ため》、全員集合してくれ」

最後に出勤してきた清水を見て、若本が声をかけ、課の一角にある打ち合わせスペースに移動する。とはいえ、テーブルには四人がつけるだけなので、係員の半分は立ったままだ。晶も座らなかった。

「東多摩《ひがしたま》署管内で今日の未明に乱闘騒ぎが起きて、一人、死亡が確認された。どうやら若い連中同士の乱闘騒ぎだったようだ」

「容疑者は？」清水が、いかにも深刻そうな表情で訊ねた。

「確保されている。高校生だな……高梨英人《たかなしえいと》、十七歳。多摩中央《たまちゅうおう》高の三年生だ」

「多摩中？　マジですか」清水が驚いたような声を上げる。

「何ですか？」

晶は思わず清水に訊ねた。清水が振り返り、呆《あき》れ顔で「都立でベストスリーには入る高校だ。知らないのか？」と言った。

「私は神奈川《かながわ》なので」

警視庁の職員には東京出身者が最も多いのだが、晶のように他県出身の人間も少なくない。普段の仕事はともかく、高校や中学の話になるとピンとこない。

「確かに名門だ。そういう学校の生徒が犯人というのは、ちょっと解《げ》せないな」若本が首を傾《かし》げる。

「それで、どうするんですか？　うちに出動要請が出てるんですか」清水がせかせかした口調で訊ねる。

「いや……最後まで聞け」若本が少しだけ苛《いら》ついた口調で清水の発言を封じる。「今のところ、出動要請はない。問題は、被害者も多摩中央高校の生徒らしいことだ。厄介な話になる可能性が高いが、被害者の家族に関しては、所轄の初期支援員がきちんとケアしているようだ。というか、これから本格的なケアが始まる」

「じゃあ、うちとしてはしばらく静観ですか」清水が両手をテーブルに置いた。

「いや——柿谷」若本が視線を晶に向ける。

「はい」

「ちょっと様子を見てきてくれないか？　今のところ問題は起きていないが、どうも嫌な予感がする」

都立の名門校の生徒同士が、被害者と加害者——乱闘騒ぎが起きたことも気になる。ここで聞いているよりも、ずっと大きな事件なのではないか？　晶も胸の中でもやもやした気分が広がるのを意識した。

「分かりました」

「うちの初出動だ。秦も、実地訓練として一緒に行ってくれ」

「私ですか？」

ちらりと横を見ると、香奈江の目は不安げに泳いでいる。

「俺が行きましょうか？」清水がすかさず申し出た。「難しそうな事件だから」

「基本的に少年事件だからな。秦は少年事件課で、こういう事件には慣れてるだろう。お前が中心になって情報収集を進めてくれ」

「――分かりました」香奈江がうなずいたが、表情はまだ固い。それはそうだろう。少年事件課出身者だからといって、こんな事件に慣れているわけではあるまい。

「じゃあ、頼んだぞ、柿谷」若本が打ち合わせをまとめにかかった。

「分かりました」

晶は一瞬で現場に気持ちを切り替えたが、調布へ向かう電車の中でも、香奈江はずっと緊張した様子だった。

「最近、類似の案件、あった？」少しでも気分を解《ほぐ》そうと、晶は軽い口調で訊ねた。

「こういう乱闘事件ですか？」香奈江が首を傾げる。「ないですね。私の記憶にある限り、東京ではずっとないです」

「河川敷《かせんじき》での乱闘事件って、時々聞くような気もするけど」

「それ、ヤンキー映画の中だけの話ですから」香奈江がようやく表情を崩した。

「そう？」

「今時流行らないですよ。乱闘なんて、駅前で酔っ払った人たちが揉《も》み合う、ぐらいじゃないですか」

「そうか……でも、状況がよく分からないから」晶は首を傾げた。乱闘と言えば、対立する不良グループ同士が拳と拳を戦わせる――自分はいつの間に、こんなイメージを抱いてしまったのだろう。

「田舎だとあるかもしれませんけどね」

「東京だと、やっぱりない？」

「だと思います。少なくとも、私の記憶にはありません。でも、あれこれ考えても仕方ないですよね」香奈江が自分に言い聞かせるように言った。「まず、話を聴いてみないと何とも言えません」

「そうだね。冷静にいこうか」

「はい」

「頼りにしてるからね」晶は香奈江を励ました。「秦の専門なんだから。私は、未成年の案件は経験がないし」

「そうですか？　晶さん、何でもできそうな感じがしますけど」

「そういう雰囲気を出してるだけ。見ている人がそう思ったら、訂正はしないけど……私たち、舐《な》められたら終わりだから」

「令和《れいわ》の時代に、まだ女性が窮屈にしてる職場って、逆にすごいんじゃないですか」香奈江が苦笑する。「希少価値がありますよ」

「でも、窮屈なままじゃ駄目だから。何かあったら声を上げるようにしないと」

「そうすると、生意気とか言われるんですよね」

「そんなこと、言われてた？」晶は目を見開いた。

「何度か」

「だとしたら、前の秦の所属部署は、とんでもなく体質が古いよ」警察の中の警察と言われる捜査一課でも、そんなことはなかった。「若いのに生意気だ」と言われたことはあるが、「女性だから」という前提で詰《なじ》られたことはない。たまたま、自分の係には、そういうことを言う人がいなかっただけかもしれないが……もっとも、「若いから」という理由で罵ったりするのも問題である。

東多摩署は、京王《けいおう》線の国領《こくりよう》駅と柴崎《しばさき》駅の間、国道二〇号線沿いにある。管内である調布市はかなり広いが、事件現場までは遠いのだろうか。来る途中でスマートフォンの地図で確認してみたものの、位置関係がイマイチ分からない。

殺人事件とはいえ、犯人がすぐに確保されたので、今回は特捜本部は立っていない。余裕をもって事件の処理をして、解決率も上がる——所轄にとっては、悪いことではないだろう。

刑事課に顔を出し、課長の宮間《みやま》に挨拶する。五十絡みの精力に溢《あふ》れた男で、四月なのにワイシャツの袖を肘のところまでまくり上げている。太く毛深い前腕部が剝《む》き出しになっていた。

「支援課？」宮間は怪訝《けげん》そうだった。「今のところ、支援課のお世話になるような話じゃないぞ」

「念の為、状況を確認するように指示を受けました」晶は抑えた口調で説明した。「支援課は改組したばかりで、今、仕事の内容を手探りで確認しています」

「何だよ、うちを実験台にするつもりかい？」宮間が困ったような笑みを浮かべる。

「お邪魔しませんから、状況を詳しく教えていただけますか？　刑事課が主体で捜査しているんですよね？」

「ああ。今回は生活安全課の協力ももらっているけどな。被害者も加害者も高校生だから」

所轄の生活安全課がカバーする範囲は広く、少年事件を担当する少年係もこの課の中にある。

「被害者と加害者について教えてもらうには、誰と話をしたらいいですか」

「それなら、少年係の大河原《おおがわら》係長だな」

「大河原さんって、大河原毅《たけし》さんですか」急に香奈江が割りこんできた。

「知ってるかい？」と宮間。

「去年まで、本部の少年事件課で一緒でした」

「だったら話は早いな。直接少年係に行って話を聴いてくれ」

言って、宮間は書類に視線を落としてしまった。少し疲れた様子なのは、真夜中に叩《たた》き起こされて署に出て来たからかもしれない。あまり刺激して機嫌を損ねるのも本意ではないので、晶は香奈江を促して刑事課を出た。

生活安全課は、刑事課の一階上のフロアにある。階段を上がりながら、晶は訊ねた。

「大河原さんって、どんな感じの人？　普通に話、できる？」

「大丈夫です。張り切ってるはずですよ」

「所轄に出たから？」

「五年がかりで警部の試験に合格したんです。上機嫌で所轄に異動していきましたよ」本部にいる時に昇任試験に合格すれば、所轄に出て管理職として実地研修する――警察の人事としては普通だ。

「もしかしたら、ここにいること、忘れてた？」

「忘れてました。異動も多いですからね」

香奈江が舌を出した。そんな仕草をすると、本当に小動物という感じがする。こういう娘《こ》はもてるだろうな、とふと思った。いかにも男子受けしそうなのだ。本人がそれを意識しているかどうかは分からないが。

大河原は四十歳ぐらいの小柄な男で、香奈江を見ると大袈裟《おおげさ》に目を見開いた――本当に驚いている様子だった。

「何だよ、本部の少年事件課が出てくるような話じゃないぜ」

「異動しました。今月から総合支援課なんです」香奈江が快活な声で言った。

「ああ……そうか。あそこは今月から改組になったんだよな。君もそっちへ行ったのか」

「はい。新人としてやり直しています」

大河原が薄く笑みを浮かべた後、晶に視線を向けたので、一礼して名乗った。

「総合支援課の柿谷です。念のために状況を確認しろという指示が出ましたので、お伺いしました」

「状況といっても、まだはっきりしてないんだけどな。なにぶん夜中の話で、目撃者もほとんどいない」

「まず、被害者と加害者の情報について教えて下さい。特殊な事案になると思いますので」

「そうだな。少年事件で殺人事件だからな」大河原が立ち上がり、課内の一角にある打ち合わせ用のスペースに向かった。衝立《ついたて》で区切られた奥には、四人がつけるテーブルが置いてある。晶と香奈江は並んで座り、大河原と対峙《たいじ》した。大河原は手帳だけを持っている。

「まだ書類が揃《そろ》ってないから、俺のメモから話をするしかない。適当に記録してくれ」

「分かりました」晶も手帳を広げた。まずは犯行状況の確認だ。「現場は、調布市染《そめ》地《ち》の多摩川河川敷と聞いています」

「現場、行ったかい？　調布市民野球場の奥の方だけど」

「まだです。これから時間に余裕があれば、行くつもりですが」

「河川敷の、ただのだだっ広いところだ。分かりにくいよ」

「現場は何とか確認します。発生は今日の午前三時頃、でよろしいですね」

「ああ」そこで初めて、大河原が手帳を広げた。「発覚のきっかけは、匿名の一一〇番通報だったんだ。河原で乱闘騒ぎが起きて、人が刺されたらしい、という内容だった。うちの当直の人間が現場に直行したら、血まみれの男が歩いているのを保護して、さらに河川敷で倒れている若い男を発見した」

「血まみれの男が犯人――高梨英人ですね」

「学生証とオートバイの免許証で、身元は確認できた」

「実際に乱闘は起きていたんですか？」

「それは何とも言えないんだ」大河原は少しバツが悪そうだった。「通報はそういう内容だったが、屋外のことだからな。屋内なら、大勢で乱闘騒ぎを起こしたら、必ず痕跡が残るんだが」

「河川敷で大勢が暴れていても、後で見て分かるものでもないですよね」晶はうなずいた。

「鑑識が確認しているから、何か分かるかもしれないが……俺みたいな素人の目で見た限りでは、何とも言えない」

素人というのは謙遜でもなんでもない。現場を見る目は、普通の刑事と鑑識では全く違うのだ。ひたすら現場を観察し続ける鑑識の係官は、普通の刑事なら見逃すようなものをあっさり見つけてしまったりする。

「被害者は日下健《くさかけん》さんですよね」晶は確認した。

「そう」大河原が手帳のページをめくる。「多摩中央高校の三年生——二人とも三年生になったばかりだな。いや、まだ二年生なのかな？　選抜高校野球の場合は、二年生って紹介されないか？」

「四月だから、もう三年生でいいんじゃないでしょうか」

香奈江が脇から口を挟んだ。ちょっと遠慮がち……自分の専門に近い事件だし、知り合いが目の前にいるのだから、もっとガツガツ行ってもいいのだが。自分が主役になるぐらいの気持ちでもいい。うなずいて大河原が続ける。

「――とにかく、同じ高校の同学年だ。クラスは……分からないな。三年になるとクラス替えがあるだろうし」

「一、二年の時はどうですか？」

「それは今、捜査中なんだ。うちの刑事が学校に行って話を聴いている」

「すぐ分かりますよね？」晶は念押しした。

「いや、そんなに急《せ》かさないでくれよ」大河原が苦笑する。「捜査が動き始めてから、そんなに時間が経《た》ってないんだ。うちは朝、定時から捜査をスタートさせているから。詳しいことを知りたいなら、昼ぐらいまで待ってもらわないと」

「それだったら、私たちが直接学校へ行って話を聴きますけど」

「まあ、待てって」大河原の表情が一変する。明らかに厄介事――厄介な人間を相手にしている、という態度だった。「これは、支援課が出てくるような話じゃないよ。今のところ、初期支援員が被害者家族をきちんとフォローしているから。支援課は、捜査するのは仕事じゃないだろう」

「調査、です。捜査ではありません」晶は訂正した。その二つの違いを突っこまれると困るのだが、大河原は何も言わなかった。

「とにかく、詳細に関しては少し待ってくれ。支援課はあくまで状況把握――視察に来たようなものだろう？　急がないよな？」

晶は何も言わなかった。視察とは思っていないのだが、余計な反論をすれば話が進まなくなってしまう。大河原が少し間を置いて、淡々とした口調で話を再開する。

「取り敢えずうちとしては、二人の関係を中心に捜査を進める。刑事課のサポートのようなものだけどな。事件の本筋は、向こうがきっちり固めるよ」

「被疑者——高梨は、容疑を認めているんですか？」

「そう聞いてる。ただ、身柄を拘束されてから、まだそんなに時間が経ってないからな。最初の段階で容疑は認めたようだけど、その後は休ませてるんじゃないかな」大河原が壁の時計に目をやった。「今、十時半か……取り調べは再開してるかもしれない」

「乱闘騒ぎということは、他にも人がいたんですよね？」

「通報の内容としてはそうなってる。今、目撃者探しをしているはずだけど、あの時間だから、現場を見ていた人は多くはないだろう」

「死因はどうですか？」

「解剖はこれからだけど、刃物で何ヶ所か刺されている」

「その凶器は？」晶は早くも、捜査一課の感覚が蘇《よみがえ》ってきたのを感じた。

「いや」大河原が手帳を見た。「現場で見つかったという話は聞いてない」

「本人が持っていたとか」

「そういう話も出てないな」

刃物を使って乱闘——犯人が逃げた場合、途中で凶器を捨てるということはあり得る。あるいは逃げるのに精一杯で、凶器は現場に残してしまうことも……何故《なぜ》か、凶器のことが気になった。

しかし大河原は、捜査を直接担当していないから、ここでいくら突っこんでも答えは出てこないだろう。晶は話題を変えた。今後の展開を想定して、頭に入れておかなくてはならない。

「少年事件の場合、送致の手順は普通の事件と少し違いますよね」

「それは、秦がよく分かってるだろう」大河原が香奈江に話を振った。

「逮捕から四十八時間以内に検察に送致、検察官はその後二十四時間以内に勾留請求します。勾留は十日間で、さらに十日間の延長が認められます。その後は家裁に送致になります」香奈江がすらすらと説明した。成年の場合の事件捜査よりも少し複雑なようだが、少年事件の場合、どうしても慎重にやる必要があるのだろう。

「家裁に送致された後は？」晶は訊ねた。

「身柄を確保しておくための観護措置になりますね。心身状況の検査をするため、という理由もありますが……その後は、また検察官に送致されて、十日間の間に起訴かどうかを決めます」

「ちょっと複雑なんだ」

「デリケートですから、慎重にやる必要があるんです。手続きには、成人の事件より時間がかかりますね」

香奈江がうなずく。自分の専門分野のことのせいか、淀《よど》みなく答えている。その様子を見ると、彼女を総合支援課に異動させた人事に文句を言いたくなってきた。やはり慣れた得意分野で仕事をさせる方が、効率的ではないだろうか。今回の改組で支援課のスタッフは拡充されたし、ここで仕事をすることで、被害者・加害者支援のノウハウや心構えを警察内に広く伝える狙いもあるとはいえ……警察官のキャリアの中で、幾つもの専門を持つのは難しい。晶も、自分がこの先どうなるか、分からなかった。

晶自身も加害者家族——兄が犯罪者だった——であり、そういう経験を「買われて」スカウトされたのだが、自分が似たような経験をしたからと言って、この仕事の役に立つかどうかは分からない。そもそもこの異動がワンウェイなのか、それとも捜査一課に戻るのか。

「まあ、状況を知りたいなら、ちょっと待機してもらうしかないな」大河原が手帳を閉じた。「午後になれば、もう少し詳しい状況が分かってくるだろう」

「だったら、それまで待ちます——一応、現場も見てみるつもりです」

「足、あるかい？」

「いえ」

「遠いよ。バスで行けるけど、結構歩くぜ。うちもパトは出せないけど……」

「何とかします」晶は立ち上がった。「お手数おかけしました」

「支援課のお力を借りるようなことはないと思うけどね」大河原も話をまとめにかかった。「今回は、それほど厄介なことにはならない気がする」

そうだろうか？　高校生同士の殺人事件である。家族が受ける衝撃は相当なものだし、事件の影響がどういう形で波及するかは分からない。都立名門校の生徒同士の事件となれば、耳目を集めるのは間違いないのだ。

二人はタクシーを使って現場に移動した。球場、市民プールとスポーツ施設が集まった場所の向こうが堤防道路で、現場はさらにその奥の河川敷だった。堤防道路はウォーキングやジョギングをする人で賑《にぎ》わっている。鑑識の活動は既に終わっており、事件の気配は残っていなかった。

河川敷に降りて、ざっと現場を調べてみる。四月にしては暖かい日で、陽光を照り返した多摩川が眩《まぶ》しく光っていた。現場は川に面したアスファルト敷きの短い道路上らしく、チョークの跡、それに血痕も残っている。刺し傷が何ヶ所もあったということだが、その割に血痕は小さい。もっとも、傷の状態によっては、あまり血が流れ出ないまま、出血多量で死んでしまうこともあるのだが。

「これじゃ、本当に乱闘が起きたかどうか分かりませんね」香奈江は髪を掌《てのひら》で抑えていた。川面《かわも》を渡る風が、彼女の長い髪を容赦なく乱していく。

「そうだね」

「通報は『乱闘』だったんですよね？　誰が通報したんでしょう」

「匿名だし、たぶん、割り出せないと思う」

「目撃者だとしたら、変じゃないですか？」香奈江が堤防道路を見上げる。「夜中の三時頃にウォーキングしている人もいないはずですよ」

「乱闘していた人間自身かもね」晶は言った。「ビビって逃げ出して、慌てて一一〇番通報したとか」

「それはあるかもしれません」香奈江がうなずく。立ったままタブレット端末を操作すると、すぐに表情を歪《ゆが》める。「この件、もうネットに流れてます」

うなずいた晶に、香奈江がタブレット端末を手渡す。予想されていたことではあったが、やはり見ると心配になった。


【速報】多摩中央高の生徒同士が殺し合い　多摩川河川敷で乱闘騒ぎが起きて、多摩中央高校の三年生が逮捕された模様。殺されたのは同級生との情報。

警察はこの件について、既に正式に発表している。ニュースにもなっていたが、香奈江が見ていたのはＳＮＳである。予想通り、無責任な情報が飛び交っていた。

殺されたの、女の子らしい。


多摩中で緊急保護者集会開催の予定。


いずれも根拠のない情報だ。そもそも警察発表では、被害者も加害者も男子高校生としている。それがどうして女子になるのか……それはともかく、二人が在籍しているのが「多摩中央高校」と断定されているのが気になった。警察の発表には含まれていないのに、この情報は正確だ。いったいどこから流れたのだろう。高校はまだ春休み中で、生徒たちの間で噂《うわさ》は流れにくいはずだ。いや、今はＳＮＳで四六時中つながっているから、学校にいようがいまいが、情報は広がってしまうだろうが。

晶はタブレット端末を香奈江に返した。

「実名が出るのも時間の問題だね」

「ＳＮＳで出なくても、週刊誌で出るかもしれません。堂々と少年法を無視してくる週刊誌もありますからね」

「そうだね……でも、私たちにはどうしようもないけど」

晶はふと、嫌な気配に気づいた。堤防道路の方を見ると、テレビのクルーがいる。こちらにカメラを向けられているのが分かったので、舌打ちして、香奈江にささやいた。

「行こう。テレビの連中が来てるから」

「私たち、野次馬だと思われませんかね」

「そうかもね。とにかく、テレビには映りたくない」

二人は大きく迂回《うかい》して、芝で滑る斜面を登って堤防道路に出た。テレビのクルーは、こちらの存在をまったく気にしていない様子だった。

「どうします？」

問われて、晶は腕時計を見た。もう十二時近く。どこかで食事を済ませて、署に戻ろう。大河原の見通し通りなら、昼を過ぎればかなり情報が集まっているはずだ。

「ご飯、かな」

「そうですね。でも、この辺には食べるところ、なさそうですよ」

基本的には静かな住宅街なのだ。コンビニ飯で済ませるにしても、今日は支援課の車を使っていないから、外で立ったまま食べることになる。さすがにそれは避けたかった。飲食スペースのあるコンビニを探すのも面倒臭い。

「調布駅前まで戻ろうか。すぐそこのバス停から調布駅まで行けるから。あそこなら、食べるところはいくらでもあるでしょう」

そう言ってから、去年の嫌な事件を思い出した。監禁され、一晩病院で過ごした後、早朝に抜け出して調布駅前のマクドナルドで朝食を摂《と》ったのだった。思えばあの事件が、自分が総合支援課に来るきっかけになった……。

すぐに来たバスに乗って、調布駅南口に出る。時間節約のために、チェーンの中華料理店で忙《せわ》しなく昼食を済ませた。

「秦って、食事にはうるさくないタイプ?」

「警視庁の食堂以外だったら、どこでもいいですよ」香奈江が苦笑いしながら言った。「あそこ、もう飽き飽きしてるんです」

「でもこれからは、庁舎内で食べることが多くなるんじゃないかな」晶もそれを懸念している。「こういう風に外に出る機会は少なくなると思うから」

「晶さんも本部の食堂、嫌じゃないですか?　一課時代には、外で食べる時が多かったでしょう」

「そんなこともないけどね。忙しい時は忙しいけど、本部で待機の方が長いから」

捜査一課は、係のユニット単位で動く。どこかで事件が起きて特捜本部ができれば、一つの係を投入。次の事件には別の係が——という感じで出動の順番は決まっている。そんなに頻繁に、特捜本部ができるような事件が起きるわけではないから、待機の時間が長くなるのも当然だ。

二人は、各停で二つ先の国領まで行き、署へ歩いた。昼食時で、署内に人は少なくなっているようだが、それでもざわついた雰囲気は残っている。生活安全課に直行し、また大河原と面会する。

「ちょっと状況が分かってきたぞ」大河原は午前中と同じ打ち合わせスペースに座った。「まず、被害者と加害者、二人の関係だ。二人とも、一、二年の時は別のクラスで、部活などはやっていない。出身中学も別で、子どもの頃からの知り合いというわけでもない」

「接点はなし——同じ高校の生徒、ということだけですか」

「そうだな。学校側は、二人に接点はなかったはずだと言っているけど、それはそのまま信じられない。学校が、生徒の交友関係を完全に把握しているわけじゃないからな。この辺は、他の生徒に事情聴取しないと分からないんじゃないか？」

「その捜査は……」

「もちろんやるさ」むっとした口調で大河原が言った。「当然の手順だ」

「失礼しました。それで結局、動機についてはどうなんですか？　知り合いでもないのに殺したというのは不自然ですよね」晶は指摘した。

「俺もそう思うけど、まだはっきりした供述は得られていない」

「ちゃんと喋《しゃべ》っているんですか？」

「いや」大河原が渋い表情で首を横に振った。「人定《じんてい》、そして被害者を殺したことは認めたが、その後は曖昧なんだ。まあ、プロが調べているから何とかなると思うが。相手は高校生だしな」

「刑事課が調べているんですか？」香奈江が疑わし気に言った。

「ああ」

「大河原さんがやるべきじゃないんですか？　少年犯罪のプロは大河原さんなんだから」

「上が決めたことだから。主体は刑事課だし」大河原が残念そうに言って、人差し指を立てた。「うちの係から一人出して、取り調べに立ち会わせているから、サポートしていくことにはなると思うが」

三人はその後も捜査の進展について話し合ったが、今のところまだ動き出したばかりで、はっきりした筋は見えない。当初の大河原の予想と違って、捜査には時間がかかるかもしれない。

「それと、被害者家族の方なんですが」晶はようやく本筋を切り出した。捜査の流れを確認するのは、支援業務の背景とするためである。捜査の動きが気になって詳細に聞いてしまったのは、晶がまだ捜査一課的な感覚を持っているからかもしれない。何年も過ごした部署で染みついた考え方や行動は、異動しても急には変化しないだろう。

「そっちは心配しなくていい」大河原の表情が、ようやく少しだけ明るくなった。

「初期支援員がちゃんと張りついて面倒を見ている。今のところは、何とか落ち着い

ているようだ。近くに親戚がいて、ずっと一緒にいてくれているそうだから、大きな

トラブルにはならないんじゃないかな」

「こちらの初期支援員は……」晶は手帳に視線を落とした。「交通課の方でしたね」

事件・事故が起きた時に最初に被害者支援を行うのは、各所轄に置かれた初期支援

員である。しかし専門家というわけではなく、刑事課や交通課の課員の兼任だ。

「ああ。普段から熱心にやってくれてるから、問題ないと思う」

「女性、ですよね」

「女性だからやれることもあるだろう。何だか、あなたが女性を馬鹿にしているよう

な感じもするけど——同じ女性なのに」

「そんなことはありません」

「そうか……別にいいけど、少しはうちの署員を信用してくれよ」

いや――今は、誰を信用していいか分からない。晶はこの課に来る前に、村野に言われていた。「被害者支援にプロはいない」。何十件もの被害者支援にかかわった村野がそんな風に言うのが意外だったが、「それぞれ全部状況が違うから、新しい案件が発生すると、またゼロからやり直しなんだ」という説明には納得がいった。

通常の捜査ならば、ある程度は手順が決まってマニュアル化されている。しかし被害者支援については、万能のマニュアルが作れない。支援課には一応のマニュアルがあるのだが、これがとにかく分厚い。一つの案件が終わる度に新しい要素がつけ加えられるので、ページ数は増えていく一方なのだ。だから村野が、新しくスタッフに加わることになった晶に贈った言葉が「臨機応変」だったのは、当然と言える。

「では、しばらくこのままお任せすることにします。後で初期支援員の方と話して、状況は把握しますが……何もなければ手を出さないのは、支援課の基本方針なので」

「余計なことをすると相手を怒らせることもあるからな」

「――何が仰《おつしや》りたいんですか」

「あなたは、余計なことをしそうなタイプに見えるんだよ」

こうも簡単に見透かされてしまうと情けない。

3

ひとまず基本的な情報は入手できたので、晶は支援課に電話を入れ、若本に状況を報告した。

「分かった。今のところは、うちの出番はないということだな」

「ええ。ただ、もう一つやっておきたいことがあります」

「何だ？」

「加害者の家に行ってみようと思います」

「何か気になるのか？」若本は疑わしげだった。余計なことは一切したくないタイプなのかもしれない。

「加害者も少年ですから」

「家族構成は？」

「父子家庭ですね。母親は数年前に病気で亡くなったそうで、マル被と弟、父親の三人暮らし。父親はコンビニエンスストアのオーナーです。午前中、所轄で話を聴かれていました」

「弟は？」

「マル被とは一歳違いで、同じ高校に通っています。春休み中で家にいるはずなので、状態を確認しておいた方がいいと思います」

「分かった。取り敢えず、慎重にな。こういう場合の手順は――」

「手順はないと思います」そもそも警察として、加害者家族の支援は堂々とできるものではない。被害者救済はきちんと行うべきだということになって支援課ができたのだが、加害者家族の支援については、はっきりした方針もノウハウもない。走りながら考える、ということだろう。

二人は署を出て、高梨英人の自宅へ向かった。最寄駅《もよりえき》は、京王線の飛田給《とびたきゅう》。この駅の北口には警視庁の警察学校があるから、晶にも馴染《なじ》みの駅である。ただし自宅があるのは、警察学校とは反対側の駅の南。駅から歩いて十分ほどのマンションが、高梨英人の自宅だった。一階部分に、父親が経営しているコンビニエンスストアがある。店は当然開いていた――オーナーがいなくても、バイトのローテーションはきちんと回っているのだろう。

「ちょっと休憩しようか」晶は思わず声をかけた。

「そう……ですね」

香奈江は明らかに疲れていた。慣れない仕事で、早くも精神的にダメージを受けているのだろう。それは自分も同じだが、晶はまだまだ動ける自信があった。

「そこにファミレスがあったでしょう？　三十分だけ休もうか」

「食事じゃなくても大丈夫ですかね」

「駄目だったら、ここのコンビニで缶コーヒーを立ち飲み」

「……分かりました」

和食のファミレスなので料理を頼まないと申し訳ない気がしたが、幸い、ドリンクバーだけの利用もできた。午後半ばの時間なので、店内は空いている。少し前までは、ファミレスでママ友の集まり――というのがよくあったはずだが、最近はそういうのは流行らなくなったのかもしれない。がらがらの店内で、二人は窓際の席に陣取った。ドリンクバーで、晶はアイスコーヒー、香奈江は冷たいお茶を選んで席に戻る。

「いきなり疲れてない？」

「疲れました」香奈江が正直に認める。「何もしてないんですけどね」

「ここへ来て初めての仕事だから、仕方ないよ……それで？　秦はどう思った？」

「相当おかしな事件です」香奈江が小声で答える。

「どういう意味で？」

「朝も話が出ましたけど、多摩中央高校って、都立では御三家って言われてるんです。偏差値七十二」

「そんなに賢い学校なんだ」晶は思わず目を細めてしまった。

「今まで生徒が関わった事件は、一件も起きていないと思いますよ。少なくとも私が知っている限りでは。万引きとかもなかったはずです」

「でも、今まで起きてなかったからと言って、絶対に起きないとは限らない」

「可能性としては、そうですね」香奈江がうなずく。「でも、やっぱり違和感があります。殺人事件なんて……」

「表に出ていないだけで、実は問題を抱えていたとか」

「それはあり得ますけど、仮定の話です」香奈江の口調は歯切れが悪かった。

「例えば、あなたの古巣の少年事件課や組対にデータの提供を求めるとか、できないかな。所轄が非行歴を把握していなくても、本部は摑《つか》んでいるかもしれない」

「晶さん、それ、ちょっと首を突っこみ過ぎですよ」香奈江が忠告する。

「そう？」

「だって、データが手に入っても、うちは捜査できないじゃないですか。そういうことは、所轄できっちり調べると思います。もしもこっちでデータが必要になったら、所轄に確認すればいいでしょう」

香奈江の言い分は、完全に理に適《かな》っている。どうやって仕事を進めていいか分からないので、捜査一課の感覚で言ってしまったと意識した。

「ごめん。今のは忘れて」

「——でも、私も気にかかってはいるんですけどね」

「確かにおかしな状況だよね。別に、進学校に悪い人間が絶対にいないとは言わないけど」

「うーん……一般的には、あまり考えられないですけどね」香奈江は、晶の話に簡単には乗ってこなかった。「大昔だったら、ないわけじゃないですけど」

「そう？」

「光《ひかり》クラブ事件って知ってますか？　戦後すぐに起きた有名な事件なんですけど」

「ごめん、分からない」無知を恥じた。過去の事件を知るのは、警察官の一般教養のようなものなのに。

「闇金事件なんです。物価統制令違反で貸金業の経営者が逮捕された事件で、その経営者が東大生《とうだい》」

「ええ？」

「終戦後の混乱期の代表的な犯罪と言っていいと思います。広告を上手《うま》く使って商売を広げたんですけど、経営者の逮捕をきっかけに業績が悪化して、最後は債務不履行で、その経営者は服毒自殺しました。アプレゲール犯罪の典型って言われてます」

「アプレゲールって死語じゃない？」晶も言葉は知っているが、正確な意味は分かっていない。

「ですね」

「ごめん、勉強不足で」晶は頭を下げた。「でも、さすが少年事件課出身」

「いえいえ……この事件の主謀者は成年なんですけど、頭がいい人でも重要な立場にある人でも、犯罪には手を染めるっていうことですよね」

「政治家だって立派な会社の経営者だって、法律に反したことをすれば、逮捕される」

「でも、多摩中央高校の生徒が殺し――それって、東大生が暴力団を組織するぐらい奇妙な話だと思います」

「そうか……」晶はアイスコーヒーをストローでかき回した。たっぷり入れた氷が、ガラガラと硬い音を立てる。理屈と現実の間に落ちて、考えがまとまらない。「ちなみに、最近の少年事件の傾向ってどんな感じ？」

「目立つのは、違法薬物ですね。振り込め詐欺をやっていた連中もいるし、組織売春もあります」

「暴力団と同じか……」

「高校生を逮捕したら半グレグループのメンバーだったこともあります。薬物関係では、中学生を補導したこともありますしね。こういう犯罪に関しては、若年化してるんですよ」

「薬物汚染、深刻だよね」晶はうなずいた。「もしかしたら、高梨英人もそういうことに手を出していたのかもしれない」

「可能性がないとは言えません。高校生や中学生に薬物を売るなら、高校生がやるのが効果的かもしれません。年齢が離れていないから、売人としてあまり警戒されないでしょう」

「うーん」晶は思い直して腕組みをした。「……やっぱりピンとこないか」

「今のところ、推測しかないですね。何か具体的な材料があれば、もう少し話を進められますけど」香奈江がお茶を一気に飲み、ほっと息を吐いた。「今日、暑かったですね」

「最近、春がないからね」冬から一気に夏へ、そして夏から秋を飛ばして冬へ――日本らしい四季が失われている気がしてならない。

「とにかく、今私たちが心配しても仕方ないですよ」香奈江が話をまとめにかかった。

「気になったらその都度調べるということで。村野さんもそんな風にやっていたみたいだから」

「でも村野さん、あまり評判よくないですよね」香奈江が声をひそめて言った。「あちこちで、ずいぶんぶつかっていたんでしょう？」

「村野さんは村野さんで、試行錯誤していたんだと思う。誰もやったことのない仕事だから、煙たがられるのも仕方ないわよ。人間って保守的だから、自分がやったことのないやり方を見せられると、動揺する」

「晶さんは、加害者家族支援の経験、ありますよね」

「うん」去年の話だ。自ら進んでやったわけではないが。

「どうでした？」

「今も後悔してる」正直に吐き出した。

「そうなんですか？」香奈江がぎゅっと眉根を寄せる。

「自分がやったことが正解だったかどうか、分からない。支援課では一つの案件に取り組むごとに、一つ後悔することになるかも」

「それ、きついですね」

「きついよね」晶は無理に笑顔を作った。「どうなるか分からないけど、皆で傷つけば多少は我慢できるんじゃない？」

途端に香奈江が嫌そうな表情を浮かべた。当たり前か……リスクを分散しても、それぞれに痛みがあるのは間違いないのだから。そんなことを喜んで受け入れる人はいない。

高梨英人の父親、拓実《たくみ》は警察署から自宅に戻っていた。憔悴《しょうすい》しきった様子で、顔色が悪い。リビングルームのソファで向かい合って座ったのだが、彼の体はどんどん沈みこんでいきそうだった。事前の情報で四十五歳と分かっているのだが、それよりずっと老けて見える。

「お疲れのところ、すみません」晶はまず詫《わ》びた。この疲れ具合は心労だけではなく、体調も悪いのかもしれない。

「寝てないんですよ」拓実が打ち明けた。

「明け方に呼び出されたんですか？」

「それは朝になってからなんですが、夜中は店に出ていたんです」

「ご自分で夜勤に入ることもあるんですか？」晶は少し驚いた。コンビニのオーナーなど、人に店番を任せて左団扇《ひだりうちわ》だと思ったのだが。

「急にバイトが来なくなることもありますから。他のバイトで穴埋めできないと、自分で出るしかないんです。それで、十二時から朝七時頃まで……終わった途端に警察から電話がかかってきて、腰を抜かしました」

「警察の事情聴取は、もう終わったんですか？」

「何とか……明日、また来るように言われていますけど」

「捜査に必要なことなので、申し訳ないですが、ご協力お願いします」晶は頭を下げた。一気に立場が変わってしまったな、と思う。捜査一課の頃は、相手に対してこんなに気を遣うことはなかった。事情聴取する際は、できるだけ早く、多少強引であっても進める。大抵の場合、時間勝負になるからだ。

「それはいいですけど……参りました」

「失礼ですが、息子さん、悪い仲間とのつき合いはなかったですか？」念のためにと確認してみた。

「いえ、全然——いや、私は知らないです」拓実が力なく首を横に振った。「こんなことを言うと言い訳にしか聞こえないと思いますが、女房を亡くしてから、店のことと家のことで手一杯で……息子二人はもう中学生になっていたから、自分のことは自分でやれるだろうと思って、あまり手をかけてやれませんでした」

「中学生だと……難しいですね。大人扱いしていいのか、子どもとして接するのか」

「私は、大人だと思ってたんです。だから、多少放っておいても大丈夫だろうと……それが間違ってたのかもしれません」

「でも、悪い仲間とつき合いができるような高校じゃありませんよね？」またこの件の蒸し返しになった。捜査するわけでなくても、自分の中ではやはり引っかかっているのだと意識する。

「私もそう思いましたよ。多摩中央高校だったら、勉強についていくだけで手一杯ですし」

「部活は？」

「やってませんでした」

「当然、大学進学を狙っていたんですよね」今となっては、その目標は叶えられそうにないが。

「ええ……必死に勉強してますけどね。ただ、大学はまた金がかかるので。しかも年子ですからね」盛大な溜息《ためいき》。コンビニ経営は、それほど儲《もう》からないのかもしれない。

「今のところ、何かありませんか？」

「何か、とは何ですか？」拓実が疑わし気に訊ねる。

「嫌がらせとか、そういうことです」

「いえ……」拓実が力なく首を横に振った。「何もないですけど」

「そうですか。それを確認したかったんです」晶はうなずいたが、やはり心配だった。ネットでは既に真贋《しんがん》含めた情報、そして非難の声が流れているので、そのうち現実世界に染み出してくるかもしれない。

「何かあるんですか？」不安そうに拓実が体を揺らした。

「最近、加害者の家族に対する嫌がらせがよくあります。主にネットで、ですが……

それで精神的に不安定になる人もいます。ＳＮＳはやっておられますか？」

「いえ」

「ネットの情報は、なるべく見ないようにした方がいいです。あることないこと書かれて、嫌な思いをすることもありますから」

「そうですか……そもそも見ませんけどね」

それなら一安心だ。ネット上の罵詈雑言《ばりぞうごん》は、見なければ存在しないも同然である。心配なのは、そういう情報に踊らされて、実際に「天誅《てんちゅう》」を加えようとする馬鹿者がいることだ。去年対峙した事件でも、そういうことがあった。

「もしも直接的な嫌がらせがあったりしたら、すぐに連絡してもらえますか？」

「警察が何かしてくれるんですか？」拓実は怪訝そうだった。

「何ができるか、その都度考えて対応します。特に決まりはないので」

「そうですか……そういうことにならないように願いますが」

「そうですね。それと、弟さんはどうしていますか？」拓実の疲労は頂点に達していて、今にも倒れて眠ってしまいそうだったので、晶は慌てて質問を継いだ。

「陽平《ようへい》ですか？　部屋に引きこもって出て来ませんよ」拓実が小声で答える。

「事情は知っているんですよね？」

「話しました。話したら……部屋に引きこもってしまったんです。それはショックでしょう。声もかけられないですよ」

「今、話せますか？」

「冗談じゃない」拓実が激しく首を横に振る。弛《たる》んだ頬の肉がぷるぷると揺れた。

「警察に話なんか聴かれたら、パニックになりますよ」

「所轄には？」

「呼ばれていません」

この事件で弟から事情聴取するかどうかは微妙なところだろう……いや、自分が捜査本部の刑事だったら、絶対に呼ぶ。普段の生活態度を確認するために、家族に話を聴くのは捜査の基本だからだ。

「今後、所轄の方で弟さんを呼ぶこともあると思います。その際は、つき添って下さい」

「はあ……」

「もしも心配なら、我々が立ち会います」

「そんなことまでしてくれるんですか？」拓実が目を見開く。

「ケースバイケースです」

被害者支援課時代の村野が、あちこちで悪評を受けていた理由の一つがこれだ。捜査担当者は、当然被害者の家族や関係者に話を聴く。それはしばしばひどく乱暴になり、相手に拭い難い精神的ダメージを与えることさえある。村野たちは、そういう事情聴取の場に普段から立ち会っていた。質問のやり方が乱暴になったりしたら、即座にストップをかけたのだという。同じ警察の人間にそんなことをされたら、事件の解決を急ぐ刑事がむっとするのは当然である。アメリカだったら、弁護士がやるような仕事だ……。

「何かあったらすぐに連絡して下さい。二十四時間、いつでも構いません」

「お手数をおかけしますが……何でこんなことになってしまったのか……」何が何だか理解できないというように、拓実が力なく首を横に振る。それはそうだろう。妻亡き後、必死で育てた息子二人は、都立で三本の指に入る高校に入学した。もう少しの踏ん張り――大学受験と就活で息子たちが頑張れば、家族の将来は安泰だろう。そこまで見届けたら、拓実自身はようやく、ゆったりとした生活を満喫できると思っていたのではないか。

拓実はまだ四十五歳で、今後の自分の人生設計もあるはずだ。この段階でそれが狂ってしまったら……人生はまだまだこれからだが、立て直すのに時間がかかると、彼はあっという間に年老いてしまう。

何も残らない老後。

4

支援課に戻ると、既に夕方近くになっていた。晶もさすがに疲れを感じる。記憶があやふやな目撃者や、犯行を真っ向から否認する容疑者と対峙する方がよほど楽だ。今日はひたすら、気を遣ってばかり……。

自席に着いてメールのチェックを終える。これで今日の仕事は完了。何か美味しいものでも食べて、あとはひたすら眠りを貪りたい。緊張を解くわけにはいかないが……事態はまだ動いているから、夜中に呼び出される可能性もある。

帰るか、と思って立ち上がり、荷物をまとめ始めた時、課長の三浦亮子から声をかけられた。

「ちょっといい？」

「はい」

「じゃあ、中で」

支援課の中で、課長室は他のスペースとは区切られた個室になっている。それほど広い部屋ではないが、亮子は整理整頓が得意なようで、すっかり片づいてすっきりしている。

課長室には一人がけのソファが四つ置いてあり、晶はその一つを勧められた。

「一番槍《いちばんやり》は、やっぱりあなただったわね」ソファに腰かけながら亮子が言った。

「それは、こういう場合に使う言葉とは思いませんが。合戦じゃありませんから」晶はつい反論した。「それに、私が手を上げたわけでもありませんし、まだ何の手柄も立てていません」

「そう――手応えはどうだった？」

「何とも言えません」熱い空気を手でかき回しているような感じだった。熱は感じられるが、手応えは一切ない。「まだ捜査も動き始めたばかりですし……被害者家族の支援は、所轄できちんとやっています。私は加害者家族に会ってきました」

「どうだった？」

「支援を申し出られたのが、意外な様子でした」

「でしょうね」亮子がうなずく。「加害者もその家族も、世間からは非難されるべき存在――ケアされるなんて、本人たちも考えてもいないでしょう」

「今のところは、無理に手を出す必要はないと思います」

「家族は……」亮子が一瞬宙を睨《にら》んだ。「父子三人だったわね」

「父親とは会いました」晶はうなずいた。「ショックは受けていますが、何とか持ち堪《こた》えられると思います。今日は体力的に辛《つら》そうでしたが」

を説明する。

「どういうこと？」

コンビニのオーナーだが、昨夜は自らシフト勤務に入って徹夜していたこと、勤務時間が終わったタイミングで警察から連絡が入り、ずっと事情聴取を受けていたことを説明する。

「それはきついわね」亮子がうなずく。「徹夜明けで事情聴取を受けたら、誰でも参ってしまう」

「一応、所轄には、事情聴取の際には気を配るようにお願いしておきました……同席した方がいいですか？」

「それはケースバイケース。私の勘だけど、この事件に家族は——特に父親は関係してないと思う」

「同感です」晶は同意した。「母親は病気で亡くなっていますが、その後二人の男の子は無事に高校に入っていますし、家族関係は悪くなかったと思います」

「家族関係は、そんなに簡単なものじゃないけどね」

言われてむっとしたが、考えてみればその通りだ。まだ一度話しただけだし、これで家族の全体像を摑んだと思ってはいけない。晶は一つ深呼吸して、顎に力を入れた。

「取り敢えず、経過観察で行こうと思います。次男と話す機会も作るつもりです」

「これは事情聴取じゃないからね」亮子が釘を刺した。「あくまで、様子を見るということで」

「もちろんそのつもりです」うなずき、晶は立ち上がった。この課長の本質はまだ読めていないが、話し好き——というより説教好きなタイプではないかと睨んでいる。ここで摑まって、長々と話をする気にはなれなかった。「これで失礼します」

「お疲れ。引き続き、よろしくね」

うなずくだけで、晶は課長室を出た。一日歩き回ったことよりも、今話したことでどっと疲れてしまった。

「空いてたら軽くいかないか？」清水が口元に盃《さかずき》を持っていく真似《まね》をした。

「昨日も呑んだのに、ですか？」晶は即座に疑義を呈した。やはり清水はただの宴会好きではないか、と思えてくる。今時こんな人、いる？

「昨夜は大して呑んでないじゃないか。今日の詳しい話も聞きたいしさ」

「それはまたの機会に——報告書も書きましたから」

「帰るぞ、柿谷」

村野が突然声をかけてきた。

「ああ——はい」晶は慌てて自分のトートバッグを取り上げた。

「清水」村野が静かに語りかけた。「無理強いするなよ。この仕事は本当に疲れるんだ。お前も経験すれば分かる」

「はいはい」清水が呆れたように言って肩をすくめた。

廊下に出ると、晶はすぐに礼を言った。

「ありがとうございます。清水さん、しつこいですよね……今日はちょっと、呑む気になれなかったんです」

「疲れただろう？」

「何もしてないんですけどね」晶は肩をすくめた。「村野さんは、定時に引き上げなんですね」

「俺はもう支援係じゃないからな」村野が苦笑する。「家で飯も作らなくちゃいけないし」

「西原《にしはら》さんはやらないんですか？」

「まあ……」

村野が一瞬言い淀《よど》む。それで晶は、地雷を踏んでしまったかもしれないと後悔した。

村野の恋人・西原愛《あい》が、渡米して手術を受けた話は聞いている。二人は一緒にいる時に事故に巻きこまれた。村野は膝を負傷し——当時在籍していた捜査一課から異動せざるを得ないほどの怪我《けが》だった——愛は下半身の自由を奪われ、車椅子の生活になった。そういう状態が何年も続いたのだが、アメリカで神経再建の新しい手術法が確立され、愛はそれを受けるために渡米した。手術が成功だったかどうかまでは聞いていない。しかし愛が帰国してから、二人は一緒に暮らし始めていた。

「手術はほぼ成功だったんだ」村野が打ち明ける。「今は松葉杖《まつばづえ》があれば、ある程度は歩ける。でも、長くは続かない。車椅子生活をしているうちに、筋肉がすっかり衰えていたから」

「そうなんですか……」

「だから、キッチンに立つのも長時間は無理なんだ。そもそも松葉杖をついたままじゃ、料理も難しい」

「ですね」

「ま、料理ぐらいはね」村野が明るい表情を見せる。「大友《おおとも》さんからレシピをもらったから」

「ああ、大友さんも料理は得意なんですね」

「今はまったく料理していないそうだけど。息子さんがいないと、一人分を作るのは面倒になったんだろうな」

妻を交通事故で亡くした大友鉄《てつ》は、捜査一課の伝説的な刑事である。子育てのために自ら手を上げて刑事総務課に異動し、そこで特殊な事件を何度も担当した。その後、息子が高校生になったのを機に捜査一課に出戻りし、今では取り調べの達人として活躍している。ちなみに大学生になった息子は、今は北海道に住んでいるそうだ。

「俺も、しばらくリハビリだ」

「そうですか？」

「支援課の仕事は、長くは続けられないのかもしれない。自分では大丈夫だと思っていたけど、他人から見たら完全にすり減っていたみたいだよ。でも、いつかは元に戻る」

「待ってますよ。私は……まだ分からないことばかりですけど」

「分からなければ聞いてくれよ。俺に分かる範囲で答える――ま、聞かれなくても口出しするかもしれないけど」

村野とは警視庁の正面玄関で別れた。村野はそのまま有楽町《ゆうらくちょう》線の桜田門《さくらだもん》駅へ向かう。愛と同居を始めて、村野は中目黒《なかめぐろ》から月島《つきしま》へ引っ越したという。一応新婚だし、さっさと帰りたくなるのも当然だろう。さて、自分は……一人静かに家で過ごそう。暇潰しに愛車のMG－RV8でドライブに出かけてもいいのだが、何かあったら夜中に呼び戻される恐れもある。

今は「欠席」だけはしたくなかった。少しでも経験を積むことで、加害者家族支援のやり方を探らなければならない。

翌朝、晶は出勤すると同時に、東多摩署の大河原から電話を受けた。礼儀を失さないようにと、意識して丁寧に挨拶する。

「昨日はありがとうございました」

「ちょっとご相談なんだけどね」

「はい」いきなり深刻な口調だったので、釣られて緊張してしまう。

「実は加害者の父親——拓実さんが入院したんだ」

「え？」立ち上がりそうになって、晶は落ち着け、と自分に言い聞かせた。こんな時に慌てても何にもならない。

「今朝倒れて、病院に搬送されたそうだ。それで消防からうちに連絡が回ってきた」

「事件なんですか？」事故あるいは事件で怪我人が出た場合、消防から警察に連絡が回るのは普通だ。まさか、昨日の事件に絡んで何か起きたとか——。

「いや、事件じゃない」少し慌てた口調で大河原が言った「詳しい容態は分からないが、脳梗塞らしい」

「脳梗塞？　大変じゃないですか」

「命に別状はないそうだ」

「そうですか」大きく息を吸って吐いて、何とか緊張感を逃す。「それで、どういう状況なんですか？」

「まだ分からない。問題は――」

「次男の陽平君が一人きりになってしまうことですね？」

「そうなんだよ」

「今はどうしてるんですか？」

「病院で父親につき添っているらしい」

「それで、うちに連絡していただいたんですね？」

「こんなことを支援課に言うのもどうかと思ったんだが、うちで処理する案件でもないし……ただ、気になったんでね」

「連絡していただいてありがとうございます」晶は頭を下げた。「うちの方では、情報収集を進めます。場合によっては、そちらとも連携して――ということになるかと思いますが」

「取り敢えず、そちらに任せていい、ということだね？」大河原は露骨にほっとしていた。

「はい。搬送先の病院は分かりますか？」

病院の名前と住所を聞き取り、晶は通話を終えた。三鷹《みたか》にある大学病院か……高梨親子の自宅とその病院は、直線距離にすればさほど離れていないはずだ。立ち上がってすぐに、若本に報告する。

「うちが手を出すようなことじゃないと思うが」若本の反応は鈍かった。「これを加害者家族支援と言えるか？」

「念のために、状況だけは把握しておいた方がいいと思います」晶は押した。「だいたい今、忙しいわけじゃないでしょう。それにこれこそ、うちの仕事だと思いますけど」

「まあ、そうなるかな」若本が顎を撫《な》でる。「だったらお前、ちょっと現地に飛んでくれるか」

「そのつもりです。秦を連れていっていいですか？　昨日の流れで」言って彼女の席を見たが、いない。デスクの上のパソコンは閉じられたままだった。「秦、休みでしたっけ？」

「いや、今日は研修だ」

「ああ、研修……」何だか気合いが抜けてしまう。確かに研修の予定は入っていた。

香奈江と清水は支援業務にかかわるのがまったく初めてなので、村野たち先輩から定期的に研修を受けることになっている。晶は一応、去年の経験があるからということで、ここに来る前の短い研修以外は免除されていた。去年の事件が、実際に自分の中で生きているかどうかは分からなかったが。「だったら、一人で行きます」

「俺も行こうか？」言いながらも、若本は腰が引けている様子だった。捜査一課の経験が長い猛者《もさ》なのに、支援課での仕事に関してはまだ疑心暗鬼のようだ。

「いえ、話を聴きに行くだけですから、一人で何とかします」

荷物をまとめて外に出る時に、二係の安藤梓《あんどうあずさ》と一緒になった。晶よりも何歳か年上の先輩で、小柄な女性である。所轄から直接被害者支援課にスカウトされたそうで、ここでの経験はかなり長い。ただし童顔なので、とてもベテランには見えなかった。村野は陰で「ダブルA」と呼んでいる。イニシャルなのだが、彼に言わせればマイナーリーグのことだという。まだメジャーに上がれない——そういう言い方は失礼だと思うが。

「現場？」梓が声をかけてきた。

「はい、ちょっと状況が動いていて。昨日の調布の事件の関係です」

「SNSが荒れてるみたいね」

「ええ」それは晶も確認していた。既に高梨英人の名前が出ている。少年事件なのに……と思ったが、学校関係者の中では噂が回るのも早いのだろう。警察は名前を公表していないのだが。

「その関係？」

「マル被の父親が倒れたそうです。次男が一人で取り残されているし、心配なので」

「そうか、そういうケアも必要なんだ」

梓が真顔でうなずく。この人結構モテるんじゃないかな、と晶は想像した。三十代半ばになるのに未だに可愛《かわい》い感じだし、小柄なので庇護欲《ひごよく》をかきたてられる男もいるはずだ。

「安藤さんは、どこか現場ですか？」

「品川《しながわ》。暴行事件」

「被害者は……女性ですね？」

「そう」梓の顔が暗くなる。

元々、支援課が扱う案件は圧倒的に交通事故、そして性犯罪の被害者が多い。晶は経験したことがないが、性犯罪被害に遭った女性に寄り添う仕事は、精神的にかなりきついだろう。

「そういうの、大変じゃないですか？　慣れるものですか？」エレベーター待ちの間に、晶はつい聞いてしまった。

「全然慣れないわよ」梓が正直そうに打ち明ける。「いろいろ支援の仕事をしてきたけど、性犯罪絡みの案件は、その後のダメージも大きいわね。今回は怪我しているみたいだし、事情聴取を始めるまでにも時間がかかると思う。だけど所轄は急かすしね」

「それはやっぱり、捜査の都合で——早く動かないと、証拠も証言も曖昧になります」

「柿谷は、まだ捜査一課の感覚なんだね」梓が面白そうに言った。

「それは……捜査はスピードだと思います」

「でも、被害者は簡単には供述できる状態になっていない。そもそも話したくもない。そこで私たちが板挟みになるわけ」梓が左右の掌を胸の前でぴたりと合わせた。「捜査する方の事情と被害者の気持ちと、両方のバランスを取って、ということ。うちの仕事の八割は、そういう調整だから」

「きついですね」

「絶対慣れないわよ」梓が忠告した。「慣れて、経験でやれるようにはならないから。毎回考えないと」

「……ですね」

「頑張ってね、としか言えないけど」

「いえ、アドバイスは欲しいです」

「あなたが今やろうとしているのは、加害者家族の支援でしょう？　そこは私にとっても未踏の地だから」

未踏の地という表現はどうかと思うが、梓の言うことは理解できる。訳が分からない場所に、素手で乗りこむようなものなのだ。頼りになるのは自分の腕と気持ちだけ。

三鷹の大学病院へ着いてからが大変だった。単なる病気なので、東多摩署の人間が来ているわけではなく、病院側に一から事情を説明しなければならない。話が通っていればと思ったが、大河原もそこまでやってくれる余裕はないようだった。

拓実は現在、手術を受けているという。担当医師に話を聴きたかったが、取り敢えずは手術が終わるのを待つしかなかった。待合室で時間を潰すこと一時間。既に昼近くになっていた。このまま一日待たされたらどうしようと苛立ってきたところで、先ほど話をした看護師がやって来た。

「先生の手が空きましたので、お話しできます」

「ありがとうございます」やっとか――勢いをつけて立ち上がる。

診察室に通される。手術を担当したのはまだ若い男性医師だった。名札を見て「水《み》木《ず》」という名前を確認する。

「どうですか、水木先生」

「ええと、高梨さんですね」先ほど看護師に渡した名刺を持っている。

「はい。捜査の関係でお話ししていた人なんですが、病状はどうなんでしょうか」

「軽い脳梗塞です。薬では処置が難しい状態だったので、簡単な手術をしました。手術自体は無事に成功していますし、命に別状はありません。後遺症の心配も、まずないと思います」

それを聞いて、ほっと胸を撫で下ろす。これで拓実がいきなり死ぬようなことになったら、残された次男の陽平は大変なことになる。

「話はできますか？」

「それはまだ無理です。夕方までは、薬で眠らせていますから」

「しばらく入院ですか」

「そうなりますね」水木が、卓上カレンダーを手に取った。目の前には巨大なパソコンのモニターがあるので、アナログのカレンダーは浮いている。

「どれぐらいですか？」

「最低二週間は様子を見ないと。手術をした中では軽い症状でしたけど、とにかく脳ですから」水木が自分の頭を人差し指で突いた。「慎重にいかないといけません」

「ご家族は……」

「それは、看護師の方に聞いていただけますか」

「分かりました。ありがとうございます」晶はすぐに立ち上がった。とにかく、次男の陽平に会わなくては。

ナースステーションに行き、陽平の居場所を訊ねる。父親が眠っている集中治療室の近くにいるはずだ、ということだった。案内してもらうわけにもいかず、集中治療室の場所だけを確認して、急ぎ足でそちらへ向かう。

ガラス張りになっている集中治療室の前にベンチがあり、そこに一人の若者が腰かけていた。黒いパンツにオリーブグリーンのフライトジャケットというラフな格好。足元は素足にサンダルで、大慌てで家を出て来たのが分かる。

「高梨陽平君？」

声をかけると、陽平がゆっくりとこちらを向いた。顔面は蒼白《そうはく》で、耳を覆うぐらいの長さの髪には、まだ寝癖が残っている。

「警察――総合支援課の柿谷です」

晶は念のためにバッジを示したが、陽平はろくに見もせずうなずくだけだった。晶はポジション取りに困った。正面に立つと見下ろす格好になり、相手を萎縮させる。だから目線を同じ高さにして話したいのだが、陽平に立ってくれと言うわけにもいかない。仕方なく、ベンチで横に座った。直接顔は見られないが、距離は近くなったので、話すにはこの方がいい。せめてもと、体を捻《ひね》って、彼の横顔が見えるようにした。

「今、お医者さんから話を聴きました。命に別状はないみたいね」

「ああ……同じことを聞きました」

「病院でしっかり治療してくれるから、心配しないで」

「心配しない――それは難しいですね」陽平の話し方は、どこか客観的に聞こえた。

「近くに親戚とか、お父さんの友だちとか、頼れる人はいない？」

「いないです」

「親戚も？」晶は質問を繰り返した。

「親戚なんか……」

陽平が吐き捨てるように言った。急に乱暴な口調になったので、親戚との間に何かがあったのだと晶は悟った。しかし今は、その件を突っこんで聴くべきではないだろう。

「ちょっと事務的な話をしていい？」

「ええ」

「お父さん、二週間ぐらい入院するって」

「そう聞いています」

「取り敢えず、入院に必要なものを用意しないと。着替えとか、歯ブラシとか」

「ああ――」初めてそれに気づいたように、陽平がはっと目を見開く。

「コンビニなんかでも買えるけど、わざわざお金を使うことはないし、使い慣れたもの方がいいでしょう。家に戻って取ってくる方がいいと思う」

「そうですね……」最初はしっかりしているように見えたが、やはりまだ高校生だ。間違いなくショックに蝕《むしば》まれている。

「車で来てるから、取り敢えず家まで往復しようか」

「だけど……いいんですか？」陽平が上目遣いに晶を見た。「警察の人がそんなことまでしてくれるんですか？」

「こういう非常事態になったら、普通は親戚や友だちが助けてくれるものだけど、それはできないんでしょう？」結局この話は聞かざるを得ない。「親戚の人と何かあった？」

「昨夜電話がかかってきて……岐阜《ぎふ》に住んでるジイさんからだったんですけど、親父《おやじ》と大喧嘩《おおげんか》したんです」

「事件のことで？」

「お前の教育が悪いとか、散々言われたみたいで……岐阜の方でも、もう事件の話が広がっているんです」

「お兄さんの名前も知られている？」

「しょうがないっすよ」陽平が溜息をついた。「SNSでは、何でもバレちゃうから」

そんなこともないのだが──実際には本当に重要な情報はSNSには流れない──

晶はうなずいて質問を続けた。

「ひどい喧嘩だったの？」

「親父は激怒してました。あんな親父を見たこと、ないです」

それが脳梗塞の原因ではないかと晶は想像した。実の父親に事件のことで責められ、激怒して血圧が急上昇して、翌朝倒れた――因果関係は証明できないだろうが、いかにもありそうな話だ。

「じゃあ、岐阜のおじいさんには頼めないわね」

「いや、あの……正直俺も好きじゃないんです。昔から上から目線で」

「そういう人、いるよね」晶は話を合わせた。

「学校の先生だったんです。とにかく硬くて厳しくて、苦手でした。子どもの頃、里帰りが本当に嫌で……親父も何度か喧嘩して、お袋が亡くなってからは一回も帰ってません」

数年間、ほぼ絶縁状態ということか。拓実の妻が亡くなったこととも、何か関係あるかもしれない。

「お母さんの方の親戚は？」

「いないんです」

「一人も？」

「向こうの親も亡くなってるし、お袋は一人っ子だったから……探せば親戚はいるかもしれないけど、簡単には分からないです。お袋の実家は鹿児島《かごしま》なので」

「誰かに電話一本かければ、分かるわけじゃないんだ」

「ちょっと無理ですね」

一気に心配になった。これから陽平は自宅で一人で暮らし、入院している父の面倒を見て、さらに学校にも行かねばならない。学校はまだ春休みだが、新学期が始まれば今より厳しい状況に追いこまれるのは間違いないだろう。被害者も加害者も同じ高校の生徒――加害者の弟である陽平が通いづらくなるのは間違いない。学校関係者とも話をして、今後の対応について相談すること、と頭の中にメモした。

「じゃあ、とにかく入院の準備をしよう」晶は立ち上がった。

「はあ……」陽平の反応は鈍かった。

「ここで待っててもしょうがないわよ。お父さんは、夕方までは薬で眠っているそうだから」

「そうですか……じゃあ、戻りますか」やけに年寄りじみた口調で言って、陽平も立ち上がる。身長は晶とほとんど変わらない――ということは、百六十センチ台半ばぐらいだろうか。「すみません、何か迷惑かけちゃって」

「これがうちの仕事だから」

「こんなことまで仕事なんですか？　警察って、事件が起きた時に犯人を捕まえるのが仕事でしょう」

「それはほんの一部」並んで歩き出しながら、晶は言った。「ちょっとお題目を言っていいかな」

「……ええ」

「警察の究極の目的は、犯罪が起こらない安全な社会を作ること。そのためには事件の捜査もするし、交通違反の取り締まりもする。犯罪に巻きこまれた人をフォローするのも仕事だから」

「犯人ですよ」陽平が皮肉っぽく言った。「犯人の家族なんて、世間から逃げるしかないでしょう」

「それが正しいと思う？」

「何を言われても耐えるしかないんじゃないかな」

「それでいいと思う？」

「いや……そんなの、分からないですよ。こんなこと、生まれて初めてだから」

晶は少しだけほっとしていた。陽平はまだ十六歳。しかも短期間に兄が逮捕され、父親が倒れるショックに続けて見舞われている。衝撃を受けて、まともな受け答えができなくてもおかしくない。しっかりしているのか、あるいはまだ二つの出来事をはっきり実感できていないのか……前者ではないかと晶は想像した。偏差値七十を越える高校──進学校に行っているから、実生活でもしっかりしているとは限らないが、会話から受ける印象は、高校生というより大人だ。

駐車場に停《と》めた車に陽平を案内したものの、陽平はすぐには車に乗りこもうとしなかった。

「どうかした？」

「これ、覆面パトカーですよね」一見したところは、ただの白いトヨタカムリである。ゆったりしていて、四人で移動するにはいい車だが、ハンドリングはだるくて仕方がない。自分が普段、異常にクイックな反応を見せるＭＧ－ＲＶ８に乗っているせいだろう。

「そうだよ」

「覆面って言ってもパトカーだから……」

「ビビらない、ビビらない」晶は敢えて軽い口調で言った。「うちは、捜査する部署じゃないの。この覆面パトカーだって、捜査につかうものじゃないから。単なる移動用」

「はあ」

「とにかく、乗って。この辺、電車やバスの便がないから、車がないと動くのも大変よ」

結局陽平は助手席に乗りこんだ。覆面パトカーを運転する時には飛ばし気味になるのが悪い癖なので、今日は気をつけようと晶は自分に言い聞かせた。乗せるのは同僚ではなく、普通の人なのだし。アクセルを踏みこもうとした瞬間、ジャケットのサイドポケットに突っこんでおいたスマートフォンが鳴る。支援課からかと思ったが、見慣れぬ携帯の番号だった。無視してもよかったが、気になる。「ちょっと待って」と陽平に声をかけ、電話に出た。

「柿谷君かい？　大河原です」

「ああ、はい。お疲れ様です」

「今、話せるかな」

「大丈夫です。一分遅れていたら出られませんでしたけど」

「ああ？」

「これから車で移動なんです」

「誰かと一緒か？」大河原の声はやけに慎重だった。

「ええ」

「高梨英人の弟？」察しよく大河原が言った。

「そうです。これから、高梨さんの入院の用意をするので、自宅まで送ります」

「そうか……まずいな」

「何がですか」大河原の深刻な口調が気になる。

「自宅マンションに落書きされていた。うちの刑事が、移動中にたまたま見つけたんだ」

「それは――」晶は陽平の顔をちらりと見た。やはり会話の内容が気になるのか、不安そうな表情を浮かべている。一度外へ出た。これ以上、陽平を不安にさせるようなワードを出すわけにはいかない。「目立つ場所ですか？」

「店なんだ」

「コンビニ？」

「場所によっては見えないんだが……彼に見せるわけにはいかないな。ショックを受けると思う」

「だけど、どうしますか？　どこに車を停めて下ろすか……」

「だったらこうしよう」大河原がテキパキといった。「家のすぐ近くにファミレスがあるけど、分かるか？」

「分かります」昨日、香奈江とお茶を飲んだ店だ。

「その前で、うちの覆面パトカーを待機させておくから、それについて行ってくれ。落書きが見えない場所に車を停めるように、上手く誘導するから」

「ありがとうございます……何でこんなに気を遣ってくれるんですか？」

「嫌な予感がするからだよ。昨日の今日で、いきなりこういう物理的な嫌がらせがあるのは、かなり反応が速いんじゃないか？　ネットで罵詈雑言が広がるぐらいならともかく」

「確かに速いです」

「実際にひどい被害が出ないように、早めに手を打ちたいのさ」

「分かりました。それでは、現地で」

運転席に乗りこみ、助手席の陽平をちらりと見ると、今にも質問を発しそうな気配だった。晶は機先を制するために先に口を開いた。

「たまにはまともな上司もいるね」

「はい？」

「こっちがお願いする前に、気を遣って手を打ってくれる人。皆が皆、こういう感じだったら、世の中、もっとスムーズに回るんだけど」

陽平は事情が分からない様子で、首を傾げるだけだった。そんなにあれこれ気を遣ってはいけないと言ってやりたかった。こういう非常事態の時は、とにかく大人に任せておけばいい。

自分が頼りになる大人かどうかは分からなかったが。

5

昨日香奈江と入ったファミレスに近づくと、一台の白いセダンが路肩に停まっているのが見えた。ハザードランプが点滅した後、すぐに走り出す。晶はブレーキを静かに踏みこんで少しスピードを落とし、セダンの背後についた。百メートルほど走ってコンビニエンスストアが入ったマンションの前まで——前には停まらず、手前で停車する。晶は自分のカムリを、所轄の覆面パトカーの後ろに停めた。すぐに、助手席から大河原が出て来る。晶も飛び出した。

「奥の方の壁に落書きがある」大河原が小声で告げた。「そっちに行かないように誘導して、家まで送ってくれ。その後、下に降りて自分で確認してくれ」

「了解です」

陽平は助手席で不安そうに固まっていた。もう一台のパトカーが登場したので、心配になるのも当然だろう。晶はすぐに外へ出るよう、陽平を促した。

「何かあったんですか？」

「あなたには関係ないから」晶は努めて平静な口調で言った。「別件」

「そうですか……」

陽平が、億劫《おっくう》そうに車から出てきた。晶は彼の前に立って、コンビニエンスストアの右奥にあるエレベーターホールに入った。普通に入れば、落書きを見ることはないのだが、念のため……陽平は考え事をしているようで、周りの様子も目に入らない感じだった。

エレベーターで、四階の自宅に戻る。陽平がズボンのポケットから鍵を取り出し、鍵穴に差しこんだ瞬間「あ」と小さな声を上げた。

「どうかした？」

「鍵、かけないで出てきちゃいました」

「大丈夫でしょう。この辺、そんなに治安が悪いわけではないし、オートロックだし」

「はあ……」心配しているというより、自分のミスを悔いている感じだった。

「一応、大事なものがちゃんとあるかどうか確認してから、入院の準備をして。私は下で待ってる」

「分かりました」

「それと」晶は名刺を取り出し、自分の携帯の番号を書きつけて渡した。「何かあったらこの番号に電話して。いつでも大丈夫だから」

「すみません……」遠慮がちに名刺を受け取り、陽平が頭を下げた。

陽平がドアの向こうに消えると、晶はゆっくり息を吐いてエレベーターホールに引き返した。一階に降りると、外で待っていた大河原と合流する。

「どうだ？」

「鍵をかけ忘れていたそうです。相当慌てていたんでしょう」

「当たり前だよ」大河原がうなずく。「こんな時に冷静に動ける高校生がいたら、かえっておかしい」

「落書き、確認します」

「こっちだ」

大河原に誘導され、晶はマンションの脇に回った。細い道路を挟んだ隣は、二階建てのアパート。ただしこのマンション側に面しては窓がない。落書きは、道路を五メートルほど入ったところの壁に大書されていた。「人殺し」。スプレーを使って大急ぎで書かれたもののようで、インクが垂れている。ベージュ色の壁を汚す赤いインクが、やけに凶暴な印象を与える。

「いつ、こんなものが？」

「見つかったのは一時間ほど前なんだ」

「ということは、昼間に書かれたんですか」

「ご覧の通りで」大河原が周囲をぐるりと見回した。「ここは目立たないんだ。隣のアパートからは見えないし、車もあまり入ってこない。こんな字は、一分もかからないで書けるだろうから、誰にも見られずに簡単にやれたと思う。実際には、昨日の夜にやったんだろう」

「一瞬の犯行ですかね」晶は顎を撫でた。とっくり眺めても何かが分かるわけでもない……念のために、スマートフォンで撮影した。「調べてるんですか？」

「今、このマンションのオーナーと話をしてるところだ。被害届を出すかどうか相談しているが、そもそもここは、ぎりぎりうちの管轄じゃないからな」

「府中《ふちゅう》中央署ですね……このマンション、高梨さんがオーナーというわけじゃないんですね」

「高梨さんはこのマンションに部屋と店用のスペースを借りているだけだ」

「マンションのオーナーさんは、とんだ迷惑ですね」

「まったくだ……こういうのは困るな。パトロールを強化しないといけない」

「府中中央署は、本格的に捜査しますかね」

「それは、被害届が出るかどうかによる。しかし、捜査は難しいだろうな」大河原が腕組みして文字を凝視した。幅は一メートルほど。一番上がちょうど顔の高さぐらいだろうか。平均的な身長の男性が、スプレー缶を持ち上げて壁に落書きしたら、この高さになるのが自然ではないか。

「防犯カメラは？」

「いくつか設置されているが、ここは死角だ」

「だとすると、やっぱり捜査は難しいですね」

晶の警察官としての人生は、防犯カメラと共に歩んでいると言っていい。街中に防犯カメラが急速に増えたのはここ十年ぐらい、晶が警察官になった頃からで、現在の捜査に防犯カメラが果たす役割は極めて大きいのだ。街中で事件が起きると、ＳＳＢＣ（捜査支援分析センター）が防犯カメラの映像をリレー方式で追跡して、容疑者などの足跡を割り出す。それで解決した事件がどれほどあるか……昔のように、刑事が足で稼いで手がかりを探すよりも、防犯カメラの映像を解析した方が効率的というのが最近の捜査の常識だ。もちろん、それだけで全ての事件が解決するわけではないが。

「狙いは……高梨さんですか」

「だろうな」大河原がうなずく。「実名がネットで拡散している。こういうことをやろうとする人間が出てきてもおかしくないよ」

「経験してます」

「去年の事件だろう？　あの時は放火まであった」

「ご存じでしたか」

「あの事件は、でかかったじゃないか」

大物テレビ司会者の息子が起こした殺人事件。非難の矛先は司会者本人にも向いた。放火は大事には至らなかったが、そこまでやる人がいることに晶は衝撃を受けた。

「この件は困るな。うちは事件の処理で手一杯だし、府中中央署がちゃんとやってくれるかどうかも分からない」

「だったらうちが――」

「いや、支援課がこの件を捜査するのは、筋違いだ」大河原が素早く釘を刺した。

「支援課は、もっと広い視野で仕事をするものじゃないかな」

「仰る通り……かどうかは分かりません」

「ああ？」

「どこまでが支援課の仕事なのか、私にもまだよく分かってません。臨機応変です」

「なるほどね……で？　これからどうする？」大河原が話題を変えた。

「陽平君を病院まで送ります。彼が今日どうするかは……分かりませんね。病院に泊まりこむと言い出すかもしれませんけど、病院側がそれを許すかどうか」

「家にいても危ないことはないと思うが、こういう落書きがあるとな……」大河原が顎を撫でる。

「本人の希望に合わせます。それで何か危ないことがあったら、こちらで対策するということで」

「それが臨機応変、か」

「そういうことです」

二人はコンビニの前に戻った。そう言えば昼食がまだだ。陽平も当然食べていないだろう。何か食べさせなければ……このコンビニで何か買って、車の中で食べてもいいのだが。それを告げると、大河原が「署の食堂でもいいぞ。奢《おご》ってやる」と言い出した。

「むしろ不安になりませんかね」

「不安にはなるかもしれないけど、署が一番安全だろう。どうせ病院へ行く途中みたいなものじゃないか。少し寄り道だ」

「食事しながら話せば、少し気が楽になるかもしれませんね」

「腹が減ってると苛々するからな……あなたから提案してやってくれないか」

「分かりました」

「ところで今日は、秦は一緒じゃないのか」

「研修です」

「ああ……」大河原が嫌そうな表情を浮かべる。「支援研修かい？」

「ええ」

「俺も受けたことがあるけど、あれはメンタル的になかなかきついものがあるな」

「だけど彼女も、支援業務は初めてですから。座学も必要かと」

「現場に出てる方が楽だな」

「そうですね……あ」

晶は小さく声を上げて警告した。ちょうど陽平がエレベーターホールから出て来たところである。左肩に大きなリュックをかけ、右手にボストンバッグを持っていた。

「お待たせしました」陽平は依然として冷静だった。もっとパニックになってもおかしくないのだが……元々落ち着いたタイプなのかもしれない。

「ずいぶん大荷物になったね」晶は何とか笑みを浮かべることができた。単に事務的な話をしているだけ、というようにしたい。深刻な状況を話し合っていたと知られたら、面倒なことになる。なるべく彼のメンタルを刺激したくない。

「念のためです。入院が延びるかもしれないから」

「少ないより多い方がいいかもね。ところで鍵は？」

「今度は大丈夫です」陽平の表情が一瞬固くなる。戸締りのミスを、今でも悔いているようだった。

「陽平君、ご飯食べた？」

「いえ……あの、朝も食べてないです」

「じゃあ、お腹《なか》減ったでしょう。私も昼は食べてないんだけど、一緒に食べない？」

「いや……」陽平が胃の辺りを掌でさすった。

「食欲、ない？」

「そういうわけでもないですけど」

「今後のことも話しておきたいんだ。別に変な意味はないけど、これから警察に行かない？」

「警察……」陽平の顔がはっきりと引き攣《つ》った。

「何もあなたを逮捕しようというわけじゃないから」言った瞬間、このジョークは場違いだった、と晶は悔いた。「署には食堂があるのよ。それに署の中なら、関係ない人に話を聞かれる恐れもないから……そうですよね、大河原さん」

「ああ」大河原が真顔でうなずく。「ちなみに今日のランチはメンチカツだった。うちの署のメンチカツは美味いぞ」

「あの……」陽平が遠慮がちに切り出した。「兄貴もそこにいるんですよね」

「ああ」

「こっちのバッグ、兄貴の着替えなんです」ボストンバッグを持ち上げた。「差し入れとか、できますか」

「大丈夫だ……よく気が利くな」

大河原が褒めたが、陽平にすれば、褒められているかどうかすら分からないだろう。晶は少し心配になっていた。こんな厳しい状況でも、陽平は精神的にぎりぎりで踏みとどまり、家族の心配をしている。こんな風に他人の世話をすることばかり考えていると、知らぬ間に自分の精神が病んでしまうものだ。

村野がそうであったように。


東多摩署に着くと、まず大河原が英人への差し入れの手続きを手伝った。陽平はさすがに緊張していたが、それでもあくまで冷静に対応している――むしろ冷静過ぎる感じもしたが、世の中には緊張が限界を越えると、急に平静を取り戻す人もいる。

その後に食事になった。昼食時を外れているので、地下にある食堂に署員の姿はほとんどない。晶と陽平は、大河原お勧めのランチを頼んだ。美味いかどうかは分からないが、大きめのメンチカツが二つ。つけ合わせはたっぷりの千切りキャベツとポテトサラダで、手っ取り早く腹を膨らませ、カロリーを摂取するにはいい食事だ。

げんなりしているような感じがあったのだが、いざ箸をつけると、陽平は高校生らしい食欲を発揮して、あっという間に食べ終えてしまった。晶は同年代の女性よりはかなり食べるスピードが速いのだが、とても追いつかない。もっとも、メンチカツの味は上々だったが……中にもキャベツが大量に入っているので、サイズの割には健康的な感じもする。ソースをかけてしまったが、これには醤油《しょうゆ》でも合ったかもしれない。

　既に食事を終えている大河原は、プラスティック製の湯呑みに入れたお茶をゆっくりと飲んでいた。晶が食べ終えると、ようやく話を切り出す。

「遠慮しても無意味だからはっきり言うけど、かなり大変になるよ」

「はい……」陽平の目が急にどんよりと澱《よど》んだ。

「昨日、お父さんと話して、今後のことを相談した。弁護士については心配しなくて大丈夫だ。お兄さんにはもう弁護士がついている。今後のことについては、その弁護士から話を聞いてもらえばいい。我々も、話せることは話す。それに、支援課の柿谷君がちゃんと対応してくれるから、困ったことがあれば何でも相談すればいい」

　陽平が無言でうなずく。しかし目は暗く、心配事はまったく解消されていない様子だった。晶はすかさず話に割って入った。

「問題は、今日みたいに差し入れをする時。何を差し入れられるかは、警察に聞けば教えてもらえます。それで嫌な対応をされたら、私に言って」

「柿谷君がすぐに教育的指導をするからな」

　大河原が言った。冗談のつもりだろうが、誰も笑わない。大河原が大袈裟に咳払《せきばら》いをした。

「とにかく、時々差し入れをしてあげて。お兄さんも、心強いと思うから。陽平君、お金はある？」

「それは何とか……親父の金があります」

「家に置いてあるんだ？」

陽平がうなずく。高校生だから自由に使える口座もないだろうし、当然クレジットカードなども持っていないはずだ。

「今は大丈夫かもしれないけど、そのうちお金が足りなくなるかもしれない。でも、お父さんはすぐに回復して退院するはずだし、困ったらいつでも相談して」

「分かりました」

「お父さんの入院は二週間ぐらい……これから学校も始まるし、時間的にきついとは思うけど、たまには顔を出してあげて。学校はいつから？」

「明日──七日から新学期です」

「陽平君、部活はやってないんだよね？」

「やってません。あの学校で部活をするほど、余裕はないです」

「やっぱり勉強、大変なんだ」

「俺みたいにぎりぎりで入った人間は、必死にならないとついていけません」

「優秀な高校だからね」

褒めたつもりだったが、陽平の表情は硬いままだった。どうも話が上手く転がらない……自分は支援業務に向いていないのでは、と心配になってきた。村野だったら、こういう時、どうするだろう。

「病院や警察に行くのも大変だけど……」

「バイクがあります」

「そうなんだ」

「だから平気ですけど」

「無理はしないでね。お父さんは二週間経てば退院できるから。そう言えば、コンビニの方、大丈夫かな」

「それは、店長さんがいるから大丈夫だと思います」

「店長がいるのに、お父さんが夜勤に入ったりするの？」晶は目を見開いた。

「どうしても人の都合がつかないことがありますから。今、コンビニのバイトは人気がないんですよ。俺もたまにシフトに入ることがあります」

「そうなんだ……いろいろ大変なんだね」

「大したことないです」この状況では強がりにしか聞こえない。

「本当に、助けてくれる人、いない？」

「いないけど、大丈夫です」陽平が言い切った。やはり強がりだろうか？　しかし顔を見ただけでは、何とも判断できない。

「一人でやれる？」

「やれます」

「でも、本当に厳しいと思ったら、すぐに私たちに言って。何とか手当するから」

「そういうことは……警察の人に助けてもらうのは筋が違うと思います」

「そんなことないよ。支援課は、そういうことが仕事なんだから」

「何とかします――これぐらい」

とても「これぐらい」で片づけられる状況ではないのだが、強気になることで、陽平は自分を鼓舞しているのかもしれない。実現不可能に思える夢でも、言葉に出して言い続ければ、いつか手が届くかもしれない。

しかし晶には、陽平が無理しているようにしか見えなかった。

かつての自分がそうであったように。加害者家族は、ひたすら息を潜めて嵐が過ぎ去るのを待つか、演技であっても胸を張って「何でもない」と言い続けるしかないのだ。陽平はいつ、自分と同じように、嵐に対して頭を下げるだろうか。

晶は夕方まで陽平につき添った。拓実は午後には意識を取り戻したものの、まだ話ができる状況ではない。結局病院側と交渉して、陽平は今夜、病院に泊まりこむことになった。明日以降は、改めて判断して決める。

「じゃあ、明日からどうするか決めたら、必ず連絡して」晶は陽平に念押しした。

「でも、決めても警察には関係ないことですよね」陽平は警察とは距離を置こうとしているようだった。不信感もあって当然か……。

「一応、知っておきたいの。ここにいるのか、家にいるのかぐらいは」

「分かりません……明日、連絡します」

「学校は？」

「明日は休むと思います。バタバタしているので」

「連絡は？」

「それぐらい、自分でやります」ムッとした口調で陽平が言った。

「ちなみに、学校の関係者から連絡はあった？　友だちとか、担任とか」

「いえ……二年でクラス替えなので、担任は決まってません」

「ああ、そうか」晶はうなずいたが、内心釈然としていなかった。学校側はまったくフォローしていないのだろうか？　兄が殺人者、弟が加害者家族。陽平がとんでもない状況に巻きこまれているのは間違いない。学校として、話も聞こうとしないのはどういうことだろう。

明日の仕事は決まった、と思った。学校側にも話をしておこう。今回は特殊ケースだから、多くの大人が気をつけてケアしていかなければならない。

病院側ともう一度話をして、拓実の容態が安定していることを確認した。入院は今のところ、予定通り二週間。陽平のことについては、できる限り便宜を図る、と言ってくれた。拓実は個室に入院しているので、泊まりこむつもりならいつでも大丈夫。

何だかんだで午後六時になってしまった。支援課に電話を入れ、晶からの報告待ちで残っていた若本と話す。

「落ち着くまで、しばらく時間がかかりそうだな」

「そうですね。一応毎日連絡して、様子を聞こうと思います」

「施設のお世話になることも考えないといけないかもしれないぞ」

「高校生ですよ？」家族に問題があった時に、施設が子どもを一時的に預かることはある。だがそれはもっと小さい子ども——自活できない中学生ぐらいまでが対象ではないかと、漠然と思っていた。

「未成年であることに変わりはない。受け入れられるよ」

「でも、本人はしっかりしていますから、一人でも何とかなると思います」

「ただ、今まで一人暮らしだったわけじゃないだろう？　こんな状況で、急に一人きりになったら不安だろうが。メンタルもやられるかもしれない」

「ケアしておきます——明日、学校の方とも話そうかと思います」

「明日、入学式だぞ」

「何で知ってるんですか？」

「うちの子どもも、明日都立高の入学式なんだよ」

そんなに大きな子どもがいたのか……まだ課員のプライベートを把握していないと実感する。最近は、同じ職場の人間同士でも、互いのプライベートに触れないようにするのが普通だという。警察の場合は民間企業よりも深く触れ合う傾向があるはずだが。未だに「警察一家」という考え方は根強くあり、上司の紹介で警察官同士が結婚するケースも珍しくない。

「係長、入学式へは行かなくていいんですか？」

「高校生だぜ？　親が入学式に顔を出したら、嫌がるよ。それにうちの息子は、春休みから高校に顔を出してる」

「はい？」

「野球部の練習に参加してるんだ」

「スカウトされるほどの腕なんですか？」

「公立だからスカウトはないけど、練習への参加は許されてる。早く硬球に慣れた方がいいからな」

「試合を観に行くって言ったら、また嫌がられるんじゃないですか」

「それは、意地でも行く」若本が大真面目に言った。「俺も都立高で高校球児だったからな。都大会でベストエイトが最高だったけど、息子には夢を託したいじゃないか」

「ごもっともです」

電話を切って、晶は新しく入手した若本の個人的な情報を頭にインプットした。元高校球児。今年高校生になる息子は、入学前に部活への参加を許されるぐらいの腕前。都立高の野球部が甲子園に出場したこともあるから、若本が、自分が果たせなかった夢を、都立高に進学する息子に託すのも理解できる。

さて、これから本部へ戻って覆面パトカーを返さないと。面倒だが、これは仕方がない。その前に、今日お世話になった大河原に礼を言っておこうと思った。勤務時間を過ぎているから、もう引き上げているか……いや、事件は動いているから、まだ署にいるかもしれない。

予想通り、大河原は自席にいた。

「取り敢えず、こちらの仕事は終わりました」晶は報告した。

「わざわざ俺に言わなくたっていいんだけど」

「いえ、お礼ぐらいは」

「どうだい、これから飯でも食わないか？」

「大河原さんとですか？」

「いや、うちの若い女性刑事も一緒に。今、ここ——生活安全課にいるんだが、本部の捜査一課を目指してるんだ。色々参考になる話を聞かせてやってくれないか？」

「あー、そうですね……」すぐには決断しにくい。

「この辺の所轄にいると、本部の捜査一課の人と話をするチャンスもあまりないからさ」

「私はもう、一課の人間ではないですが」

「経験は豊富じゃないか」

「そこまで豊富ではないです」

面倒だな、という気持ちが先に立つ。この辺で食事をしてからだと、本部へ車を持って行くのが遅くなってしまう。だいたい、案件への対応が進んでいる時に、呑気《のんき》に食事などしていていいのだろうか。そして最大の問題——昼が遅かったので、メンチカツがまだ胃の中に残っている。

それでも晶は結局、「いいですよ」と言ってしまった。ただし車を本部に戻さなくてはいけないので、酒はなし。そう言うと、大河原は「俺もその娘《こ》も呑まないから、今日は純粋に飯だけだ」と宣言した。

それなら少しは気が楽だ。それにしても、調子に乗って途中から酒を呑み始める食事会にはしないようにしないと。警察官の宴会は、基本的に速く呑んで速く酔っ払うパターンなので、心配はいらないと思うが。

覆面パトカーを東多摩署の駐車場に預かってもらい、京王線の国領駅前に出る。指定されたのは、駅の南口にある複合ビルに入っている中華料理店。値段も手頃だし、中華料理は出てくるのが速いから時間もかからないだろう。ほっとして席に着くと、その直後に大河原が入って来た。女性刑事を連れている。一瞬、モデルかスポーツ選手かと思えるほどの長身で、大河原よりも少しだけ背が高い。

「小野《おの》君だ」四人がけのテーブルにつきながら、大河原が紹介してくれた。

「小野真佳《まなか》です」

「柿谷晶です」一礼して、さっと彼女の姿を観察する。椅子に座っても背筋がピンと伸びて姿勢がいい。

「さて、ざっと頼むか。食えないものはないよな?」大河原がメニューを手にした。職場の外で見ると、単なる気さくなオジサン、という感じである。「飲み物は烏龍茶《ウーロン》でいいか?」

晶と真佳が同意すると、大河原は「メニューは任せてくれ」と言ってすぐに店員を呼んだ。飲み物と料理を、一気に注文する。晶は友人たちと食べる時はしっかり料理を吟味するが、こういう場合は相手に任せてしまった方が楽だ。食べられないものはないし。

大河原は料理でチャレンジするタイプではないようで、注文はスタンダードだった。冷菜の盛り合わせ、エビチリ、ナスと豚肉の甘味噌《あまみそ》炒《いた》め、油淋鶏《ユーリンチー》にチンゲンサイの炒め物……炭水化物は、腹具合を見て注文。

烏龍茶で乾杯し、運ばれてきた料理に手をつける。可もなく不可もなく——こういう町場の中華料理屋としては、十分合格点をつけられる。

晶は真佳の質問に、できるだけ丁寧に答えた。東多摩署で刑事になって二年目だから、そろそろ本部への異動が視野に入ってくる時期である。警察の場合、本人が希望している部署へ必ず行けるわけではなく、普段の仕事の評価がポイントになってくる。ただしそんなことを、上司である大河原にこの場で確かめるわけにもいかない。

話が一段落し、締めにコーンと卵のスープ、チャーハンを注文してから、大河原が急に話題を変えて今回の事件のことを話し始めた。真佳はダシだったのでは、と晶は訝った。腹を割って話をするには、署でなくこういう場所がいいのだろうが、二人だけだとばれたら、第三者が余計なことを言う恐れもある。三人ならば、単なる会合だ。

「どうも嫌な予感がするんだが」

「どの部分がですか？」

「明日から新学期だろう？　学校へ行けば、トラブルが起きるかもしれない」

「その件に関しては、明日学校へ行って相談するつもりです。直接先生たちと会って、きちんと様子を見ておくようにお願いします。それより、被害者家族はどうなんですか？」

「そちらは今のところ、ノートラブルだ」大河原がうなずく。「予想していたより落ち着いている。うちの初期支援員が、一日に一回は電話で家族と話すようにしている」

「ありがとうございます」晶は思わず頭を下げた。所轄の初期支援員はあまり熱心に動いてくれないものだ……と村野が愚痴をこぼしていたのを思い出す。

「明日、学校に行くなら、うちからも誰か出そうか？」

「明日は秦が空いているので、一緒に行くことにしています」夕方、香奈江とは電話で話して相談していた。二人とも、本部に上がってから調布まで行くと時間の無駄になるので、学校へ直行することにした。学校にも連絡を取り、入学式の前、九時に教頭と面会する約束を取りつけている。

「秦はちゃんとやれてるか？」

「まだ何とも言えません。今うちの係にいるスタッフは、私も含めて全員が支援業務は初めてなので」

「そうか……手探りだな」

「それより大河原さん、何でそんなに気になるんですか？　落書きの件ですか？」

「ああ。一応所轄――府中中央署で捜査することにはなったけど、正直、犯人は出てこないと思う。こういうのがエスカレートすると困るんだよな」

「分かります」晶はうなずいた。自身も気にしていることである。嫌がらせがエスカレートするとろくなことにならないのは、去年の経験から分かっていた。「とにかく慎重に、でも、押すところは押します」

「とはいえ、押し過ぎないように」大河原が真顔で忠告した。「あなたは前に出過ぎることがある、という評判だから」

　そんなことはありません、と口にしかけたが言葉を呑みこむ。実際、言い過ぎる、やり過ぎることがあるのは自覚しているのだ。否定すれば、大河原は内心せせら笑うだろう。

「しかし、支援課の仕事も大変だ」大河原が溜息をつく。「俺だったら絶対に無理だな。務まらない」

「でも、支援課は常に新しい人材を探しています」晶は真佳に視線を向けた。「小野さんはどう？　本部の勤務先に支援課は？　希望を出せば、すぐに受け入れられると思うわよ」

真佳の笑顔が不自然に引き攣った。

6

翌日、多摩中央高校の正門前で香奈江と落ち合い、軽く打ち合わせをする。

「これは捜査じゃないから」晶は自分に言い聞かせるためにも言った。「質問をすることはあっても、あくまでこっちからのお願いということで」

「きちんとフォローするように、ということですね」香奈江がスマートフォンに視線を落とす。「今日、陽平君は学校に来るんですか？」

「昨日の段階では、休むと思う、と言ってた。今日も病院に泊まるかどうかは、決まったら連絡をもらうことになっているけど……」晶もスマートフォンを取り出した。彼の携帯の番号は分かっているから、こちらからかけてみる手はある。しかしこの時間はまだ病院で、電話に出づらいかもしれない——躊躇《ちゅうちょ》したものの、晶は後ろ向きの気持ちを振り払った。支援課の仕事は「相手の出方を待つ」のが基本で、こちらからは積極的に出ていかないのが普通だが、今回は事情が違うと思う。「ちょっと電話してみる」

「大丈夫ですかね」

「それは、かけてみないと分からない」

出ない——予想していたことではあった。晶は敢えて軽い口調で「ご機嫌伺いの電話です。余裕があったらかけ直して下さい」と留守電にメッセージを残した。

「そんな言い方でいいんですか？」香奈江が驚いたように言った。

「特に用事はないから。無事を確認するだけ……無事みたいね」

スマートフォンの呼び出し音が小さく響く。すぐにかけ直してきたということは、家に戻ったのかもしれない。

「すみません、出られなくて——」陽平が謝った。

「大丈夫。今は？　まだ病院？」

「家に戻って来たところです」

「お父さんは？」

「普通に話せます。後遺症はほとんどないみたいで、退院は少し早まるかもしれません」陽平の声は少しだけ弾んでいた。自宅に戻ったら面倒を見なければならないだろうが、それでも一人で家にいるよりはましだと思っているのかもしれない。

「今日、学校にはやっぱり行かない？」

「行きません」陽平があっさり言った。「ちょっといろいろあるので……学校には連絡しておきました」

「誰と話したの？　前の担任の先生？」

「ええ」

「特に問題なかったよね？」

「はい」

「じゃあ、何かあったら電話して。こっちはいつでも大丈夫だから」

電話を切り、少しだけほっとする。陽平の精神状態は、だいぶ持ち直しているようだ。ショックが立て続けに襲ってきたら、若く脆《もろ》い心は完全に折れてしまってもおかしくないが、立ち直りも早いのかもしれない。若い方が、怪我の治りが早いのと同じだ。

「問題なし、ですか？」香奈江が心配そうに訊ねた。

「取り敢えずね」

とはいえ、晶には気になっていることがあった。昨日の落書きはどうなっただろう。大河原は、府中中央署が捜査すると言っていたが、まだあのまま残っているとしたら、陽平が目にした可能性もある。あれを見たら新たにショックを受けるはずだが……今交わした会話では、彼の精神状態は平静だった。

「それと今日、教頭先生とアポを取っているんだけど、秦が話してくれる？」

「私ですか？」香奈江が形のいい鼻を人差し指で差した。

「秦は、少年事件課の仕事で学校関係者と会うことも多かったよね？　その筋ではベテランでしょう？」

「ベテランっていうほど歳《とし》は取ってないですけど……やります」香奈江はあっさり受け入れた。

「でも、捜査じゃないからね」晶は念押しした。「今日はあくまでお願い。もちろん、学校の対応を最初に聞かないといけないけど」

「捜査というか、取材ですね」

「そんな感じで……行こう」

晶は先に立って歩き出した。入学式は十時からの予定と聞いているから、学校にはまだ新入生はいない。自分の高校の入学式は……あれはもう十五年も前のことだ。当時の友だちの顔は思い浮かぶが、先生が何を話して、どんな行事が行われたかはまったく記憶にない。記憶を封印した？　当時、晶の一家はまだごく普通の家だった。仕事と趣味——何事も英国趣味だった——に生きる父親、あれこれ文句を言いながらも家を切り盛りしてくれていた母親、頼りになる兄。一人は死に、一人は行方不明になり、一人は家に閉じこもって外界との接触をほぼ絶っている。そして自分は、新しい仕事を始めたばかりだ。

壊れた家族は、二度と元に戻らない。特に晶の家のように、本来いるべき人が欠けた家では。

「――晶さん？」

声をかけられ、はっと顔を上げる。いつの間にか、校庭の隅で立ち止まっていた。

「時間、ないですよ」

「ああ、ごめん」慌てて大股で歩き出し、香奈江を追い越した。これはまずいな、と心配になる。支援案件にぶつかる度に自分の人生と重ね合わせてしまったら、ろくな仕事はできない。それ以上に、自分がダメージを受ける。支援課にスカウトされたのは、晶が警察官かつ加害者家族であるという特異な立場にあるからだが、もしかしたら嫌がらせではないかとかすかに疑うこともあった。

一家が事件に巻きこまれたのは、晶が大学生の時だった。晶自身は既に警視庁の採用試験を受けていたのだが、この事件のせいで絶対に落とされるだろうと思っていた。しかしわざわざ「二次試験も受けるように」と電話がかかってきて、結果的に合格した。支援課に来る直前に聞かされた話では、晶が「加害者家族」になったことを分かっていて、敢えて合格させたのだという。いずれ被害者支援課が、より幅広い支援活動を展開するための下地……加害者家族として辛い経験をした人間なら、そういう人たちの支援も上手くできるのではないか、と考えた人たちがいたらしい。冗談じゃない、まるで人体実験じゃないかと憤ることもあったが、結局晶は新しい環境に飛びこんだ。それに、警察では異動を拒否するのは難しい。

これこそが自分の天職、などとは思っていないが、誰かがやらなければならない仕事なのは間違いない。

教頭は五十絡みのほっそりした背の高い男で、物腰は柔らかだった。校長室の隣にある会議室に通されたが、校内全体にざわついた雰囲気が流れているせいで、何となく落ち着かない。

名刺を交換し、予定通りに香奈江がリードして話をし始めた。

「お忙しいところすみません……お時間、どれぐらい大丈夫ですか？」

「三十分は」教頭が腕時計に視線を落とした。

「事件で、学校の方もだいぶ大変だったと思いますが。保護者会は開いたんですよね？」SNSで流れていた情報で、これだけは正確だった。

「ええ」

「大変でしたか？」

「それはもう……」教頭が力なく首を横に振る。「保護者の方は納得してくれなくて。でも、我々も詳しい事情がわからないので、説明しようがなかったんです。今日も入学式が終わった後で、先生たちが事情聴取を受けることになっています」

「生徒さんに対しては？」

「始業式の後に全校集会で説明します」

犯人の高梨英人、殺された日下健はどんな生徒だったのか。誰でも知る名門都立高の中に、何かドス黒いものが流れているのではないか――数日前まで捜査一課にいた人間としては、事件の背景が気になったが、今の晶にはそこに突っこむ権利はない。

「私たちは、捜査には直接関係していません」

香奈江に言われて、教頭がテーブルに丁寧に揃えて置いた二枚の名刺を見た。

「犯罪の被害者とその家族、それに加害者家族をフォローするのが仕事です。亡くなった日下健さんのご家族に関しては、所轄の方がフォローしていて、今は特に問題はありません。ただ、高梨さんの弟さんの方が心配で、今後の対策についてお話ししたいと思って伺いました」

「逆に、どうするべきでしょうね」

教頭が質問してきたので、答えに詰まった香奈江が晶を見た。早々助け舟を出すことになった……晶はすぐに言葉を継いだ。

「実は、我々にもはっきりした答えはありません。ただ、状況は決してよくないんです。高梨さんのお父さんが、昨日、倒れました」

「本当ですか？」教頭が身を乗り出す。

「脳梗塞です。一命は取り留めましたが、今回の件でショックを受けたことが原因かもしれません。陽平さんは、これからお父さんの面倒を見なければならなくなります。それに、自宅マンションの壁に中傷の落書きが発見されました。誰かが、直接嫌がらせをしたんです」

「それは……まずいですね」教頭の表情が一気に厳しくなる。「ネットで、うちの高校や高梨君、日下君の名前が出ていることは確認しています。それだけでもまずいことなんですけど、実際に被害が出たとなったら……」

「最近は、ネットで誹謗中傷が飛び交うだけではなく、実害が出ることも珍しくありません。ですから、どうやって陽平さんを守るかが重要になってくるんですが……学校でだけでも、陽平さんが無事に過ごせるように、何とか考えていただけますか」

「今日は休みと連絡を受けています」

「明日以降は普通に出てくるかもしれませんし、まだ出てこないかもしれません」香奈江が話を引き取った。「どちらにしても、状況が好転するとは思えません。陽平さんが学校にいづらくなる可能性もあります。学校側として、何かフォローの手は考えておられますか？」

「それについては、ちょっと困っているんです。ちょうど学年変わりなので……一年生の時とはクラスも変わります。今日、始業式の後に顔合わせなんですが、陽平君がいないとなると、確かにいろいろ噂する子も出てくるかもしれません」

「ですから、それに対して、学校としてはどうするんですか」香奈江が、少し苛ついた口調で迫った。教頭の言い方が他人事《ひとごと》のように聞こえたのかもしれない。

「取り敢えず新しい担任には、クラス全員に詳しい事情を説明するように頼みました。隠して陰であれこれ言う生徒が出てくるより、最初に釘を刺した方がいいという判断です」

「いいと思います」晶はつい言ってしまった。「日本だと、はっきり説明しないで察してくれというのが普通かもしれませんが、今回は一種の異常事態です」

「我々も、こういう経験はないですから……」教頭が溜息をついた。

「生徒さんが逮捕されたり、犯罪被害に遭ったりしたことはないんですか？」

「それはありますよ」教頭がうなずく。「こういう言い方はよくないですけど、私はここよりずっと程度の低い高校で教えていたことがありましたから。万引きや麻薬で逮捕された生徒に対応したこともあります。しかし、殺人事件となると……」

「高梨さんと日下さんの間に、何かトラブルはなかったんですか」晶はつい訊ねてしまった。支援課の仕事ではないと自覚してはいるのだが、これも支援業務の一環だと自分を納得させる。

「その辺は、学校側ではなかなか把握できないことで……一年、二年とクラスも違いましたし、二人に何か接点があったかどうかも分からないんです。少なくとも学校では何もなかったはずですが、外でどうだったかは、何とも言えません」

この辺については、学校側を責めることはできない。生徒の生活全てを把握して、責任を持つことなど不可能だ。

「この後、担任の先生とお話しさせていただけますか？」香奈江が切り出した。「クラスでどんな風に話されるのか、確認しておきたいんです」

「いいですよ。今、呼びましょう」

教頭が会議室を出て行くと少し緊張が解れて、晶は椅子に背中を預けて背筋を伸ばした。

「こんな感じで大丈夫ですかね」香奈江が心配そうに訊ねる。

「問題なし。さすが少年事件課は、先生との話にも慣れてるわね」晶は声を潜《ひそ》めた。

「あの教頭、どう？　上手くやってくれそう？」

「戸惑ってますけど、一応真摯には対応してくれると思います。最初に生徒全員に話して、それからクラスの子たちに説明するのも正しい対応かと」

「そうだね」晶はうなずいた。「あとは、担任の先生がどう話してくれるか——」

ノックの音がして、教頭が戻って来た。四十歳ぐらいの男性教諭を連れている。二人は並んで座り、晶たちと対峙した。

「担任の山岡《やまおか》先生です」教頭が紹介してくれた。

「この後、クラスで高梨さんのことを話されますよね」香奈江が切り出した。

「ええ」山岡の顔は緊張で強張《こわば》っている。

「どんな感じで話されますか？」

「事件のことを、正直に話します。生徒はもう、全員知っていると思いますが、無責任な噂が流れないように……でも、本当のところはどうなんでしょうか」山岡が逆に訊ねた。「捜査の状況が分からないので、何が起きたか、現場が把握できていないんです」

「それは私たちも同じです。すみません」香奈江が頭を下げる。「捜査部門ではないので、完全には把握できないんです」

「そうですか……」

「問題は、高梨陽平さんをどうフォローするかということです」

「オブラートに包んでもしょうがないでしょうから、正直に言うしかないと思います。陽平君は事件には関係ない、被害者のようなものだと説明するつもりです」

「それで大丈夫だと思います」香奈江がうなずく。「生徒さんがそれで納得できるかどうかはともかく、それは事実ですから。後は、裏でフォローできるかどうかなんですが……陽平さんには、親しい友だちはいませんか？」

「昔からの友だちはいるようですが、そんなに遊び回っているわけではないようです」

「本人は、勉強で大変だと言ってました。成績はどうだったんですか？」

「一年の時は、ちょうど真ん中ぐらいでしたね。努力次第でいくらでも上に行ける成績です。本人がどんな大学を狙っているかにもよるでしょうが、ポテンシャルはあります」

さすがに進学校は、二年になる段階で――あるいは入学した直後に、もう大学進学を考えなければならないわけだ。

「特に対立していた――仲が悪い人はいませんか？」

「そういう情報は入っていません」

「気をつけておいて下さい」香奈江が忠告した。「そういう人ももちろんですけど、何でもない普通の子が敏感に反応して、攻撃を始めることもあります」

「攻撃……」山岡の喉仏が上下した。

「先生なら、生徒同士のいじめも経験しているでしょう。今回は理由が明確な分、いじめもきつくなるかもしれません」

「それは承知しています」山岡がうなずいた。

「加害者と加害者の家族は、まったく別の存在です」晶は静かに話し始めた。「我々はそう考えますが、実際には同一視する人が多いのも事実です。犯罪者が出たのは、家にも原因がある――そう考えるんです。特に今回は、加害者も被害者も高校生ですから。生徒さんだけではなく、保護者の人の反応も様々だと思います。育て方が悪いからこうなる、と考える人がいてもおかしくありません」

「まさか」山岡が小さな声で否定する。

「いえ、そう考えるのも自然です。高校生はまだ、保護者の庇護下にありますから。人の気持ちはコントロールできませんが、それでも諦めないで、言って聞かせることが大事だと思います。諦めないで下さい」

仕事として言っているのだが、晶は自分の言葉が自分の胸に突き刺さるのを感じた。これは自分の経験そのもの――村野がすり減っていった感覚が、少しだけ分かってきた。

「疲れましたね」学校を出ると、香奈江が溜息をついた。

「でも、きちんと話せてたよ」

「合格ですか?」

「合格かどうかは、この後の学校の動きを見ないと分からないけど」

「……ですね」香奈江がうつむく。

「とにかくこの時点で、できることは全部やったから」晶は慰めた。動きが予測できないのは苦しくもあったが、これぱかりは仕方がない。とにかく様子を見守るしかないのだ。

「どうします？」

「ちょっと所轄に顔を出していこうか。何も知らないと、何か起きた時に対応できないから」

「所轄の方、嫌がりませんか？」

「公務」言い切って、晶は駅への道を歩き始めた。支援課、追跡捜査係、失踪人捜査課は警視庁の中で三大嫌われ部署と言われている――余計な口出しや担務をはみ出した行動などで文句を言われている――のだが、その事態をこれから味わうことになるのだろうか。晶自身も、捜査一課にいた頃は、支援課などの仕事を冷ややかに見ていたのも事実である。

刑事課長の宮間は、普通に仕事をしていた。特捜本部ができればそちらに詰め切りになるが、今回は通常の捜査態勢なので、刑事課で仕事をしているのだろう。今日もワイシャツの袖をまくり、毛深い前腕を顕わにしている。

「何だい、お嬢さんがた」

軽口を叩く余裕もあるようだが、晶は即座に反論した。

「私は、お嬢さんと言われてむかつくような人間じゃないですけど、それを嫌がる人もいますよ」

「――失礼」むっとした表情を浮かべ、宮間が一応謝罪した。警察は未だに圧倒的な男社会で、女性が活躍する場は限られている。女性警官を「お飾り」ぐらいにしか思っていないオッサンも少なくはないのだ。そうでなくても「女性の社会進出を促すために、公務員から手本を見せるための存在」ぐらいの感覚。「女性だから」と言われないためにはしっかり仕事をするしかないのだが、その機会さえ与えられないこともある。支援課ではむしろ、「女性だからできる」こともあるはずだが。

椅子を勧められ、二人は課長席の脇に落ち着いた。とはいえ、背もたれもない丸椅子なので、微妙な緊張を強いられる。

「加害者家族支援を進めているんですが、捜査の方、どんな具合ですか？　状況を知らないと支援も進まないので」

「ちょっと厳しいな」宮間の表情が曇る。「事実関係は認めている。ただし、事件の詳細や動機については、一切喋らないんだ」

「学校の外で、何か関係があったんじゃないでしょうか。実は何か、悪いことをしていたとか。それでトラブルになって――」

「俺たちもそれは考えたさ。本部の少年事件課にも協力してもらってる」宮間が香奈江の顔を見た。「しかし被害者にも加害者にも非行歴、逮捕歴はないし、少年事件課がマークしていたわけでもない」

「そうなると、取り敢えずマル被を叩いていくしかないんですね。今はどんな感じなんですか？」

「完黙というわけではないんだ。雑談には応じる。でも、事件のことについてはろくに話さないな」

「凶器はどうなりました？」ふと思い出して晶は訊ねた。この件は、事件発生の日から気になっていた……。

「それが、本人も覚えてないと言うんだよ」

「覚えていない？　現場では見つかっていないですよね？」

「ああ」

「捨てたかどうかぐらいは覚えていると思いますが」晶は首を捻った。

「逮捕された時、本人は茫然自失《ぼうぜんじしつ》状態だった。現場近くで、血のついた服を着てフラフラ歩いているところを発見して逮捕したんだが、どうも記憶が曖昧なんだ。まあ、子どもだからな……人を殺したショックで、前後の記憶がはっきりしなくなってもおかしくはない。大人だって、そういうことはあるだろう」

「分かりますが……自宅はどうですか？」

「逮捕した日の夕方からガサはかけた。凶器は見つかっていない」

それも拓実にショックを与えた可能性がある。自分の家を警察に調べられることなど、ほとんどの人が経験しない。まるで自分も犯罪者になったような気分を抱いたのではないだろうか。それが脳梗塞を引き起こした可能性もある……家宅捜索にも立ち会うべきだったかもしれない、と晶は悔いた。刑事たちが暴言を吐きでもしたら、その場でフォローできたのではないか。

「ま、何とかするけどな。事実関係は認めているんだから。きっちり話す覚悟ができるまでには時間がかかるかもしれないが、慎重にやるよ。それと──」宮間がスマートフォンを取り上げて何かを確認した。「必要ないかもしれないけど、マル被の弁護士と会っておくか？　少年事件だし、何かとデリケートな部分も多い。何か起きた時のために、顔をつないでおいてもいいだろう」

「いいんですか？」

「ちょうど面会が終わった頃じゃないかな。ああ、来た」

宮間の視線を追うと、刑事課に一人の背の高い男が入って来るところだった。これが弁護士か……あまりそんな風には見えない。スーツの着方がだらしないし、顔も緩んでいる。シビアな仕事をしていると、いつの間にか顔つきも厳しくなってくるものだが、彼はこれまで、それほどきつい仕事をしてこなかったのかもしれない。そんな人に、デリケートな事件を任せて大丈夫なのだろうか。

「古谷《ふるや》さん」

宮間が声をかけた。刑事課の出入り口のところで若い刑事と話していた弁護士が、こちらを向く。

「ちょっといいですか。紹介したい人がいるんだ」

古谷と呼ばれた弁護士が、大股で歩いて来る。年齢は六十歳前後、身長は百七十八センチぐらいと見た。間近で見ると、さらにだらしなさが気になる。まあ、弁護士が必ずしも精悍《せいかん》な表情をする必要もないのだが。そもそも、弁護士が堂々と刑事課に入って来るのもおかしいのではないだろうか。普通は、留置担当官の立ち会いの下で、容疑者と面会するものだ。今回はそれだけ微妙な事件だから、ということだろうか。

「本部の総合支援課のお二人だ」

「ああ……どうも」

晶たちは、古谷と名刺を交換した。古谷大吾《だいご》。所属は新宿《しんじゅく》セントラル法律事務所。聞いたことのない事務所だった。

「支援課の話は聞いてますよ。今度、総合支援課に衣替えしたんですよね」二人の名刺を確認しながら古谷が言った。

「よくご存じですね」

「新聞でも書かれてたでしょう。ニュースはよくチェックするので。でも、弁護士の仕事を取られるみたいな感じですね」

「そういうことではないです」少しかちんときて晶は反論した。「我々の方が、被害者にも加害者にも近い。スタッフもたくさんいます。フォローする環境が整っているということですよ」

「まあ、警察と弁護士が協力して、被害者や加害者のフォローをするとは思えませんけど……今回は分かりませんかね」

「難しい事件ですから」晶はうなずいた。ただし、この男と協力して仕事するのは難しいかもしれないと思っていた。あくまで第一印象だが、ベテランの割に少し軽い感じがするし、警察に対する軽い敵意のようなものも感じられる。

「では、課長、また」

「ああ、どうも」宮間が気楽に挨拶する。既に顔見知りのようだ。警官と弁護士はそれほど仲良くならないものだが、宮間の態度を見る限り、この二人の関係は良好な気がする。そうでなければ、刑事課に入って来ることを許さないだろう。宮間が晶に視線を向ける。「で、どうかな」

「何がどうかな、ですか」

「ベテランだから頼りになりそうだろう」

「どうですかね」この質問にはイエスと言えない。

「まあまあ」宮間が苦笑する。「仕事はきちんとする人だから。今回話してみて分かったけど、警察とも協力する気はあるようだ。少年事件というのは、成年事件と違って、周りがいろいろ気を遣わないといけないから、ベテランに任せるに限る」

「まあ……一緒に仕事することはないと思いますが」

「そう言うなって」宮間が苦笑する。「なかなかいい人だぞ」

いい人でなくてもいい。いい弁護士であってくれれば。

第二部　閉ざされたドア

1

晶は、意外な人物——多摩中央高校の教頭から電話を受けた。本部の食堂で昼食を終えて戻って来たばかりだったので少し気が抜けていたが、この電話で一気に緊張感がピークに達する。

「お忙しいところ、すみません」教頭は少し腰が引けた様子だった。

「何かありましたか？」晶も思わず声をひそめてしまう。

「実は、高梨君——陽平君が学校に出て来ないんです。連絡も取れません」

「電話にも出ないんですか？」事件が起きたのは先週。それから週末を挟んで、今日は火曜日だ。

「昨日の朝は電話に出たんですが、今日はまったく反応がないんです。先ほど、うちの教員が自宅まで見に行ったんですが、インタフォンにも反応がなくて」

晶は昨日と同じように、朝、陽平に電話を入れたが出なかった。夕方にでもかけ直すつもりだったのだが……。

「バイクはありますか？　陽平君はバイクを持っています」

「それはあるようです」

「分かりました。私も自宅へ行ってみます」

何かまずいことがあったのでは——電話を切って、すぐに若本に報告する。若本の眉がぐっと寄った。

「家にいないかもしれないな」

「それは、取り敢えず調べてみないと……」晶は隣席の香奈江に視線を向けた。何かあったと察したのか、既に荷物をまとめて立ち上がっている。「秦と一緒に行きます」

「清水」若本が清水に声をかけた。「念のためにお前も行ってくれ。万が一のことがあったらまずい」

「了解っす」

清水の軽い口調が気に食わない。それこそ、陽平が自宅で自殺している可能性もあるのに……想像力の乏しい人間は、絶対にいい警察官になれない。

警視庁本部から府中までは、ひどく遠く感じられる。こういう時、失踪人捜査課のように分室があれば便利なのだが……失踪課は都内三ヶ所に分室を置いて、それぞれの管轄内をカバーしている。今回は、所轄に動いてもらうべきだったかもしれない。しかし現在の状況で所轄を説得するのは難しいだろう。

移動の電車内で、清水はどうでもいいような話をべらべらと喋り続け、晶は適当に相槌《あいづち》を打つのにも疲れてきた。陽平の自宅に近い飛田給駅のホームに降りた瞬間、晶は思わず警告した。

「清水さん、もう少し緊張して下さい」

「今から緊張してもしょうがないだろう」清水は肩をすくめるだけだった。

「清水さんは、支援課で初めての現場じゃないですか。交通捜査課の仕事とは訳が違いますよ」

結局清水は黙ってしまった。普段の態度が軽い分、打たれ弱いのかもしれない。果たして役に立つかどうか……清水は連れてこない方がよかった、と後悔する。香奈江は慣れないながらも、ここまではしっかりやってくれているのだが。

駅から自宅までは歩いて十分ほど。晶はほとんど小走りで急いだ。何かあったらスマートフォンに連絡してくれるように教頭に頼んだのだが、ここまで電話はなし——逆に不安になって、晶は学校に電話を入れて教頭と話した。

「間もなく陽平君の自宅に着きます」早歩きで息が弾んでいるのを意識しながら、晶は言った。「今、学校からは誰か家に行ってるんですか？」

「山岡先生が行ってくれたんですが、授業があるのでこっちへ戻らないといけなかったんです」

思わず舌打ちしそうになったが、これは責められない。他の生徒を放り出しておくわけにはいかないだろうし。

「何か分かったら連絡します」

現場へ到着すると、晶はすぐにマンションの横の壁を確認した。落書きは消されている——そこだけ壁の色が微妙に違うので、ひどく不自然な感じがする。

「秦、バイク置き場を確認してくれる？」陽平のバイクはある、と教頭は言っていたが、こちらでも確かめておかないと。

晶はインタフォンを鳴らした。返事はない。いないのか、あるいは……嫌な予感を抱えながら作戦を考え始めたところへ、香奈江が戻って来た。

「バイクはありました。直近には乗った形跡はありません」

直接エンジンを触って確認したのだろう。晶はうなずいたが、バイクがあるからと言って何かが分かるわけではない。部屋へ入らなければ、無事は確認できないのだ。

「このマンション、オーナーは分かってるよな？」清水が言った。「あるいは管理会社。そこへ電話して、鍵を持ってきてもらったらどうだ？」

「そんな時間、ありません」

一瞬で決めて、晶は適当な部屋番号とインタフォンを押した。どこも返事なし……昼間だから出かけている人が多いのだろう。しかし四〇一号室——陽平の自宅と同じフロアだ――から、女性の声で応答があった。

「はい」

「お忙しいところ、すみません。警察です」晶はバッジをインタフォンのレンズに向かって示した。すぐに引っこめ、顔を突き出してレンズに向かって話しかける。「警視庁総合支援課の柿谷と申します。バッジ、見えましたか？」

「ええ」女性の声は低く、不安そうだった。

「そちらのフロアにお住まいの方にお会いしたいんですが、反応がないんです。申し訳ありませんが、オートロックを解除していただけますか？」

「ええ？　でも……」

躊躇《ためら》う女性に対して、晶はもう一度バッジを示した。これでちゃんと見えているかは分からないのだが……そもそも普通の人は、警察官のバッジを見たこともないはずで、本物かどうかも分からないだろう。

「そちらに上がって事情を説明します。緊急なんです」

「じゃあ……本当に警察の方ですか？」

「そちらでもう一度、ちゃんと身分証明書をお見せします」

「はい」

かちりと音がして、目の前の扉が開いた。晶はインタフォンに向かって「ありがとうございます」と礼を言って、エレベーターホールに足を踏み入れた。

「お前、滅茶苦茶《めちゃくちゃ》強引だな」清水が嫌そうに言った。「それが捜査一課のやり方か？」

「捜査一課だろうが支援課だろうが、関係ありません」

「だったら柿谷流かよ」

「どうでもいいです」清水の言い方が一々引っかかる。スタッフの教育とチームワークをもう少し考えないと……取り敢えず、清水を部屋へ連れて行くのは考えものだ。

「清水さん、郵便受けを調べてくれませんか？」

「俺が？　何で？」

「何か予感がするだけです」

「その予感は当てになるのか？」

「当てになるかどうかは分かりません。でも、お願いします」

「はいよ」

清水が気楽な調子で承諾した。しかし視線は厳しい。何で俺に仕事を押しつけるんだ、とでも言いたげだった。年齢的にも階級的にも清水の方が上だから、どうして命令されないといけないんだ、と憤慨しているのだろう。

エレベーターは一階にいたので、晶と香奈江はすぐに飛びこんだ。扉が閉まるなり、香奈江が小声で文句を言い出す。

「清水さんって、やっぱり使えない感じですね」

「ああ……秦もそう思ってた？」

「普段話している時の調子で、そうかもしれないと思ってましたけど……」

「秦は、人を見る目があるよ」晶はうなずいた。自分にはない――いや、清水とはろくに話をしている時間もなかったのだと自分を慰める。香奈江は研修などで一緒だったから、話す機会もあったのだろう。

「連れてこない方がよかったんじゃないですか？」

「押しつけられたんだから、しょうがないよ」

エレベーターの扉が開いた。外廊下に出るとすぐに、一番端――四〇一号室のドアが開いているのが見えた。晶は小声で香奈江に指示した。

「さっきの人だと思う。秦、ちょっと事情を説明してきて」

「あまりはっきり言わない方がいいですよね。噂が広まったらまずいし」

「さすがにもう知ってると思うけど……話したら、すぐに中へ押しこめて。こっちが何をしているか、見られたくない」

「了解です」

香奈江の反応がいいので助かる。彼女がいてくれることで、支援課での仕事も多少はやりやすくなるかもしれない。

香奈江は四〇一号室へ、晶は陽平の自宅である四〇七号室へ向かった。四〇一号室のドアはまだ開いているが、気にせずインタフォンを鳴らす。やはり反応はない。少し時間を置いてもう一度……同じだった。焦りが生じる。ここはやはり、何とか鍵を開けて中に踏みこむべきかもしれない。状況に絶望した陽平が中で自ら命を絶っていたら——。

しかしそこで、インタフォンからしわがれた声が聞こえた。

「……はい」

「陽平君？」晶は思わずインタフォンにくっつかんばかりに顔を近づけた。「支援課の柿谷です」

「ああ、はい……」それから激しく咳《せ》きこむ声が響く。

「大丈夫？　体調が悪い？」

「……はい」

「出て来られる？」

「ちょっと……待って下さい」

晶は一歩引き、ドアが開くのを待った。四〇一号室の女性に説明を終えた香奈江が合流したので、晶はドアを指差した。そのジェスチャーで、中に陽平がいたことは分かってくれるだろう。香奈江がほっとした表情を浮かべる。

ほどなくドアが開く。隙間から顔を覗《のぞ》かせた陽平は、ひどい有様《ありさま》だった。顔面は蒼白で目が落ち窪《くぼ》み、髪は爆風を浴びでもしたようにぼさぼさ。着ているトレーナーの襟ぐりは汗で黒ずんでいた。

「すみません……どうかしたんですか？」

「あなたと連絡が取れないから」非難するような口調にならないよう気をつけながら、晶は言った。「心配して見に来ただけ」

「すみません……たぶん、風邪です」

「熱は？」

「八度五分」

「いつから？」

「日曜の夜から調子が悪くなって」

「なんで昨日の電話で言わなかったの」

「こんなに長引くと思わなくて……」

陽平はそう言いながら、ひどく表情を歪める。喉も痛いのだろう。

「分かった。これから病院へ行くけど、どこかかかりつけはある？」

「いやあ……医者なんか行ったことないので」

「取り敢えず水分を補給して、何か食べておいた方がいいよ。ちょっと調達してくるから、中で待ってて。鍵は閉めないでね」

「……はい」

陽平が玄関から離れると、ドアがゆっくり閉まる。晶は深呼吸した。鼓動が普段よりずっと速くなっているのを意識する。

「無事でよかったですね」香奈江が小さな笑みを浮かべる。

「ただ、風邪にしてはかなりの重症みたいね」

そこへ清水がやって来た。手に、何枚かの紙を持っている。

「どうだった？」呑気な声で訊ねる。

「風邪で、電話にも出られなかったみたいです」

「何だよ。人騒がせな話だな」清水が呆れたように言った。「わざわざ来ることなかったじゃないか」

「一人きりでいて、起き上がれないほどの風邪をひいていたんですよ」晶はむっとして言い返した。「そんな状況だったら、清水さんだって不安になるでしょう」

「ああ？」

「あの」香奈江が割って入った。「こんなところで口喧嘩している暇はないと思います」

「分かってる」晶は清水の顔を見ないで言った。

「私、ちょっと食べ物と飲み物を買ってきますから。お二人は中に入っていて下さい」

エレベーターの方に駆け出して行く香奈江の背中を見送ってから、晶は清水が持っている紙に目を向けた。

「それ、何ですか？」

「郵便受けに突っこんであった。脅迫文みたいなものだな」

「それは……」誹謗中傷は、現実世界でも確実に陽平の身近に迫りつつある。「後で確認しましょう。陽平君が見ないように、隠しておいて下さい」

清水が無言で、自分のバッグに紙を突っこんだ。手袋もしないで扱うとは——晶は眉が吊《つ》り上がるのを感じた。大事な証拠になるかもしれないのに。交通捜査課では、どういう教育を受けてきたのだろう。

ここで喧嘩しても仕方がない。晶は深呼吸して自分を落ち着かせると、ドアをそっと開けた。

「陽平君？　入るよ」

返事はない。あのまま力尽きて倒れてしまったのでは、と心配になり、靴を蹴り脱ぐようにして中に入った。

陽平は、リビングルームのソファで横たわっていた。やはり玄関まで来て晶と話すだけで、エネルギーを使い果たしてしまったのだと分かる。晶はキッチンへ行き、水切りカゴに置いてあったコップに水道水を満たして持って行った。

「取り敢えず水、飲んで」

陽平がソファに肘をついて、何とか体を起こす。震える手でコップを受け取ると、すぐに飲み干した。ただのぬるい水道水だが、それでも顔色が少しだけよくなった。晶はもう一杯水を汲《く》んできてテーブルに置くと、冷蔵庫を確認しに行った。ほとんど空――缶ビールが何本か入っていたが、高校生にこれを呑めとは言えない。

「相当重症だね」

二杯目の水を飲み干した陽平に向かって、声をかける。陽平はまだ苦しそうな表情で、うなずくだけだった。

「もしかしたら、何も食べてない？」

「ああー、はい」バツが悪そうにうつむく。普段は料理などやらないのだろう。一階に父親が経営するコンビニがあるから、降りればすぐに食料は手に入るはずだが、その元気すらなかったということか。

「今、飲み物と食べ物を買ってくるから、少し胃に入れてから病院へ行こう」

「別に、大丈夫ですよ」完全に強がりにしか聞こえなかった。

「一人なんだから、無理しちゃ駄目だよ」

陽平の表情が微妙に変わった。「一人」というワードがショックを与えてしまったかもしれない、と晶は即座に反省した。気楽な会話の時でさえ、相手が自分の言葉にどう反応するか、よく考えておかないと。

そこでインタフォンが鳴った。一瞬生じた気まずい雰囲気をどうするか、答えを持っていなかった晶は救われた気分になって、すぐにインタフォンに応答した。

「秦です」

無言でオートロックを解除する。すぐに清水に、「病院を探して下さい」と頼んだ。年下の人間に命令されたので清水はむっとした様子だったが、それでもスマートフォンを取り出した。

香奈江が、コンビニの大きな袋をぶら提げて部屋に入って来る。陽平の前のテーブルに、ミネラルウォーター、スポーツドリンク、パック入りのゼリー、サンドウィッチと次々に並べ始めた。サンドウィッチは卵……いい判断だ、と晶は納得した。風邪を引いている時にカツサンドを出されても、食べる気になれないだろう。

「いいんですか？」陽平が上目遣いに晶を見た。

「食べられそうなら食べて」

陽平はスポーツドリンクのキャップを捻り取って一口飲み、さらにゼリーのキャップを外して思い切り吸い始めた。風邪で体力が落ちているであろう割にはすごい勢いで、パッケージがどんどん凹《へこ》んでいく。口を離すと、はあ、と大袈裟な溜息をついた。

「いつから食べてないの？」

「昨日の昼にカップ麺を食べて……それから何も食べてないです」

「二十四時間ぶりか――それだけじゃ足りないわね」

「大丈夫です」陽平はサンドウィッチのパッケージを乱暴に破いた。一つを二口で食べてしまい、すぐに二つ目に取りかかる。食べ盛りの高校生が、二十四時間何も食べていなかったら、それは辛いはず……と晶は同情した。

「ここの近くには病院はないな」清水が割りこんできた。「駅前まで行かないと」

「じゃあ、タクシーを呼んで下さい。清水さん、同行をお願いします」

「俺が？」

いかにも不満そうに言う。ここでそういう態度はやめて欲しい、と晶は切実に願った。こういう状況で少しでも揉《も》めていたら、こちらのプロ意識が疑われる。人は、相手がプロだと分かれば自然に身を委ねるものだ。そして陽平は、疑わしそうな目つきで清水を凝視している。晶は咳払いして、早口で話し始めた。

「かかりつけの病院、ないって言ってたよね」

「ええ」

「保険証はある？」

「ああ——探せば。たぶん、そこの食器棚の中かな」

そんなところに保険証を保管しておくものだろうか？　晶は首を傾げたが、香奈江がすぐに探しにかかり、三十秒で保険証を発見した。その間に、清水がタクシーを呼ぶ。

「じゃあ、二人で病院の方、お願い。私はちょっと連絡しておく場所があるから」

「了解です」香奈江がすぐさま返事した。このレスポンスの速さはありがたい。清水は依然として不満そう……余計なことを言わないといいが、と心配になった。香奈江が何とか抑えてくれると助かるのだが。

ほどなくタクシーが来て、三人は出て行った。一人になった晶は、まず教頭に電話をかけた。

「陽平君、無事でした。ひどい風邪で、電話にもインタフォンにも応答できなかったようです」

「それならよかった」教頭が安堵《あんど》の息を吐いた。「どうなっているかと思いましたが」

「同僚が病院に連れていきましたから、大丈夫だと思います。ただし、ちょっと心配です。これから一人でちゃんとやっていけるか……」

「児童養護施設に相談した方がいいですかね」教頭が真剣な口調で切り出した。

　児童養護施設では、十八歳未満の子どもを受け入れている。様々なトラブルで家にいられなくなった子どもが対象なのだが、陽平も当然その対象だ――この辺に関しては、香奈江が既に地元の児童養護施設に、非公式に相談してくれていた。せめて父親の拓実が退院するまでは、家を離れている方がいいのではないだろうか。今日のように病気も心配だし、清水が見つけた脅迫文、それに壁の落書きも気になる。

「本人の希望もありますから、まず話してみます」

「そちらでやっていただけるんですか？」

「流れですから、そうするつもりです。結果はまたご報告しますが……陽平君、学校にはまったく行っていないんですか？」

「ええ」

「先週の木曜日――始業式の日は、休むという連絡を入れたようですが、その後は？」

「無断で休んでいます。この際、無断とは言いたくないですが。一応、こちらは毎日電話で話していますから」

「いずれにせよ、無断欠席が続いて連絡も取れなくなったから、家に来て確認してくださった、ということですよね？」

「そうです」

「分かりました。ありがとうございます……一応、無事だったというご報告です。ところで学校の方、どんな様子ですか？」

「気をつけてはいるんですが、やはり色々噂が……」教頭の声は渋かった。

「陽平君が行くと、まずいことになりそうですか？」

「それは何とも言えませんが……」

「陽平君が病院から帰って来たら、また連絡します。そちらへ伺った方がいいかもしれませんが——担任の山岡先生とも一緒に話した方がいいと思います」

「構いませんよ。取り敢えず、お電話いただけますか。その時に決めましょう」

教頭が淡々とした態度で対応してくれるのが、むしろありがたい。こんな時に迷惑がられても、逆に気合いたっぷりに前のめりでこられても、こちらは困ってしまう。関係者はとにかく感情的にならず、冷静に対応するのが一番だ。当然こちらも、なるべく気持ちを平静に保っておかないと。

さて……急に疲れを意識した。それだけ焦っていた証拠だろう。ソファに誘惑されたが、腰を下ろすのはまだ先だ。

一瞬、部屋の中を調べてみたいという気になった。しかしそれは、自分の職分をはみ出す……陽平たちが病院から帰って来るまでしばらく時間がかかるから、その間に買い出しぐらいしておこう、と気持ちを入れ替えた。

しかし先ほどの香奈江の買い物もそうだが、ここで買ったものを経費として請求していいかどうか、分からない。一応、領収書だけはもらっておこうと決めて玄関に向かう。靴箱の上に鍵があったので試してみると、玄関のドアのものだった。これで安心して買い物に行ける。

一階へ降りて、コンビニエンスストアで手当たり次第に食べ物と飲み物をかごに放りこむ。すぐに食べられるおにぎりとパン、カップ麺……ひどい食生活になりそうだが、陽平に「自炊してくれ」というのも無理がある。

部屋に戻り、買ってきたものを冷蔵庫に入れて一息……直後、香奈江から電話がかかってきた。

「風邪ですね」口調は軽かった。「ただし、ちょっと脱水症状を起こしているので、今、点滴を受けています」

「それで大丈夫なの？」

「点滴は一時間ぐらいかかります。病院で待機してますね」

「私もそっちに行くわ。彼が点滴を受けている間に、ちょっと打ち合わせしたいから」

「了解です。場所、分かりますか？」

「ごめん、聞いてない」単純ミスだ、と自分を叱責する。こういうことは、一々確認しておかないと。

病院名と住所を聞いて、家を出る。警察学校のすぐ側だったから、近くまで行けば分かるだろう。この辺は警察官になって最初の数ヶ月を過ごした街なのだ。駅の近くだから、歩いて十分ほどか……タクシーも摑まりそうにないから歩いて行くことにしたが、実際には二十分以上かかった。病院は北口、甲州街道《こうしゅうかいどう》沿いにあったのだ。そこそこ大きい建物に入り、待合室にいた二人と落ち合う。

「取り敢えず、点滴が終われば大丈夫です」香奈江が開口一番言った。先ほど自宅にいた時よりも表情は緩んでいる。「陽平君、もう元気になってますよ」

「清水さん、さっきの脅迫文ですけど……」晶は気になっていた話題を持ち出した。

「ああ、これね」

清水がバッグを開け、脅迫文を取り出す。晶は念の為、ラテックス製の手袋をはめて受け取った。三通……封筒が一通、それにただ紙を折り畳んだものが二枚あった。まず折り畳んだ紙を広げ、内容を確認する。最初の一枚——パソコンで作成したのか、「人殺し野郎。責任取れ」。A4サイズの紙の真ん中に、それに似つかわしくない小さな文字で、縦書きで打ち出されている。もう一枚は別のフォント、サイズ。「お前ら一家、府中から追い出してやる」。そこまで読んで、晶は待合室のソファに腰かけた。周りの目を気にしながら、封筒を確認する。宛名すらない、真っ白な封筒。封はされていない。前の二枚もそうだが、直接郵便受けに放りこまれたのだろう。中身を取り出そうとして、少し違和感を抱いた。手触りが違う。慎重に覗きこむと、きらりと光る銀色の物体――膝の上で振ると、剃刀《かみそり》の刃が出てきた。

「今時剃刀の刃かよ」清水が鼻を鳴らした。

「これは立派な脅迫ですよ。慎重に扱うべきでした」

晶が指摘すると、清水の耳が真っ赤になった。今までぼんやりしていたのが、急に自分の認識不足を悟ったのかもしれない。

「これは所轄に渡します。捜査をしている余裕があるかどうか分からないけど」

「晶さん、ここ府中中央署の管内ですよ」香奈江が指摘した。

「あ、そうか」

「陽平君の家は府中市です。調布との境ですけど」

「そうだね」スプレーの落書きの件もそうだが、府中中央署が捜査することになるだろう。ただし、東多摩署にも話は通しておかなくてはならない。「じゃあ、こうしましょう。清水さんは府中中央署に行って事情を話して下さい。私は東多摩署と話をしておきます。秦はここで、陽平君の治療が終わるまで待機」

「お前、仕切るねえ」清水が嫌そうに言った。

「清水さんが仕切ってくれてもいいんですよ。当然、警部補の指示には従います」

「ま……いいけど」清水が腕時計を見た。「府中中央署って、どの辺だったっけ？」

「府中駅の近く——甲州街道沿いだったと思います」香奈江が反応する。

「ここから走って行ってもらっても構いませんよ」晶はつい皮肉を言った。清水はこの仕事に身を入れていないというか、馬鹿にしている気配さえある。ここは一つ、尻を蹴飛ばして厳しく鍛え上げる必要があるのではないか？　そんなことを、階級が下の警察官である自分が考えるのもおかしな話だが。

清水が去ると、香奈江が溜息をついて文句を言い始めた。

「清水さん、やっぱりひどいですよね。素手で脅迫文を触ったのも問題です。あんな人がいると、嫌だな」

「仕事にならないよね」

「というより、支援課が仕事のできない人間の島流し先だと思われるかも」

それは本当に困る。「嫌われ者」と陰口を叩かれているぐらいならいいが、窓際部署だと笑われたらたまったものではない。しかし——「支援課の査定は難しいぞ」と村野は言っていた。普通の捜査部門なら、仕事の内容に評点はつけやすい。しかし支援課の場合、取り組んでいる仕事が成功なのか失敗なのかも判断しにくいというのだ。

そうかもしれない。実際今も、自分がやっていることが正しいかどうか、分からなくなっている。

待合室での待機を香奈江に任せ、晶は外に出た。今日は四月にしては気温が低く、車の流れが途切れると、樹勢が盛んなイチョウ並木の葉が風に吹かれる、ざわざわとした音が耳に入る。コートを着てこなかったのは失敗だったと思いながら、晶はスマートフォンを取り出して東多摩署に電話を入れた。宮間と話をしたが、予想した通り、反応は薄い。

「管轄違いだ。うちは対応できないな」

「それは了解してます。府中中央署に話をしていますので」

「向こうも忙しいぜ」

「一応これは、脅迫事件ですから」晶は粘り強く話した。「もっとひどい被害が起きてからでは遅いですよ」

「とはいえ、こういう嫌がらせの捜査が難しいのは、あんたも分かるだろう」

「難しいだけで、不可能じゃありません」

宮間が絶句した。晶としては当たり前のことを言っただけなのだが、警察官生活が長くなって色々すり減っている宮間にすれば、面倒な事案が一つ増えただけ、という感覚なのだろう。

「ここから大きい事件に発展する可能性もあります」晶は忠告した。

「とはいえ、自宅は府中だからね。こっちはあまり手を出せない」今度は隣の所轄に責任を押しつけにかかる。

「落書きの時は、大河原さんが一緒に行ってくれたじゃないですか。東多摩署の協力は絶対必要ですよ」

「あれは話の流れからで……」宮間が溜息をついた。「分かった、分かった。支援課には敵《かな》わねえな」

電話を切った後、晶は深呼吸して軽い怒りを何とか抑えた。もっとしっかりして欲しい──こういう風に出しゃばるから、支援課は嫌われるのかもしれない。そして、こんな強引な手に出るのが、支援課として正しいかどうかも分からないのだった。

2

点滴を終えると、陽平は急に元気を取り戻した。その時点で、熱も三七・二度まで下がっている。きちんと薬を飲んで休めば、二、三日で治るだろうということだった。ということは、今週はこのまま休みになるか……あの部屋で一人、熱に耐えている姿を想像すると晶も胸が痛む。しかし支援課としても、陽平の家に泊まりこんでまで面倒を見ることはできないのだ。

清水はいない方がいいと判断し、「大人数でやるほどの仕事ではない」と連絡を入れて引き取ってもらうことにした。何か文句を言われるかもしれないと思ったが、清水はむしろ嬉《うれ》しそうだった。まったく……あれでよく今まで、普通に仕事をしていたものだと思う。あるいは香奈江が心配していた通り、古巣ではお荷物扱いで、いい機会とばかりに放り出されたのかもしれない。

自宅に戻ると、陽平は「着替えていいですか」と訊ねた。

「もちろん。ここはあなたの家なんだから」

自室に引っこんだ陽平が、すぐに半袖のTシャツに着替えて戻って来た。まだ半袖の陽気ではないと心配になったが、すぐにソファに放り出してあったカーディガンを羽織る。

「座って。ちょっと今後のことで確認しておきたいことがあるから」

陽平がソファに浅く腰を下ろす。体調不良な上にひどく不安そうで、目の焦点が定まらない感じだ。

「体はどう？」晶は切り出した。

「だいぶ楽になりました」

「無理しないで……本当に一人でやれる？」

「当たり前です」急に憤然とした口調になって陽平が言った。

「でも、体調が急に悪くなることもあるでしょう。今日だって、相当苦しそうだったよ」

「ただの風邪ですよ」陽平は強気だった。

「こういう時は、一時避難してもいいんだよ」

「避難？」

「児童養護施設があるから。子どもたちにとっての駆け込み寺」

「児童養護施設って……」陽平が呆れたように言った。「それって、小学生とかが行くところじゃないんですか？　親がいない子どもとか」

「そういうケースは多いけど、児童養護施設は十八歳未満は受け入れているのよ。事件や事故に巻きこまれて困っている子が一時的に入るケースも少なくない。せめてお父さんが退院してくるまで、そういうところに避難している手はあるわよ」

「何で避難しないといけないんですか？　俺は悪いことはしてないし、一人でやれます」陽平は強気だった。

ここから先を話すべきかどうか——難しい。どうも陽平は、脅迫の事実を知らないようだ。現実的な危機が迫っていると知ったら、避難する気になるかもしれない。しかし一方で、精神的にさらに不安定にさせてしまう恐れもある。どちらを取るか、一瞬で晶は決断した。今は陽平を一人にしておけない。

「脅迫があったのよ」晶は打ち明けた。

「脅迫？」陽平の目の端が引き攣る。

「マンションの壁に、スプレー缶で書いた落書きがあった上、脅迫文が届いていた。要するに、ここにあなたが——あなたのお兄さんが住んでいることを知っている人がいる」

「冗談じゃないです！」蒼《あお》い顔で陽平が叫んだ。「そんなの、関係ないじゃないですか」

「そう、関係ない」晶はうなずいて認めた。「関係ないけど、勝手に思いこんで暴走する人はいるから。そういう人間に対しては私たちが対処するけど、何もなければ当然その方がいいでしょう」

「何も起きないですよ」陽平が吐き捨てる。「そういう連中なんて、口だけでしょう」

「でも、実際に嫌がらせをする人もいるんだから」

「全然大丈夫です」

「陽平君、変なところで意地を張らなくても」

「誰がこの家を守るんですか！」陽平が声を張り上げる。それで苦しくなったのか、突然咳きこんでしまった。

「気持ちは分かるけど、家より先にあなたの身を守らないといけないんだよ」

「この家は……」何とか咳を抑えこんで、陽平が続けた。「お袋が亡くなってから、三人で守ってきたんです。親父も兄貴も苦労して……だから今は、絶対に俺が守らないといけない。とにかく、一人でやれますから」

「陽平君、それは無理。料理だってできないでしょう」

「下にコンビニがあるから」

「外へ出ること自体が危ないかもしれないんだよ」

「まさか……」晶の指摘に、陽平の言葉は急に勢いがなくなった。

「何日かのことだから、ここは我慢して。あなたが無事でいないと、この家を守ることもできないのよ」

陽平は完全に黙りこんでしまった。腕組みして、床をじっと見詰める。ここで言い合いしても答えが出ないことは、分かっているはずだ。晶は大人だし、警察官だ。話していても押し切られてしまう——どうしようもない、と悟っているだろう。

沈黙を、インタフォンの呼び出し音が破った。陽平がびくりと身を震わせて顔を上げる。晶はすぐに立ち上がり、インタフォンの画面を確認した。陽平と同じぐらいの年齢の少年の顔が、大映しになっている。制服姿——多摩中央高校の制服だ。

「同じ学校の人みたいだけど」晶は陽平に声をかけた。「知り合いかどうか、確認してくれる？」

陽平がのろのろと立ち上がる。インタフォンへ向かう間に、二度目の呼び出し音。画面を確認した陽平が「あ」と声を上げた。

「誰？」

「友だちです」

「出て大丈夫？」

「はい」

陽平が画面に顔を近づけ、「はい」と低い声で応答した。

「あ、陽平？　律《りつ》だけど」少し甲高い声がインタフォンから響く。

「ああ」陽平の声が少しだけ明るくなる。

「今、平気か？　ぶっ倒れてたんだって？」

「大袈裟だよ」

「そっか。ちょっと入れてくれよ。話があるんだ」

陽平が助けを求めるように晶の顔を見た。晶は「あなたの友だちだから」と言うしかなかった。何かあっても、自分と香奈江がいれば対応できるだろう。

「今開ける」陽平が解錠ボタンを押すと、すぐに「律」という少年の姿がモニターから消えた。

「誰だった？」

「だから、友だちです。っていうか、幼馴染み。小学校から高校まで一緒」

「名前は？」担任の山岡が言っていた友だちだろうか。

「安田《やすだ》律」

「家はこの近く？」

「すぐ近くです」

心配になって来てくれたのだろう。それにしては早い――まだ三時。今日も学校があるのだが……もしかしたら最後の授業を勝手に抜け出してきたのかもしれない。すぐに玄関のインタフォンが鳴る。晶は陽平に「行ける？」と訊ねた。陽平がうなずき、意外にしっかりした足取りで玄関に向かう。若い分、回復も早いということだろうか……香奈江が、すぐに彼の後を追う。いいフォローだ、と晶は感心した。こういう気遣いができる人は、支援課に向いているのかもしれない。

玄関から、若々しい賑やかな声が聞こえてくる。幼馴染みが来て、陽平も気分が上向いたのかもしれない。二人はすぐにリビングルームに入って来た。すぐ後に香奈江も続く。律――小柄で中学生にしか見えなかった――が晶を見て、一瞬ぎょっとした表情を浮かべたが、すぐに礼儀正しく頭を下げた。

「ええと……どうしようかな」律が頭を掻《か》いた。そんなことをすると、本当に子どもっぽく見える。

「何が？」陽平が首を傾げる。

「話がしたいんだけど……お前の部屋の方がいい？」

「別にここでいいよ。ヤバい話じゃないだろう？」

「ヤバくはないけどさ」律が晶の顔をちらちらと見た。

「私たちは出ていてもいいよ」晶は二人に声をかけた。

「まあ、いいかな」

律が言って、ソファに腰かける。まったく自然な動きで、子どもの頃から頻繁にこの家に出入りしていたことが窺える。律の横に座ると、陽平がすぐに切り出した。

「お前、学校は？」

「山岡先生と相談して、早退した」

「いいのかよ、そんなことして」

「山岡先生も心配してたぜ」

「山岡先生って……」

「ああ、新しい担任」律がうなずく。「朝、ここへ来たんだぜ」

「マジか」陽平が目を見開く。

「学校へ連絡が……」律がちらりと晶の顔を見た。「警察の人から、さ。それで山岡先生と相談して、俺が様子を見に来たんだ。ついでにオヤジと話したんだけどさ」

「オヤジさんと？　何だよ、いったい」

「お前、しばらくうちへ来いよ。一人だといろいろ大変だろう？　オヤジもお袋も心配してるぜ」

「いや、だけど……」

「部屋は余ってるからさ。だいたいお前、滅茶苦茶体調悪そうじゃないかよ」

「ただの風邪だよ」

「風邪だってきついだろう。とにかく、うちへ来いって。オヤジさんも、そんなに長くは入院してないだろう」

「あと一週間ぐらいかな」

「それぐらいなら問題なし。うちにいれば楽だし、うちから学校へ行けばいいよ。お前は何もしてないんだから——いや、ごめん」

そんなに深く刺しこんだ言葉ではなかったが、律がいきなり謝った。こういう人はいる——臆病というか気遣いが過ぎるというか、あれこれ考え過ぎて疲れてしまうタイプ。

陽平が、助けを求めるように晶を見た。一人で何とかなると言い張っていたのはあくまで面子《メンツ》の問題で、この申し出をありがたく思っているのは明らかだった。

「陽平君は、律君の家に泊まりにいったことは？」晶は律に訊ねた。

「ありますよ」陽平が答える。

「最近も遊びに行った？」

「ああ――」陽平が律の顔を見る。すぐに思い出したようで「正月に泊まりに行ったよな？」と確認した。

「そうだね」

「律君、おうちの仕事は？　お父さんはどこかに勤めている？」

「いえ、家で商売をやってます。酒屋です」

「陽平君、行った方がいいよ」晶は陽平に向かって言った。常に人がいる家の方が、目が届くだろう。陽平の精神状態は不安定だから、誰かが常に目を光らせておく必要がある。子どもの頃から知っている律の親なら、任せても大丈夫だろう。

「何だったら、今すぐ行こうぜ」律が陽平の肩を叩いた。その仕草を見ただけで、二人の親しさが分かる。

「うん……まあ、そうするかな」

「陽平君、普通に歩ける？」さすがに心配になって晶は訊ねた。先ほどまで、病院で点滴を受けていたのだ。

「歩くぐらいなら……」陽平の声は元気だった。

「よし、決まりだ」律が立ち上がった。

「さっさと荷物をまとめろよ。着替えぐらいでいいんだろう？」

「気が早いんだよ、お前は」陽平の顔に、ようやく明るい表情が浮かんだ。

陽平はすぐに自室に引っこんだ。晶は小声で律に礼を言った。

「わざわざありがとう。陽平君も助かると思うわ」

「いえ」律が照れたような笑みを浮かべる。

「後で、ご両親と話させてくれる？　こっちからも説明しておくことがあるから」

「何ですか」急に律が不安そうになった。

「大人の話も、いろいろあるのよ」

「そうですか……」

「とにかく、陽平君をよろしく頼むわね」

「ちゃんと見てます」

子どもっぽい見た目の割に、律は頼りになりそうだ。取り敢えずこれで大きな問題は一つ解決したと思って、晶はほっとしていた。同時に、人の情けを思う。東京だと、隣人を助けようとする人などまずいないはずだが、この辺には田舎の雰囲気がまだ残っているようだ。人情、などという絶滅寸前の言葉が脳裏に去来する。

晶たちは二人を律の家まで送り――歩いて五分ほどだった――律の両親に事情を話

した。父親は「子どもの頃から知っている子だから」と気軽な様子だった。本当は重大な事態が進行しているのだが、大人がこれぐらい気楽な方が、陽平も安心できるだろう。

陽平たちと別れると、さすがにどっと疲れを感じた。香奈江も同じようで、歩き出した途端に溜息をつく。

「これからどうします？」

「一応、本部に戻らないと」午後四時。直帰するには早過ぎる時間だし、今日はいろいろあったから、若本にはきちんと報告しておかねばならない。

「そうですよね」香奈江はうんざりした様子だった。支援の仕事というのはこんなにも疲れるものかと実感したのだろう。それは晶も一緒だった。

「じゃあ、帰ろうか。お茶を飲んでる時間もないけど」

「ペットボトルでいいです」

本部へ戻る途中、二人ともほぼ無言だった。電車の中であれこれ話し合うわけにもいかないし、話し合うエネルギーもない。こんなことがずっと続いたら、いつか自分も村野のように疲れ切ってしまうかもしれない、と不安になった。

本部に戻り、若本に詳しく事情を説明した。先に帰っていた清水も加わる。脅迫事件の捜査の方は……予想通り微妙な話になった。

「本人が気づいてないわけさ」清水が言った。「落書きも脅迫文も見ていない。だから、実際に被害に遭ったわけじゃない、ということになる」

「つまり、捜査しないんですか」晶は一瞬頭に血が昇るのを感じた。

「証拠は渡してきた。実際に捜査するかどうかは……言質は取れなかった」

しっかりやって欲しかった。とはいえ、清水の言うことも理解できる。実害が出たと言えないこの状態では、所轄も動きにくいだろう。だったら——代わりに支援課が動く手はある。

「柿谷、自分で捜査しようとするなよ」鋭く気づいたのか、若本が釘を刺してきた。

「だけど、所轄がやらないとなったら、うちがやるしかないんじゃないですか？　支援課が捜査してはいけないっていう決まりはないですし」

「動けば大事になるかもしれないだろう。ここは頭を低くして、トラブルが去るのを待つしかない。人の噂も七十五日だ」

「七十五日も待っていたら、もっとひどいことになるかもしれません」

そこに、課長の亮子が割りこんできた。いつの間にか話を聞いていたらしい。

「今は動かない方がいいわね。見守るのも支援課の仕事だから」あっさり結論を出す。

「しかし——」晶は反論しかけたが、亮子の顔を見た瞬間、諦めた。普段は柔和な表情を浮かべているのだが、今日は何故か険しい。ここで課長と遣《や》り合うのも時間の無駄という感じがした。「分かりました」

「柿谷の気持ちは分かるけど、常に全力投球というわけにはいかないわよ。仕事には緩急が大事だから」

「分かってます」

「常に全力投球を続けて、それでもばてない人間なんて、いないからね」

警察官としての基礎体力を鍛えればいいだけの話ではないか、と思った。ただし今は、キャンプ中ではない。実戦の中で基礎体力を鍛えるのは難しいものだ。

何もなければ支援課は土日が休みになる。今が「何もない」状況とは思えなかったが、金曜の夕方、晶は「週末は休むように」と亮子からしっかり釘を刺された。はっきりそう言われたら、動けない。しかし晶は、退勤前に陽平の携帯に電話を入れて状況を確認することは欠かさなかった。一日一回は話すようにしている。

「学校は？」

「今日も行きました」

結局陽平は、昨日――木曜日から学校へ通い始めたのだ。律の家に居候しながら学校へ行くことで、気持ちを平静に保とうとしているのだろう。

「何もなかった？」

「いや……居心地は悪いですけど、別に何も。律がいるんで助かってます」

「いい友だちがいてよかったね」

「律には、頭、上がらないですよ」

会話の調子がだいぶくだけてきている。少しは緊張感も薄れてきたようだ。学校で大きなトラブルがなければ、このまま馴染んでいけるかもしれない。結果的に学校が「逃げこめる場所」になるなら、陽平にとってもいいことだ。

取り敢えず無事を確認できたので、今週の仕事は終わりにすることにした。実際、疲れている。初めての支援業務で、心身ともにダメージを受けた。週末はゆっくり休んで、週明けから新規まき直し——しかし、この仕事はどこまで続くのだろうと不安になった。何が「終わり」の合図になるのか。これから兄の英人には、法的な裁きが待っている。殺人なので少年刑務所に入ることにはなるはずで、そうなったら一家はまた叩かれるかもしれない。本当は、あの街を離れてしまった方が安全なのだがと考え、晶は自分を叱責した。加害者家族が余計な負担を背負いこむのは、筋が違う。そうならないようにすることこそ、支援課の仕事ではないか。

3

土曜日。晶は五時起きで車を乗り出し、千葉へ向かった——週末の早朝にアクアラインを走るツーリングは、今の晶の唯一の趣味だった。

早朝、まだ肌寒いのだが、屋根を開け、エアコンを強く効かせる。我ながら馬鹿馬鹿しいと思うが、幼い頃に聞いた父の教えが、今でも頭に残っているのだ。イギリスでは、雨が降ってもオープンカーの屋根を開ける。頭を濡《ぬ》らさないために、傘をさして乗るんだ——さすがにそれは嘘《うそ》だと思うが、オープンカーの屋根は開けるべきだという信念は揺るがない。日本は寒暖の差が激しく、雨もよく降るから、オープンカーには向かないのだが。気持ちよく乗れるのは、春と秋のごく短い期間だけだ。

土曜日でも、早朝だとさすがにアクアラインも空いている。中間地点の海ほたるを過ぎ、道路が海のすぐ近くを走るようになる辺りが、このドライブのクライマックスだ。

このツーリングの目的地は、最近はいつも同じカフェだ。木更津《きさらづ》金田《かねだ》インターチェンジで降りて、東京湾の方へ戻るようにしばらく走ったところにある、新しいカフェ——いや、建物の古さからすると古民家カフェと呼ぶべきなのだが、中は綺麗《きれい》にリフォームされていて清潔である。道路に面したテラス席に陣取ると、先ほど自分が渡ってきたアクアラインの全容を眺め渡せるし、海の香りを嗅ぐこともできる。最高のロケーション……数ヶ月前、この辺を走っていてたまたま見つけた店だった。

朝七時から夕方まで開いているので、晶はいつも朝食を食べに立ち寄る。この朝食がアメリカンスタイルの量たっぷりなのも、お気に入りの理由だった。日本の喫茶店やカフェで出す料理はどれも綺麗だが、ちまちましている。ここの料理は量が多い上に味も上々で、わざわざアクアラインを渡って来るだけの価値がある。最近は、ここで朝食だけを食べて都内に引き返すのが、ツーリングの定番コースになっていた。

柔らかく仕上げたスクランブルエッグ、程よい硬さに焼いたベーコン、ハッシュブラウンにパンケーキ二枚。野菜が足りないが、たまにはこういうコレステロールの溜《た》まりそうな食事もいい。この店では開き直って、晶はパンケーキにたっぷりのバターとメープルシロップを使う。

テラス席で、薄いダウンジャケットを着たまま――春のオープンエアツーリングには必須アイテムだ――ゆっくり料理を味わう。車も少なく、人はほとんど歩いていない。時々頬を撫でていく海風は冷たいが、それもまた快適だった。

コーヒーをお代わりし、一時間ほど居座ってしまう。車を走らせてやることができたので――馬の調教のようなものだ――今日はこのまま引き返そう。この後のちょっとした昼寝が待ち遠しい。

帰りも東京湾の景色を楽しみながらゆっくり走るつもりだった。店を出て、法定速度をきっちり守って車を走らせる。この車は、小柄なボディに無理矢理四〇〇〇ccのV8エンジンを搭載しており、排気音は勇ましい——勇まし過ぎる。最高速度はあまり伸びないのだが、大排気量なので低速のトルクが十分に出ており、むしろ街乗りでエンジンの「味」を引き出すことができる。

都内へ戻る途中、海ほたるで一休みするのも、房総《ぼうそう》方面へ走る時の決まりだ。コーヒーを二杯飲んだばかりだが、さらにスターバックスでラテを買い、駐車場に停めたMGに寄りかかりながらゆっくりと飲む。駐車場には心地《ここち》好《よ》く海風が吹きこみ、しかも遠くまで見渡せるので、ここ自体が観光地と言っていい。ここのところ凝り固まっていた心と体がゆっくりと解れていくのを感じる——が、リラックスタイムは長くは続かなかった。スマートフォンが鳴っている。画面を見ると、清水だった。土曜日の朝に清水から……嫌な予感で鼓動が速くなってくる。

「柿谷です」

「やばいぞ」清水の声は低く、しゃがれていた。土曜日に朝寝坊をしている時に叩き起こされたのかもしれない。いかにも不機嫌な感じだった。

「どうかしましたか？」

「高梨陽平が、ええと――安田律？」

「ええ」

「安田律という子に怪我を負わせた」

「どういうことですか！」晶は思わず声を張り上げた。ボンネットにカップを置こうとしたが、慌てて倒してしまい、こぼれたコーヒーが流れ出る。ブリティッシュグリーンのボディに薄茶色の液体が流れる様は、ひどく汚らしく見えた。急いでカップを立てると、指がコーヒーで濡れてしまう。

「喧嘩だったらしい。ただし、安田律は頭に怪我を負って病院に運びこまれた」

「所轄――府中中央署には連絡がいってるんですか？」

「府中中央署から俺に連絡がきたんだよ」清水が嫌そうに言った。「支援課で、あそこに顔が通じてるのは俺だから」

「それで、所轄は？」

「高梨陽平を逮捕するかもしれないと言ってる」

「そんなに悪質なんですか」晶は声をひそめた。

「悪質かどうかは分からないが、結構な重傷らしいんだ」

律の両親は激怒しているのだろうか。当事者同士の間で話がついていれば、警察には何も言わずに収まることがある。しかし重傷の場合、消防から警察に連絡がいくこともあるし、陽平に関しては警察もその存在を把握している。容疑者の弟だから目をつけているわけではあるまいが、状況はあまりよくない。

「すぐ行きます」

「ああ？」

「これ、支援課の仕事ですよ」

「俺もか？」

「そんなの、自分で判断して下さい！」半ば怒鳴るように言って、晶は電話を切った。車に乗りこみ、すぐにスタートさせる。ここからだと、中央道《ちゅうおうどう》経由で行けるのだが、土曜の午前中、中央道の下りは混んでいるのではないだろうか。渋滞に巻きこまれて到着が遅れたら、洒落《しゃれ》にならない――後づけしたカーナビで確認すると、奇跡的に中央道は渋滞していないのでほっとする。


多少のスピード違反は覚悟の上。晶は思い切りアクセルを踏みこんだ。

府中中央署の駐車場にMGを乗り入れ、バックミラーを覗いた瞬間、晶は「しまった」と思った。オープンエアクルージングは快適ではあるのだが、この車の設計は古く、車内に容赦なく風が渦巻くので、髪の毛がひどいことになっている。今更どうしようもなく、両手でざっと撫でつけただけで車を降りる。

バッジを示して、三階にある刑事課に駆け上がる。土曜日なので当直体制に入っており、刑事はほとんどいない。晶は警部補のバッジをつけた制服の署員に声をかけた。

「支援課の柿谷です」

「ああ……刑事課の本庄《ほんじよう》だけど、例の子の件？」

「今、どうなってるんですか？」

「取調室で事情聴取中」

「立ち会いますよ」被害者の事情聴取の時には、よくそんな風にするそうだ。実際、本庄も止めようとしない。しかし取調室のドアが並ぶ一角に向かいかけた瞬間、本庄が慌てて立ち上がった。

「ちょっと」

「何ですか」

「あんたが入るには、取調室は狭過ぎる。もう満員だよ」

「ドアを開けて、外から聞いてます」晶は言い張った。

「それじゃ取り調べにならない——その前に状況を知りたくないか」

「それは……お願いします」一気に気勢を削《そ》がれて、晶は近くの椅子を引いて座った。

「発生は今日の午前六時頃。前提として、高梨陽平は、安田律の家に身を寄せていたんだよな？」

「幼馴染みなんです。安田君が、自分の家に来ればいいと誘って、高梨君はそれに乗りました」

「じゃあ、仲はよかったわけだ」

「私が見た限りでは――何があったんですか？」

「被害者の方にまだ事情聴取できてないんで何とも言えないけど、明け方まで二人で話しこんでいて、トラブルになったらしい」

「何か、些細《ささい》なことじゃないんですか？」晶は何とか、話を小さくまとめようとした。子ども同士の喧嘩――事故のようなことなら、府中中央署でも陽平の身柄を抑えることまでは考えないだろう。

「些細な、とは言えないんだよ。高梨陽平は、部屋にあったテニスのラケットで殴りかかった」

「ラケットで？」それはまずい。今のテニスラケットはカーボンファイバー製が多いはずで、相当頑丈だ。ヒットすれば確実に相手は怪我する。

「まだ治療中で容態は分からないんだが、重傷みたいだ」

「命にかかわるほどではないですよね」晶は念押しした。

「だから、それがまだ分からないんだって」本庄が苛ついた口調で言った。「連絡待ちだ」

「それで、高梨君は何と言ってるんですか」

「最初に聞いた話では、どうもはっきりしないんだ。何かがきっかけで口喧嘩になって、それがエスカレートしたようだが、そもそもの原因がはっきりしない。本人も覚えていないのか、言いたくないのか」

「私が事情聴取するのは駄目ですか？」許されないだろうと思いながらも晶は言った。「高梨君とは何度も話をしています。向こうも多少気を許していると思いますが」

「冗談じゃない」本庄が色を成して言った。「あんたは部外者だろう？　出しゃばるなよ」

「じゃあ、そちらでちゃんと話を引き出せたんですか？　高校生に対して高圧的に話して、萎縮させているだけじゃないんですか」

「何だと？」本庄が目を見開く。

「少し気を遣って下さい。相手は高校生ですよ」

「いやいや、犯罪者の弟だろう。そういう人間は、やっぱり血の気が多いんじゃないか」

「ふざけないで下さい！」晶は思わず立ち上がり、本庄を睨みつけた。「警察官が、そういう偏見に囚《とら》われてどうするんですか。先入観抜きで調べないと、冤罪《えんざい》を生みますよ」

「冤罪って」本庄が苦笑いした。「そんな大変な事件じゃないだろう」

「とにかく、訂正して下さい」

「訂正？　何を」

「犯罪者の弟、という発言です。看過できません」

「それは事実――」

「訂正しないなら、私にも考えがあります」

「ああ？」

「あなたの名前を支援課のブラックリストに入れます。そして然《しか》るべきタイミングで、死んだ方がましだと思うほどひどい目に遭わせます」

「いい加減にしろ！」本庄も怒声を上げる。「支援課の人間に、そんなことを言う権利があるのか？　警察全体のチームワークを乱してるだけじゃないか」

「支援課だから言うんです。警察の中では、他に誰も加害者の家族を助けようとしないでしょう」

「ふざけるな！」

その時、かちりと小さな音がした。振り向くと、取調室のドアが細く開いたところだった。晶は本庄を無視して、そちらに突進した。ドアに手をかけ、思い切り引き開ける。出入り口に向かって座る陽平に声をかけた。

「陽平君！　大丈夫？」

「あ」陽平が間の抜けた声を上げて晶を見た。次の瞬間、デスクにぶつけそうな勢いで頭を下げる。「すみません」

「いいから。ひどいことされてない？」

「大丈夫です」

「おい、あんた、本当にいい加減にしろよ。取り調べの邪魔になってる」

背後から迫って来た本庄が、晶の腕を摑んだ。晶は思い切り腕を振って戒めを振り解き、本庄を睨みつける。ここは覚悟を決めて、徹底的にやるべきか――しかしその時、課長席の電話が鳴り、晶は一気に冷静になった。

「電話ですよ」

「分かってる！」

本庄が大股で課長席に向かった。晶は急いで振り向いたが、取調室のドアは閉まっている。簡単に開けられるのだが、何故か手は伸びなかった。

本庄の様子を観察すると、受話器を持って直立不動の姿勢を取っている。何度も頭を下げているのは、相当上の立場の人間と話している証拠だろう。課長か、もしかしたら署長か。表情を見た限り、厳しいことを言われているのは間違いない。

やがて電話を切ると、晶に近づいて来た。

「取り敢えず、逮捕はしないから。調べが終わったら身柄を放すから、あんたが連れて帰ってくれよ」

「もちろんです。今の電話、どこからですか？　上の方から命令でもあったんですか？」

「……副署長だ」

「逮捕する必要はない、という判断ですか？」

「本部から言われれば、所轄は黙って言うことを聞くしかないからな」

「本部というのは……」

「あんたのところの親分も、ずいぶん剛腕だな。うちの副署長を説き伏せるんだから」

亮子が？　この時点で介入したのはどうしてだろう。晶は「冷静になれ」と自分に言い聞かせて一礼した。何がどうなっているのか、取り敢えず亮子と連絡を取らないと。刑事課を出たところでスマートフォンが鳴った。今度は係長の若本。

「今、どこだ？」

「府中中央署です」

「様子は？」

「刑事課の主任と喧嘩してました」

「お前……」若本が溜息をつく。「頼むから、余計なこと、してくれるなよ」

「向こうが悪いんです」小学生の喧嘩か、と自嘲気味に思いながら晶は言った。「それより、課長が介入してくれたんですか？」

「俺は何も聞いてないぞ。ただ、課長もそちらに向かってるみたいだが」

「課長がわざわざ？」本部の課長が現場に出ることなど滅多にない。捜査一課では、殺人事件、あるいはそれに準じる重大事件の場合は、課長が必ず臨場することになっているのだが。

「課長の家、その近くなんだ」

「あ、そうなんですね」それも知らなかった。

「清水から、お前が自分で進んで出動したって聞いたから、他の人間は出してないが……土曜だからな」

何が自分で進んでだ、と晶は鼻白んだ。明らかに清水に押しつけられた仕事――とはいえ、ここで清水の悪口を言ってもしょうがない。

「事情聴取の終了待ちなので、取り敢えず一人で大丈夫です。課長も来るなら、全然問題ありません」

「分かった。一段落したら連絡してくれ」

「了解です」

続いて亮子の携帯に電話を入れる。息が弾んでいて、声が聞き取りにくい。

「今、府中駅からそっちへ向かって歩いているところ。あと五分ぐらいで着くから」

「走ってるんじゃないですか？」

「私ぐらいの歳になると、歩くのも走るのも同じなのよ」

そこまでの歳ではないはずだが……まあ、体型を見れば、運動不足なのは分かる。

「外で待ってます」

「刑事課にいればいいじゃない。刑事課で調べてるんでしょう？」

「ちょっと中にいづらいので」

「え？」

「何でもありません」

説明するのが面倒で、晶は電話を切り、署から出た。府中中央署は、警察署にしては珍しく駅から近い――徒歩五分もかからないだろう。ちょうど交差点の向こうで、信号待ちしている亮子の姿を見かけた。向こうもこちらに気づいて、軽く手を振る。こちらから行くべきか――一瞬迷ったが、結局署の前で亮子を待つことにした。すぐに、小走りに交差点を渡って来た亮子と合流する。

「刑事課とやらかした？」

「いえ――」

「喧嘩はほどほどにね。その場にいづらくなるほどハードな喧嘩は避けないと」

「肝に銘じておきます――課長、署の上の方に話を通してくれたんですか？」

「そういうこと……中に入ろうか」

亮子に軽く肩を押され、晶は方向転換して署に戻った。一階の交通課の前にあるベンチに腰かけ、情報交換する――晶としては、まず亮子の行動を知りたかった。

「副署長と知り合いなのよ」

「そうなんですか？」

「警視庁は大きいようで小さいし、私は異動が多かったから、知り合いが多いのよ」

「それで、逮捕しないように頼んだんですか」

「やんわりとね」

やんわりとであっても、相手は断りきれなかっただろう。仮に副署長が亮子より年上でも、本部の課長は所轄の副署長よりも立場が二段階ぐらい上になる。階級が同じ警視であっても、だ。府中中央署は、多摩地区では規模的に一、二を争うA級署なのだが、それも関係ない。

「微妙な事案だし、微妙な立場の人だから、強制捜査は避けるようにとお願いしただけだから」

「確かにそうなんですけど……陽平君、だいぶ参っています」

「会ったの？」

「一瞬だけ。きちんと話はできていません」

「本当に逮捕しないとなっても、今後も任意の捜査は続くでしょう。それと、さすがにその被害者の子――」

「安田律君です」

「その安田君の家に戻るわけにはいかないでしょうね」

「それは……そうですね」そこまでは考えていなかったが、当然と言えば当然だ。陽平がまた実家で一人になるリスクを考えると、ぞっとする。この事件が表沙汰になったら、また攻撃を受ける恐れがあるのだ。

「自宅へ戻るとしたら、より手厚いケアを考えないといけないわね」

「考えます」病院に泊まってしまう手もある。拓実は個室に入院しているから、予備のベッドを入れて陽平が泊まるスペースぐらいはあるのだ。取り敢えず土日だけでも、そうしてもらう手はある。陽平も、父親の側にいる方が安心できるかもしれない。最初からこうしていた方がよかったのではないかと思えてきた。病院をシェルターにするようで、申し訳ないのだが。

「この件、週刊誌もまだしつこく追っているし、警戒は必要ね」

その記事は読んでいた。各誌とも「エリート校で起きた凶悪犯罪」というニュアンスで、都立で三本の指に入る多摩中央高校の生徒が殺人を犯したことを強調して書いていた。しかし捜査は停滞している……英人の取り調べは逮捕直後からまったく進んでおらず、肝心の動機面に関しては、まだ分からないままだった。そして、時間がない。逮捕から十一日、間もなく十日間の勾留延長になるはずだ。だが、決定的な物証や証言も出ておらず、期間内に全てが解決するとは思えなかった。

「ワイドショーは……もう引きましたかね」

「そっちは大丈夫だと思う。テレビは、最大瞬間風速はすごいけど、すぐに飽きて引くから。週刊誌は厄介だけどね。もう興味がないのかと思っていたら、突然書いてくることもある」

「何とか抑えられないんですかね」

「新聞やテレビのニュースに関しては、頭を下げれば何とかなることもあるけど、週刊誌やワイドショーは無理ね。向こうの興味が薄れるのを、頭を低くして待っているしかないわ」

「うちとして法的措置に出る手もあります」ネットに流出する噂をストップさせるためにも、雑誌などに悪意ある記事を載せ続けさせてはいけない。この辺の情報が、ネットに流れる噂の源泉にもなるのだから。

「それがあなたの悪い癖」亮子がピシリと言った。「何かあったら、すぐ喧嘩して白黒つけようとするでしょう」

「忖度《そんたく》しているような暇はないですから」晶は言い返した。「とにかく、弱気に出たら支援課は負けます。私たちが負けたら、泣く人がいますよ」

「心意気は分かるけど」亮子が肩をすくめる。

さらに言い返そうと思ったが、ふと一人の男に目がいった。たった今入って来たばかりのようだが、すらりとした長身の、すっきりしたイケメンである。スーツの着こなしは完璧。ネクタイもきちんと締めていて、清潔感がある。交通課の当直員と話しているのが聞こえて、弁護士だと分かった。晶は反射的に立ち上がり、彼に近づいた。

「弁護士の方ですか？」

「ええ」男が怪訝そうな表情を向けてきた。若い――自分と同世代に見えるが、ふわりとセットした髪の前の方に、一筋だけ白髪が混じっているのが見えた。あまりにもはっきり色が違うので、メッシュを入れているのではないかと思ったが、本物の白髪のようだ。

「本部の総合支援課の柿谷です」晶はすぐに名刺を渡した。受け取って確認すると、男も自分の名刺を差し出す。耳にした通り弁護士だった。神岡琢磨《かみおかたくま》。所属は渋谷中央弁護士事務所。「高梨陽平君のことで来られたんですよね。逮捕前なのになぜ――」

「ええと」神岡が細長い人差し指で頬を掻いた。「それはお話ししていいものかどうか、判断しかねます」

「我々もこの件に関わっています。協力し合えることがあると思うんですが」

「警察と？」神岡が目を見開く。冗談のように目が大きいことが分かった。

「一緒に上に行きましょう。そうすれば分かるはずです」

「そうですか」神岡は納得していない様子だった。それはそうだろう。これまで、加害者の支援と言えば基本的に弁護士の仕事だったのだから。警察はあくまで加害者を叩く立場、と考えるのが普通だろう。

「組織改編で、警察も加害者の家族への支援に取り組むことになったんです」

「なるほどね」

「結構、ニュースで流れていましたけど、ノーチェックですか」晶は思わず皮肉を言った。

「自分に関係ないニュースは見ないようにしているので……情報過多の時代ですから、頭がパンクしてしまう」

「とにかく行きましょう。三階です」

刑事課に入って行くと、本庄が目を剝いた。晶だけでも面倒なのに、一気に敵が三人に増えたと思っているのかもしれない。

「弁護士さんをお連れしました」

「ああ……」何でお前が、とでも言いたそうだった。「じゃあ、ちょっと取り調べを中断するか。その間に話を聞いてもらえますか」

「分かりました」

本庄が先に立って取調室のドアをノックした。すぐにドアが開き、本庄が中へ入りこむ。ほどなく、三人の刑事が出て来た。代わりに神岡が入って行く。どさくさに紛れて晶も中に入ろうとしたが、亮子に止められた。

「私にも話を聞く権利があると思いますけど」晶は反抗した。

「弁護士と話をしている時は、警察官は同席しないの」

「それは分かってますけど……」

「とにかく待って」

神岡は、二十分ほどで出て来た。ちょっと短い――ちゃんと話を聞いたのかと心配になってきたが、ここで文句を言っても仕方がない。その後神岡は、本庄と話しこみ始めた。五分ほどで話し合いは終了。

「取り敢えず今日は帰ってもらう」

本庄が宣言する。その結果は分かっていたが、この状況で聞くとほっとする。

「それで――高梨君は、私が家まで送り届けます」神岡が言った。

「いや、私が――」晶は割って入った。「それより、お父さんが入院中なんです。個室ですから、そこに泊まってもらう方が安心かと」

「安心？」神岡が首を捻った。何だかすこし鈍い――打てば響く反応がないのが心配だった。

「家の方には、脅迫文が届いたりしてるんです。所轄で捜査してくれているかどうかは分かりませんが」

本庄の耳が瞬時に赤くなった。しかし文句は言わない。まともに捜査していないのは間違いないのだから。そもそも、所轄がきちんと動いていたら、陽平が律の家に泊まりこむ必要もなかったはずだ。

「それは、本人の希望を聞いてみないと」神岡は冷静だった。「今、確認しますよ。自宅に行くのがまずければ病院という手もあるし、うちの事務所でもいい」

「事務所に泊まれるんですか？」

「そういうスペースもあるので」

それはまずい。弁護士事務所に泊まりこまれたら、こちらの目が届きにくくなる。陽平を警察から遠ざけようとする意図があるのか？

神岡が確認すると、陽平は結局病院に泊まることに同意した。これで一安心──病院までは送り届けることにしようと思ったが、そこで固まってしまう。まさか、MGで送っていくわけにはいくまい。亮子も同じことを心配していたようで、「あなた、車だったりする？」と不安げに訊ねた。

「はい、ちょっと朝からツーリングしていたもので」

「まだあの猛烈な車に乗ってるの？」亮子は支援課に来る前、一度晶のMGに乗ったことがある。

「ええ」

「ええと、車なら私が用意してます。病院まで送りますよ」神岡が助け舟を出してくれた。

「助かります。我々は、他にやることがあるので」

「結構ですよ」

四人揃って一階へ降りる。陽平は蒼白《あおじろ》い表情のまま……ここへ来て、自分がしでかしたことの深刻さを本当に意識したのかもしれない。神岡が、さらりと励ました。

「怪我は、大したことはなかったみたいだよ。全治二週間ぐらい」

「二週間……」陽平が唇を嚙《か》みしめる。まったく慰めになっていない様子だった。

「軽傷だよ、軽傷」神岡が陽平の肩を軽く叩いた。いかにも親しげな様子だが、軽い……弁護士としては、ちょっと頼りない感じだ。「とにかく、病院に行こう」

神岡が自分の車に歩み寄る。晶は思わず目を剝いた。アバルトの595、しかもカラーは鮮やかなイエローだった。たぶん、フラッグシップモデルのコンペティツィオーネだろう。軽自動車並みのコンパクトサイズに高性能なエンジンを搭載したこの車をマニュアルで乗っているとしたら、相当の車好きだ。

「陽平君、後で電話するから」車に乗りこもうとする陽平に声をかける。陽平は元気なく一礼するだけだった。

「さて、私たちは被害者の家に行きましょう」亮子がさっさと晶の車の方に歩き出した。

この人も切り替えが早いというか……そういうところは、見習わなければいけないだろう。

4

土曜日は、ばたばたと過ぎた。まず安田律の自宅へ赴き、両親から話を聴く。朝から所轄の事情聴取を受けてうんざりしている様子だったが、きちんと話はしてくれた。親としてはそれほど問題視していない……息子は怪我したが、所詮子どもの喧嘩ではないか、という寛大な見方だった。数日入院することになった律も「気にしていない」という話だった。それなのに何故、府中中央署では陽平を逮捕するという話になっていたのだろう？　偏見の臭いを嗅ぎ取り、晶は不快感を募らせた。

その後、律が入院している病院へ向かう。頭にはネット型の包帯が被《かぶ》せられ、目も腫れていたが、予想していたよりも元気だった。喧嘩の原因を聞くと「余計なこと言っちゃって」と本人の方が恐縮していた。朝までゲームをしながらダラダラと過ごしているうちに、陽平の兄、英人のことをつい話題にしてしまったのだという。律本人は悪口を言っている自覚はなかったのだが、何かが陽平を怒らせてしまったらしい。それでいきなりラケットで殴りかかられた——血が流れ出したのを見て陽平も動転してしまったようで、殴ったのはその一回だけだった。

陽平は神経質になっているから、普通の人にはどうでもいいことが気になってしまったのかもしれない。これは、逮捕は絶対に無理だ。神岡が陽平とどんな話をしたかは分からないが、上手くやるだろうか。しかしそもそも今回、逮捕前だというのに、弁護士に話がいくのも不自然……府中中央署は逮捕を前提に動いたとしか思えない。

最後に、拓実が入院している病院へ向かった。既に陽平は来ていて、ぼんやりとスマートフォンをいじっている。しかし晶たちが病室に入ると、はっと顔を上げて、慌てた様子でスマートフォンをズボンのポケットに突っこんだ。

まず拓実自身の容態を聞いた。本人は既に何ともない様子で、麻痺《まひ》などの後遺症も残っていないという。すぐにでも退院できそうだと言っていたが、無理はしないように頼みこむ。それから陽平と少しだけ話をした。

「弁護士の先生は、大丈夫だった？」

「はい。困ったことがあったらいつでも電話してくれていいって」

「私たちにもね。週明けにまた話しましょう。これからのことも決めなくてはいけないし」

「律君、大丈夫なんですか」拓実が心配そうに聞いた。

「それほどの怪我ではありません」

「律に謝らないと……」陽平がうなだれる。

「お前はすぐカッとなるからだよ」拓実が陽平を戒めた。「できるだけ早く謝ってこい」

「その際は、つき添います」晶は言った。

「いや、そんなことまでご面倒をおかけするわけにはいきません」拓実が遠慮がちに言った。

「これも仕事ですから……とにかく、無理なさらないように気をつけて下さい」

病室を辞して、晶は思わず伸びをした。早起きしたせいで疲れ切ってしまっている。

「ご飯、食べていこうか」亮子が気楽な調子で誘った。

「そうですね」朝食は量たっぷりで美味かった……しかしそれも、もう胃から消えている。

「美味しいイタリアンがあるけど、どう？」亮子が腕時計を見た。「三時か……まだランチをやってる店を知っているわ」

「近くですか？」

「車で五分」

病院の周辺は普通の住宅街なのだが、亮子はこんなところの店にも詳しいのだろうか。実際、車で五分ほど走ったところに、マンションの一階に入っているイタリアンレストランを見つけた。近くの駐車場にMGを停めると、唐突に激しい空腹を意識する。

ランチはサラダとパスタのセットだった。二人ともボンゴレビアンコを頼み、まず前菜代わりにサラダを味わう。野菜の甘みが強い気がするのは、それだけ疲れているからだろうか。ボンゴレビアンコはガーリックが強く効いていて、普段のランチだったら絶対に食べないものだ。今日は――もう人と会うことはないだろうと楽観的に考える。これだけニンニク臭が強いパスタを食べた後では、人と話をするのは憚《はばか》られる。

「この件、ひとまず放置しましょう」亮子があっさりと言った。

「放置？　そんなこと、できません」晶はすぐに反発した。「事態は動いているんですよ？　二十四時間態勢で監視していてもいいぐらいです」

「物理的にそれができないことぐらい、あなたには分かるでしょう」亮子が諭した。

「こっちも人手が足りないし、何よりそんなことをしたら、陽平君にプレッシャーがかかるわよ」

確かに……警察がすぐ近くにいるからと言って安心できるものではない。むしろ陽平は「監視されている」という感覚を強く持ち、今より精神的に不安定になってしまうかもしれない。

「向こうが求めたら助ける。何もなければ声をかけない。これが支援業務の基本だから。相手が被害者だろうが加害者家族だろうが、それは変わらない」

「そう、ですね」同意してみたが、こういう「待ち」の感覚は晶には少し物足りない。

「助けが欲しいと感じる時と、放っておいて欲しい時、両方あると思うのよね。だからうちとしては、常に動けるように準備はしておくけど、よほどのことがない限り、こちらからは声をかけない」

「それでは……甘いような気がしますが」

「支援課も、それなりに長く活動してきているのよ。これまで多くの支援活動を行ってきた中での、曖昧だけどある程度は確立された原則だから」

「原則はあくまで原則です」

「その通りね」亮子がうなずいた。「一応マニュアルはあるけど、そこからはみ出してしまう事案ばかりだから、常に臨機応変」

「村野さんもそう言ってました」

「彼も暴走しがちなタイプだけど、臨機応変に動ける人だから」亮子がうなずく。

「それで、パスタはどう？」

「あ……美味しいです。この辺、課長の庭なんですね」

「生まれた時からずっと、この近くで育ったから」

「もしかしたら、今も実家ですか？」この機会に亮子のプライベートを掘り下げてみてもいいかな、と思った。昼食などを一緒にする機会は何度かあったが、庁舎の食堂では突っこんだ話はできない。

「一時的に離れたわよ……結婚した時には」

「過去形、ですか」

「さすが、すぐに気づくわね」亮子が苦笑した。「若かりし頃の、とんでもない過ちだったわ。人生最大のミス」

「お相手は？」

「弁護士」

「はい？」警察官と弁護士が結婚？　どちらも法に絡んだ仕事をしているのは間違いないが、共通点はそれだけである。

「詳しいことは話したくないけど、まだ二十代の半ばぐらいだったから、人を見る目も養われてなかったのね。子どもがいなかったのは幸いだと思う」

「そうなんですね……お相手は今、どちらに」

「ロサンゼルス」

「海外ですか？」晶は目を見開いた。

「向こうの企業で、法務関係の仕事をしてるわ。それが離婚の原因でもあったんだけどね。あちらは海外で仕事をしたい、私はそのまま警察官を続けたい――簡単に歩み寄れないでしょう。お互いに人生の大問題だから」

「分かります」晶は結婚したことも、結婚したいと思う相手に巡り合ったこともないが、感覚的には理解できる。

「絶対に平行線になるでしょう？　そういう状態が続いて、向こうが段々こちらを見下すようになってきたわけね。要するに、警察官なんて下賤《げせん》な仕事なんだから、こっちに合わせればいいっていうこと。そう言われたら、私だって切れるわよ」

「本当に下賤なんて言ったんですか？」現実の生活では、ほとんど聞く機会がない言葉だ。

「実際には、もっとひどかったけどね」亮子が薄く笑う。笑ってはいるが、恨みの深さが読めた。「それからは実家暮らしの時が長いわね。ここ五年はずっと実家。親もだんだん弱ってきたし、特に父親には持病があるから、家にいた方が何かと便利なのよ」

「そんなに家族といて、息苦しくありませんか？」

「家族からは逃げられないから」亮子がふっと息を吐いた。「そういう家に生まれて、そういう環境で育ってしまったら、頑張ってその人生を全うするしかないでしょう。もちろん、逃げ出したって、誰も文句は言わないだろうけど。そんなに簡単なものじゃない」

亮子が真《ま》っ直《す》ぐ目を見てきたので、晶は居心地が悪くなった。自分は家族から逃げ出した人間である。事件の影が残る実家に母一人を残し、警察という安全な籠の中に逃げこんだ。時にむかつくこともある――女性で警察官をやっていると、それだけでハンディになるのだ――が、それでも警察という組織が居心地のいい場所であることに変わりはない。ここにいる限り、自分は安全だという意識は最近特に強くなってきている。

「人それぞれよ。家族とのかかわりは、他人が強要したり批判したりしていいものじゃない」

「事件が起きれば別ですけど」

「そうね」亮子がうなずく。「支援活動からは取り敢えず手を引くにしても、あの一家のことを調べてみたら？　何か、今後の仕事に役立つかもしれない。手始めに、さっきの弁護士と話をしてみるのはどう？」

「神岡さん？」

「そう。なかなかイケメンじゃない」

しかも趣味が……車好きという点では話が合うかもしれない。しかし仕事の話だとどうなるかは、予想もつかなかった。

「イケメンはいいんですけど、課長、弁護士は交際相手としてお勧めしないんじゃないですか？」

「それはケースバイケース。私が失敗したからと言って、あなたが失敗するとは限らない」

「成功とか失敗とか……そんなこと、考えてませんよ」晶は肩をすくめた。「名刺を交換しただけなんですから」

とはいえ、まず陽平の関係で話を聞いてみるのもいい。加害者家族の支援に関しては、今後弁護士と行動を共にすることも多いはずだ。そのテストケースとして……単なるテストとして。

亮子の指示に従い、陽平との接触は最低限に抑えることにした。日曜日には一度だけ電話をかけ、月曜日の朝にも……陽平は学校を休むという。

「警察に呼ばれてるんです」電話の向こうの陽平の声は暗かった。

「今日も？」これで三日連続となる。単純な傷害事件の捜査としてはしつこ過ぎる気もしたが、逮捕せず任意で調べるとなったら、これぐらいの頻度になってもおかしくはない。

「もう、言うことないんですけど……ちゃんと説明したし」

「律君には会った？」

「まだです。早く謝りたいんですけど、弁護士の先生が少し待てって」

「そういうアドバイス？」

「はい」

神岡の狙いが分からないが、弁護士には弁護士の考えがあるのだろう……そうそう、神岡とも話をしなくては。まだ一緒に仕事をするような感じではないが、向こうが持っている情報は把握しておきたい。情報交換ではなく、あくまで向こうからもらうだけ。

神岡からもらった名刺を取り出す。こういう場合、どんな風に連絡を取るべきか。最近は、携帯にいきなり電話をかけても出ない人もいる。あらかじめメールかメッセージで、「電話してもいいか」と許可を取ってから、ということも多いはずだ。電話の地位は低下するばかり――しかし晶は、直接電話をかけることにした。反応しなければ、改めてメールを送ってみよう。

神岡はすぐに電話に出た。

「ああ、柿谷さん」

向こうが自分の名前を把握している――こちらが名乗る前に言ったことに驚いた。名刺を交換した人の名前と電話番号はすぐに覚えてしまうのか――いや、速攻で携帯にデータを登録したのかもしれない。自分がそういうタイプなのだ。

「お忙しいところ、すみません」相手の出方が分からないので、晶は丁寧に切り出した。「陽平君のことです。今後の支援活動の参考にしたいので、ちょっとお話しできませんか？」

「構いませんよ」神岡があっさり言った。「今日は……午後からは空いてますけど、どうしますか？　遅めのランチでも？」

一瞬間が開く。名刺交換をしただけなのに、いきなりランチの誘いとは。もしかしたら軽い人間なのか？　晶の第一印象では、「軽い」というより「鈍い」感じだったが。どこかぼうっとしていて、捉え所がない。

「食事の後ではどうでしょう。一時か、二時ぐらいに」

「では、二時で。場所はどうします？　警察に出頭するのは嫌だな」冗談めかして神岡が言った。

「そちらに伺っても構いません」晶は神岡の名刺を確認した。渋谷――と言っても、事務所の住所を見ると、ＪＲの原宿《はらじゅく》駅に近い。これで「渋谷中央」を名乗るのはどうかと思うが、もしかしたらこの住所は、地理的には渋谷区の「中心」なのかもしれない。

「では、事務所でお待ちしてます。柿谷さん、飲み物は？」

「はい？」

「実は、事務所のコーヒーメーカーが壊れていまして。何かお好みのものがあるなら、用意しておきますが」

「お気遣いなく」

気遣いが細かいというより、やはり「軽い」だけかもしれない。晶は軽いノリが大嫌いなのだが、向こうはそんなことは知る由もないだろう。

まあ、いい。お茶を飲みに行くわけではないのだから。

月曜日にミーティングをしよう、と言い出したのは係長の若本だった。金曜に一週間の振り返りをしたら、せっかくの週末なのに定時に帰れなくなるかもしれないから、週頭に前週の報告をして、その週の仕事内容も確認する——若本には勤務に関する妙なこだわりがあるようだが、晶にすればどうでもよかった。どうせ少人数の係なのだ。普段からよく話しているから、他のスタッフがどんな仕事をしているかも分かっている。

先週も動きが激しかったので、晶の報告は長くなった。既に全員が情報共有しているので無駄な会議だと思ったが、少し時間を置いて話してみると、様々な問題が炙《あぶ》り出されてくる。それを一々検討している間に、午前中はあっという間に過ぎてしまった。

せっかく外出するのだから、今日は外で昼食にしよう。と言っても、原宿辺りの飲食店にはまったく詳しくないのだが……行けば何とかなるだろう。

千代田《ちよだ》線に乗り、明治神宮前《めいじじんぐうまえ》で降りる。外に出た途端、春の陽射《ひざ》しで目が眩《くら》むよう……霞が関《かすみがせき》とこの辺りでは、空気の質さえ違うようだった。月曜日だというのに、表《おもて》参道《さんどう》は若者たちでごった返している。一時少し前——もしかしたら、どこにも入れないかもしれない。

神岡の事務所の方へ歩き出しながら、店を探した。どこへ行っても人は多く、しかも流れがゆったりしている。せっかちな晶は歩くのも速いので、どうしても前を行く人たちをかわしながら歩いていくことになる。相手のディフェンスを巧みに躱《かわ》していくドリブラーのような気分になってきた。

適当な店がなかなか見つかりそうにないので、取り敢えず目についたタコス専門店に飛びこむ。タコス二つと飲み物のセット——そう言えば神岡はコーヒーメーカーが故障していると言っていたから、ここはコーヒーにしよう。本当は濃いエスプレッソが好みなのだが、ここにはなかった。

タコスは野菜たっぷりで、普段の雑な食生活を少しはリカバリーしてくれそうだった。時々猛烈な辛さが襲ってくるが、それも一瞬で、むしろ爽やかである。こんな感じの食べ物なんだ……今度、本格的にメキシコ料理も試してみようと思った。

周りの客は自分より若そうな人ばかりで落ち着かないが、時間調整のためにゆっくりと食事をする。最近、食事にこれだけ時間をかけたことはなかったな、と思う。捜査一課時代の方が、食生活は充実していたかもしれない。特捜本部ができれば、毎日弁当ばかりになってしまうのだが、待機が続く時には、栄養バランスを考えて自炊していたのである。支援課の方がよほど忙しい感じだ。

余裕たっぷりに食事を終え、明治《めいじ》通り沿いにあるオフィスビルに入った神岡の事務所へ向かう。駅を離れて北の方へ進むと、多少人通りが減って落ち着いた雰囲気になってきた。エレベーターで四階へ。降りるとすぐ目の前のドアに「渋谷中央法律事務所」の看板がかかっていた。最近はイメージアップを狙ってか、カタカナの名前をつける法律事務所も多いのだが、ここは結構歴史が古いのかもしれない。実際、セキュリティも甘い——インタフォンもなく、いきなりドアを開けて中に顔を出すスタイルだった。

ドアを開けると、すぐにカウンターになっている。その向こうが事務スペース。晶がカウンターの前に立つと、若い女性事務員がすぐに立って対応してくれた。笑顔は百点。どうぞお気軽に法律相談を、とでも言い出しそうだった。

「神岡先生とお約束があります。警視庁の柿谷です」

「聞いています。どうぞ、お入り下さい」

案内され、事務スペースの脇を通り過ぎて神岡の部屋に案内される。今日も神岡は服の着こなしが完璧——グレイのウインドペインのスーツに、真っ白なワイシャツ。ネクタイは発色が鮮やかな紫色だった。ただし無地なので、それほど浮いた感じにならない。デスクについていたので足元は見えないが、毎朝きっちり靴を磨くタイプと見た。

「お邪魔します」

「どうぞ」神岡はすぐに立ち上がり、デスクの前のソファを指さした。「そこで喋る方が気楽でいいでしょう」

「私はどこでも構いませんが」

「では、どうぞ」

神岡がデスクを回りこんで、ソファに腰を下ろした。ちらりと足元を見ると、黒い革靴はやはり鈍く光るほどに磨き上げられていた。

晶は神岡の向かいに腰を下ろした。どこから切り出すか——情報が多過ぎて困る。しかし神岡は、いきなりまったく関係のない話を持ち出した。

「あなたの車、ＭＧですよね」

「え？　ああ……そうです」

「ああいう渋い車が好みなんですか」

「というよりイギリス車が」今は亡き父親の好みを継いで——そもそもあのＭＧが、父親の形見のようなものだ。

「日本ではなかなか見かけない車ですよね。結構昔のモデルでしょう？」

「もう二十五年ぐらい前ですね」こんな話につき合っている場合ではないと思いながら、つい言ってしまった。「それより、神岡先生こそ、すごい車に乗ってるじゃないですか」

「ああ、アバルト？」神岡が嬉しそうに言った。「土曜日に府中中央署で見たんでしょう？　分かりました？」

「あんな黄色い車――失礼しました」

「いや、あれがイメージカラーなんですよ」神岡は嬉しそうだった。周りに車の話ができる相手がいないのかもしれない。

「結構過激なモデルですよね」

「街中では最速ですよ」

「交通機動隊の取り締まりに捕まらないようにして下さい」つい皮肉を吐いてしまう。

「その辺は用心しますよ」

「どうしてあんな過激な車に乗ってるんですか？」

「ルパン三世《さんせい》の影響かな」神岡が顎に手を当てた。

「はい？」

「ルパンといえばチンクエチェントですけど、あれじゃちょっと物足りない。中間がなくて、ベーシックモデルからいきなり過激なモデルになるのが、いかにもイタリアらしいですよね」神岡が爽やかに笑う。「オープンカーはどうですか？」

「髪型を選びます」

一瞬沈黙した神岡が、すぐに声を上げて笑った。

「古いオープンカーだから、ウィンドディフレクターなんかついてないですよね」

「風の流れをコントロールするようなオープンカーは邪道ですよ」せっかく屋根を開けていても、頭上をそよそよと風が吹くぐらいでは……。

「あなたは原理主義者なんですね」

「あまりいい言葉じゃないですね――陽平君のことなんですが」

「はい」本題に入ったので、神岡が一気に真顔になった。

「何度か話されてますよね」

「昨日は病院で会いました。今朝も電話で話してますよ。あなたが彼と話した直後に」

「そうですか……弁護士さんの目から見て、陽平君はどんな感じですか」

「まだ動揺してますけど、土曜日よりはだいぶ落ち着いてます。取り調べでも冷静でした――それで、どうなんですか」急に低い声で探りを入れてきた。

「どう、とは？」

「逮捕はされないでしょうね」

「被害者のご家族は、告訴する気はないそうです」

「でしょうね。友だちだから……何もぎすぎすることもないでしょう。話し合いで片づくんじゃないかな。この件では、安心していいですね？」

「逮捕されなければ、先生はこの案件を降りるんじゃないですか？　高梨家に、あなたを私選弁護士で雇う余裕があるとは思えません」

「これも乗りかかった船ですから、所轄の捜査がはっきりと終了するまではつき合いますよ。毎日会うわけではないけど」

「そうですか……」

「今のところ、私の方からはこれぐらいしか言えませんけどね。彼の状況を話してもいいけど、あなたも知っていることばかりでしょう」

「どうでしょう」晶は首を捻った。

「陽平君、あなたには感謝してましたよ。熱心にやってくれてありがたいって。だから、カッとなって友だちを殴ってしまったことは後悔しています。あなたに迷惑をかけるんじゃないかって」

「私の方は問題ないです。仕事ですから」

「そうですか……彼、素直な子ですよね。あと、真面目過ぎるかな」

「どういう意味ですか」

「いや」神岡が拳の中に咳をした。「今のは率直な感想です。それで？　今後、私と

――私たちと何かしたいんですか?」

「協力できることは協力したいと思います」

「総合支援課、ですね」神岡がスーツの胸ポケットからスマートフォンを取り出した。しばらく画面を見つめていたが、やがて納得したようにうなずく。「後で調べました。発足の時に、かなり大々的にニュースになってたんですね」

「でも、先生は見ていなかった」晶は指摘した。「自分に関係ないニュースは見ないようにしている。情報過多の時代だから――そういうことですよね」

「そういう皮肉を飛ばすのも、支援課の仕事なんですか?」

「先生が言ったことをリピートしただけです」

感情的な突《つ》き合い――しかし何故か、不快感はない。一呼吸置いて、神岡が続ける。

「支援課がどういうところか、興味が出てきましたよ。今までも、被害者やその家族の支援をしてきたのは知っていますが、今後は本格的に加害者支援にも取り組むんですか?」

「加害者は身柄を拘束されているから、無理です。主に加害者家族になるかと」

「なるほど」神岡がうなずく。「今回は加害者の父親と弟、ということですね」

「わざわざ確認しなくても、その情報はお分かりかと」どうしてだろう? 神岡ののんびりした顔を見ていると、皮肉を飛ばしたくなってしまう。

「ま、慎重な人間なので」神岡が耳を掻いた。「しかし今のところ、一緒にやれることはないんじゃないですか」

「情報共有はできます。あなたは、陽平君とたっぷり話したはずですよね」

「あなたよりは、話したかもしれない」神岡が曖昧に認めた。「とはいっても、接触していたのは短い時間ですよ。しかも彼は、精神的にかなり動揺していた。きちんと話ができたかどうかは分からない――それで、支援課としては今後どうするつもりなんですか。彼の現状はどうなってるんですか？」

「陽平君が危害を受ける可能性があります」マンションの落書き、それに郵便受けに入っていた脅迫文――これまでの状況を説明したが、神岡が心を動かされた気配はない。

「しかしなあ……それが危険な事件につながるとは思えない」

「ネットで書かれているだけなら、我慢すれば何とかなります」罵詈雑言のコンテストのような状態になっていて、未だに終息する気配はないのだが。これに耐えられるのは、よほどタフな人間だけだろう。陽平には、ネットは見ないようにとアドバイスしていた。「ただし、名前や住所が割り出されていて、実際にそこが攻撃されたわけですから、既に事件になっているんです」

「どこかが捜査しているんですか？」

晶は口をつぐんだ。所轄の府中中央署が真面目に捜査している様子はないし、むしろ陽平を敵視している気配さえある。追いこまれている少年に対して、あの対応はない。

「まともに捜査しないということは、危険性が少ないと判断しているからでしょう」

「その判断が常に正しいとは限りませんよ」

「それは警察の事情でしょう」

指摘されて頭に血が上ったが、反論できない。この件に関しては、神岡の言葉は正論だ。

「――まあ、うちとしても、正直困っています」一転して、神岡が砕けた口調で言った。

これ以上お互い話すことはない――引き上げようかと腰を上げかけた晶は、一つ疑問が残っているのを思い出す。

「陽平君のこと、真面目過ぎると言いましたよね」

「ええ」

「私は必ずしもそうは思わないんですけど、どういう意味なんですか？」

「何と言いますか……必要以上に家族を大事に思っている。母親を病気で亡くしてから男三人で暮らしてきたから、結束が固いのは分かりますけど、それにしても考えが硬い。すぐ深刻に考えてしまう。特に、お兄さんに対する思い入れは重過ぎますね。正直に言えば、今は少し距離を置いた方がいいと思う。お兄さんの事件は、問題なく捜査が進んでいるんでしょう?」

「いや、そうでもないようです」ふと疑問に思った。晶は、陽平から兄のことをほとんど聞いていない。心配していないわけはないはずだが……。

「なるほど……いずれにせよ、お兄さんの処分が決まるまでは、あまり必死に動かない方がいいと思います。兄弟だからといって、常にくっついていた方がいいわけじゃない。今後も長いんですから、最初から飛ばすとろくなことになりませんよ」

「こういう事件に慣れてるみたいですね」

「弁護士ですから」神岡が肩をすくめた。

まだ引っかかる……「真面目過ぎる」という神岡の印象は、兄弟仲ばかりを指してのものではない気がする。もっと深い事情を摑んでいるか、あるいはこの男が独特の洞察力を持っているのか。

「ま、気になることがあったらいつでも連絡して下さい」神岡が気楽な調子で言った。「何だったら、仕事の話じゃなくて、飯でもいいですよ」

「お誘いですか?」

「ええ」神岡があっさりと言った。「ちょっと図々《ずうずう》しくないですか？　私と神岡先生は、法の右端と左端にいるようなものです」往々にして、露骨な「敵」になる。「それは百も承知です。でも、車のことを語れる相手が周りにいないもので」「そんなの、ネットで探せばいいじゃないですか」「そんな、寂しいことを」神岡が小さく笑った。「こういうチャンスは逃したくない」「チャンスの意味が、先生と私では違うようですね」言い捨てて、晶は神岡の部屋を出た。

5

何だか釈然としない。そのまま本部に帰る気にもなれず、晶は東多摩署に足を運んだ。原宿駅近くにいたので、山手線で新宿まで出て、京王線で国領へ向かう。刑事課に入った瞬間、宮間が嫌そうな表情を浮かべた。

「またあんたか」
「また私です」
「そういうの、やめろよ。人を苛つかせるコンクールがあったら、あんた、優勝候補だぜ」

「光栄です。いいことでも悪いことでも、なかなか一番にはなれませんから」晶は椅子を引いて座った。英人の取り調べのことを聞こうと思った瞬間、宮間の方から切り出してくる。

「府中中央署の件はどうなった？　高梨弟は逮捕しないのか？」

「被害者が告訴しないようですから、逮捕はないと思います。要するに、幼馴染み同士の喧嘩ですよ。たまたま近くにテニスのラケットがあっただけです」

「立派な凶器だぞ。死んでたかもしれないじゃないか」

「実際には、誰も死んでいません。怪我も全治二週間の軽傷です」

「ふむ……」宮間が顎を撫でる。腕が毛深いだけかと思ったら、髭《ひげ》も濃い。午後半ばの時間なのに、もう髭剃《ひげそ》りが必要な感じになっている。「まあ、うちとしては手も口も出せないけどな」

「英人君の方はどうなんですか？」

「どうって、何が」宮間がとぼけた口調で言った。

「取り調べの方です。上手く進んでいるんですか？」

「それは、うちの署の最高機密だ」真面目くさった表情で宮間が告げる。膠着状態が続いているのを認めるのが悔しいのだろう。

「上手くいってないんですね？」晶は決めつけて念押しした。「やっぱり、動機は喋ってないんですね？」

「……まあな」苦々しげな表情で宮間が認めた。「ただ、今後の処分については問題ないとは思う。本人の服や体についていた血は、間違いなく被害者のものだったし」

「凶器は？　まだ見つかってないんですよね？」どうしてもそれが気になっている。

「ああ」

「本人の供述は、依然として『覚えていない』ですか？」

「そういうことだ……これはしょうがない。全ての事件で、確実に凶器が見つかるわけじゃないからな」

「ということは、今のところ、本人の自供と状況証拠しかないじゃないですか」晶は指摘した。通報者はいたのに、目撃者も割り出せていない。これではきちんと事件処理できるとは思えない。

「もう一度言う。マル被の服に血痕がある。間違いなく被害者の血痕だった」即座に反論したが、宮間の目は微妙に泳いでいた。

「それだって、被害者を刺した証拠にはなりません。血痕は、様々な状況で付着するものだと思います」

「何だい、あんた、うちの捜査にケチをつけに来たのか？」

「気になっているだけです」

「捜査は公明正大、ルールに則《のっと》ってきちんとやってるよ」

それはそうだろうが、上手くいっていないのは間違いない。やはり今後が心配になってきた。仮に英人を処分できなかったら、真犯人が誰か分からないまま、事件が宙に浮いてしまう。

「一々口出しをするな」宮間の命令は、実際には懇願口調だった。「支援課の仕事は、捜査の手伝いじゃないだろう」

「ええ」

「だったら、黙ってうちの動きを見守ってくれないかな」

晶は無言でうなずいた。宮間がかなり追いこまれているのは間違いない。話を聴く相手を間違えたかもしれないと反省し、生活安全課に回った。少年係長の大河原は、直接捜査を担当していない分、気楽な感じなのだ。陽平の傷害事件についてひとしきり話した後、大河原の方から英人の事件について切り出す。

「どうも妙なんだ」

「何がですか？」

「被害者の日下健なんだけど、半グレグループに入っていたという情報がある。情報というか、噂だけどな」

「多摩中央高校の生徒が半グレグループに？　そんなこと、あるんですか？」晶は目を見開いた。

「裏は取れてないよ。本部の組対や少年事件課でも、確証は持っていない。ただ、名前があちこちで出てきてるようなんだ」

しかし警察の捜査が常に完璧とは限らない。特に半グレの連中は、暴力団のようにきちんとした組織を持たず、スマートフォンだけでつながっている――メンバー同士顔も本名も知らないことが多く、一人捕まえれば芋づる式に組織の全容が解明できるわけではない。

「仮に日下健が半グレグループの人間だとして、英人君はそれに何か関係あるんですかね」

「それはちょっと考えられないな。高梨英人が半グレグループの人間だという情報は、一切ない」

「うーん……」晶は首を傾げた。「喧嘩するぐらいは分かりますけど、相手を刺す前提で凶器まで持っていきますかね？」しかもその凶器は見つかっていない。それがやけに気になっていた。

「高校生同士の殺人事件は、これが初めてってわけじゃないよ。分別がつかない分、凶悪な事件も起こり得る」

「ええ」

「しかし、動機は見当たらない」大河原が首を捻った。「よくあるのが異性関係だけどな。恋人を取り合って……という事件は高校生でもあった。ただし依然として、二人の接点は見つからないんだ」

「そうですか……」目の前で、扉が次々と閉まっていく感じだった。「少年事件の経験がないのでよく分からないんですけど、今の子って、警察を怖がりますか？」

「そりゃあ怖がるさ」大河原がうなずく。「ただし、昔よりずる賢くなってるのも間違いない。スマホが普及してから、簡単に口裏合わせができるようになったからな。前に、五人ぐらいの万引きグループを摘発したことがあるんだけど、全員のアリバイが綺麗に揃っていた。あまりにも綺麗過ぎた」

「示し合わせたんですね？」

「その時は、逮捕した子のスマートフォンを解析して確認できたんだが、我々が確認できない方法もいくらでもあるだろう。例えばウェブメールを使う方法、知ってるか？」

「いえ」大河原の口調は、いつの間にか生き生きしていた。自分が手がけた事件について話すのを何より好む刑事がいるのだが、大河原もそういうタイプらしい。

「ウェブメールの下書きを使うんだよ。共通のＩＤでログインして、下書きをメモ代わりにしてやりとりする。まずくなったらすぐ破棄できるし、送受信の記録が残らないから、証拠にならない。浮気相手との連絡に使う人もいるそうだ」

「それ、どこで知ったテクニックなんですか」

「変なこと考えるなよ。実際にそういう事件があったんだ」大河原が真顔で答える。

「まあ……いずれにせよ、最近の子どもを甘く見たらいけない。スマホの普及で、大人と子どもの情報操作のテクニックは逆転したと言っていいと思う。あなたも年齢的には、デジタルネイティブだろう？」

「そうですね」初めて携帯を持ったのが中学生の時だから、確かに完全なデジタル世代と言っていい。「でも、最近はついていけません。どんどん新しいサービスが出てくるし、慣れたものから乗り換えるのは面倒ですよ」

「若い人ほど、そういうことに抵抗がないだろう。だからこっちも、日々勉強だよ」

大河原が溜息をついた。「俺は、個人的には苦手なんだけどね」

「――つまり、警察でも摑めていない人間関係があるかもしれないということですか？」

「可能性は否定できない」大河原がうなずく。「だいぶネジを巻いて、周りの人間の事情聴取を進めているんだけど、なかなかね」

「係長」先日一緒に食事をした真佳が、遠慮がちに割って入ってきた。「ちょっとよろしいですか」

「おう、何だ？」

真佳が晶に黙礼した。晶もさっと頭を下げ、目にかかった髪をかきあげる。真佳は深刻そうな表情で、自分のスマートフォンを差し出した。大河原が怪訝そうな表情で受け取って画面を見る。

「どうした？」

「これ、誰かの裏アカじゃないでしょうか」

「うん？」

「検索していろいろ見ていたんですけど、ちょっと匂わせ的なものが……」

「確かにそうだな」大河原が認める。画面から顔を上げると、晶にスマートフォンを手渡した。ツイッターの画面で見ると、確かにそんな印象を受ける。

「Ｙｏ」という呼びかけが頻繁に出てくる。アカウントの名前は「ＭｉｕＭｉｕ」。プロフィルを見た限りでは、名前は特定できない。つぶやきの内容は結構深刻だった。「Ｙｏを信じてる」「Ｙｏは責任を感じる必要、ないから。悪い人間は他にいる」「早く普通にＹｏに会いたい」……最新のつぶやきは、いかにもトラブルに巻きこまれた「Ｙｏ」を庇《かば》うような内容だった。「Ｙｏ」＝陽平と考えるのも無理はない感じだが、それはこちらの希望的観測だろうか。

「ちょっと弱いかな」晶は率直に言った。

「すみません」真佳が頭を下げる。「でも、いかにもつき合ってる同士の戯れみたいな感じがして。それと、陽平君の同級生で美羽《みう》という子がいるんです。高山《たかやま》美羽」

「そうなの？」晶は真佳を真っ直ぐ見た。

「はい」真佳がうなずく。「一年生、二年生と同じクラスです」

「それで、『Ｙｏ』のアカウントは？」

「それらしいのは発見できていません。『ＭｉｕＭｉｕ』のアカウントで、それらしいアカウントへのリプライなんかは見つからないんです」

「一方的なラブレターみたいなもの？」晶の感覚では理解できなかった。そもそも今時の高校生なら、ツイッターよりもインスタグラムやＴｉｋＴｏｋを使いそうな気がするが。

「私も、それはおかしいと思うんですけど……手がかりとしては薄いですかね」

「どうですか？」晶は大河原に質問を向けた。

「高山美羽という子には当たったか？」大河原が真佳に訊ねる。

「いえ。陽平君は事件には直接関係ないですから。でも一応、名簿だけは手に入れておこうと思って……それで気づいたんです」

「さりげなく接触してみろよ」大河原が指示した。「あまり深刻にならないように」

「それなら私も――」晶は割って入った。

「あなたは駄目だ」大河原がすぐに釘を刺した。「この捜査では部外者なんだから」

反論しようと思ったが、理屈がまったく思い浮かばない。しかしすぐに、理屈は関係ないと思った。ここで大河原と言い合いしている暇があったら、すぐに動くべきだろう。自分が信じるところに従って。

「支援課の職掌は何だ？　警察は完全な縦割り社会なんだぞ。職掌で決まっている役割をはみ出して仕事するわけにはいかない」

「当然です」晶は表情を変えずにうなずいた。

「あなたは、まだ支援課でのキャリアは浅いのか？」

「ええ」

「だったら分からないかもしれないが、支援課も失踪課も追跡捜査係も、自分たちの勝手な考えで勝手に動いて、しょっちゅう他の部署を困らせてる。先輩たちはそれでいいと思ってるんだろうが、あなたまでそこに染まる必要はないんだよ」

「今、支援課の仕事内容を勉強中です」

「まったく……」大河原が舌打ちした。「あなたたちがはみ出して仕事ばかりしているから、ＳＣＵみたいな部署ができるんだ」

ＳＣＵ（特殊事件対策班）は数年前にできたばかりの部署で、担当がはっきりしない案件を捜査している。実際、社会も事件も複雑化し、どの部署が担当するか判断に迷う事件も増えてきているのだが……そこを話題に出されても困る。あそこは「何でも屋」であり「ゴミ拾い」とも言われている。

「兄弟仲、本当はどうだったんですか？」SCUを引き合いに出されても困るので、晶は話を引き戻した。

「仲はよかったと聞いてるけどね」

「陽平君が傷害事件を起こしたのも、お兄さんが原因なんです」

「らしいね」大河原がうなずく。「悪口を言われてキレた、だろう？」

「実際には、悪口とも言えなかったと思います。ちょっと話題にしただけ、だそうです。それなのにいきなりキレた。急にスウィッチが入ったみたいに」

「あり得るんじゃないか？　兄貴は逮捕されて、親父さんも病気だ。ストレスも溜まってるだろう。他の人だったら受け流すような言葉にキレてもおかしくない」

真面目過ぎる——神岡の言葉が頭の片隅に引っかかっている。父子三人がこの数年、力を合わせて必死に生きてきたのは間違いない。そして英人と陽平は年子。一歳違いの兄弟というのは、そこまで仲がいいものだろうか？　男兄弟——兄はいたものの、晶にはその辺の感覚がよく分からない。一度陽平に、兄のことをきちんと聞いてみようと思った。何故か、本人は語ろうとしていないし。

「さあさあ、この辺で」大河原が書類に視線を落とした。「うちもまだ忙しいんでね」

そう言われると、これ以上粘ることもできない。晶は立ち上がり、丁寧に礼を言って生活安全課を辞した。

さて、これからどうするか……本部へ戻って雑務を片づけ、今日の仕事を終わりにするか。まだまだ動きたいのだが、今すぐ何をすべきか、具体的なアイディアが浮かばない。

署の脇道を国領駅へ向かって歩き出した瞬間、スマートフォンが鳴る。真佳。先日、番号を交換していた。

「すみません、柿谷さん、まだ近くにいますか？」

「署を出たばかり。ガソリンスタンドの前だけど」

「脇道ですよね。そのまま真っ直ぐ行くと京王線の線路にぶつかるんですけど、その辺で待っててもらえますか」抑えた低い口調で、しかし早口で真佳がまくしたてる。

「いいけど、何かあった？」

「会って話します。すぐ行きますので」

電話が切れた。いったい何だろう？　数十メートル歩くと線路に出る。右折してしばらく歩けば、もう国領駅だ。駅前は最近再開発されたようで、小綺麗なビルが目立つ。ちょうど京王線の特急が猛スピードで通過するところで、風が晶の髪を巻き上げていく。

線路を背にして待っていると、一分ほどして真佳が全力疾走して来た。背が高いし、フォームも決まっている。高校時代にバスケットをやっていたというのも理解できた。立ち止まると、二度、三度と深く呼吸して息を整える。それで平常の呼吸に戻るのだから、今でも頻繁に体を動かしているのかもしれない。晶は、子どもの頃から通っていた合気道の道場にもすっかりご無沙汰だ。

「すみません」

「いいけど、何かあった？」

真佳が、手に持っていた紙を差し出した。二つに折ったA４用紙。晶は受け取ってすぐに開いた。表計算ソフトで作ったリスト——すぐに陽平のクラスの名簿だと分かった。

「使って下さい」

「持ち出して大丈夫だった？」

「コピーですから、問題ありません」

晶はすぐに紙を畳んでバッグにしまった。真っ直ぐ真佳の顔を見て訊ねる。

「どうして？」

「ええと……」真佳が困ったような表情を浮かべる。「係長が……」

「大河原さんが私に渡すように言ったの？」

真佳が無言でうなずく。彼女自身も事情——大河原の本音を理解しかねている様子だった。

「何か言ってなかった？」

「柿谷さんに渡すようにって……それだけです」

「そっか」晶はうなずいた。本音と建前。支援課に来てから、他部署の人から「余計なことをするな」と散々釘を刺されてきた。しかし日々の仕事の中で、情報を抱えこんでしまって捜査が上手くいかない状態は、多くの警察官が経験しているはずだ。同じ情報を元にしても、別の人間が調べれば、また何か違うことが分かる——晶も経験でそれは知っている。

こういう情報があれば、うちには動ける人間がいる。早速香奈江と打ち合わせしようと晶は決めた。

本部へ戻り、晶はすぐに香奈江と話をした。リストを渡すと、香奈江はすぐに事情を察してくれた。

「つまり、『ＭｉｕＭｉｕ』がこの中にいるかどうか、探ればいいんですね？」

「そう」

「候補は高山美羽……でしょうね。他にそういう名前の子はいないし」

「できる？　高校生相手なら、あなたの方が上手くできると思って。ＳＮＳ経由で探るとか、できないかな」

「直当《じかあ》たりの方が確実です。この『ＭｉｕＭｉｕ』にメッセージを送っても、反応はないと思いますよ。直接当たって、調べてみます」

「私も行こうか？」

「それはいいです」香奈江が微妙に自信ありげな表情を浮かべる。「高校生相手の時は、大人数で押しかけない方がいいですよ」

「大人数って言っても二人だけど」晶は苦笑した。

「二対一でも、向こうはビビるんです」

「じゃあ、任せていい？　どういうアプローチをする？」

「自宅でしょうね」香奈江がリストを確認した。「自宅の住所と携帯の番号は分かってますから、家の近くまで行って電話してみます。それで直接会えれば、何とか」

「残業になるけど、いい？」

「しょうがないですね。夜しか会えないでしょうから。これ、晶さんもコピーを持ってる方がいいですよね」

「念の為に」

晶にコピーを渡すと、香奈江はさっさと支援課を出て行った。若本には晶から報告しておくことにする。

「それ、うちの仕事と関係あるのかね」若本は首を捻った。

「何が関係あるか、分かりませんから」

「秦一人で大丈夫か？」

「少年事件だったら、うちでは秦が一番のベテランですよ」

「状況、逐一報告してくれよ。ヤバいことになったら、何か手を考えないといけない」

「ヤバいことにはならないと思いますが……」この人も心配性なのだ、と晶はようやく分かった。元々そういう人なのかどうかは分からないが、本部の係長という中間管理職になると、心配することが仕事のようなものだろう。捜査の指揮に加え、労務管理や金の問題まで考えなければならない。そういうことはいかにも面倒で、自分はこれ以上階級を上げなくてもいい、と晶は思う。もちろん、昇任試験が面倒だということもあるが。

「それで？　お前は何か当たりどころがあるのか？」

「弁護士です――高梨英人の弁護士。一度会っていますが、話してみたいと思います」

「弁護士ねえ」

「警察に話していないことでも、弁護人には話しているかもしれません」

「そんなことをしていると、だいぶうちの仕事をはみ出すぞ」

「どこで関係しているか、分かりませんから」

こんなことで言い合いをしても仕方ないと思いながら、晶はすぐに自分のデスクについた。名刺入れを確認し、古谷の名刺を取り出す。事務所に電話を入れると、すぐに摑まった。事情を説明しても、古谷の方では話に乗ってこなかったが。

「私としては、特に話すこともないんだがね」

「そうおっしゃらずに話を聴かせていただけませんか」晶はひたすら下手に出た。「支援業務の一環です。支援課は、弁護士の方とも協力できることがあると思います」

「まあ、いいけど……どうしたい？」

「そちらへ伺います。五時を過ぎますけど、いいですか？」

「あんたが残業代を払ってくれれば」

こういう皮肉に対してうまく切り返す語彙を、晶は持っていない。ここは真面目に行くしかないな、と決めた。

6

新宿まで出て古谷の事務所を訪ねると、既に五時を十五分過ぎていた。焦ってインタフォンを連打し、ドアを開けてもらう。

「新宿セントラル法律事務所」という名前から想像していたのは、弁護士を何十人も抱えた大事務所だったのだが、実際にはこぢんまりとしていた。事務員は、見た限り三人。役所と違って、五時を過ぎると仕事が終わるわけではないようで、ひっきりなしに電話が鳴っていた。

電話が途切れたタイミングを見計らって、一人の男性職員に声をかける。連絡は届いていたようで、すぐに古谷の部屋に通された。

何というか……雑然としている。古谷本人は少しだらしない人間なのだが、それがそのまま部屋の雰囲気にも表れているようだった。デスクの両側には書類や本が堆《うずたか》く積まれ、古谷の顔は中央に開いた狭いスペースから覗いていた。応接セットのテーブルも書類で一杯。それはいいのだが、部屋中に煙草《タバコ》の臭いが充満しているのには参った。最近、どこでも職場は完全禁煙というところが多いはずだが、この個室は治外法権らしい。

晶が入って行くと、古谷がのろのろと立ち上がり、ソファに向かって来た。ワイシャツの襟が折れ曲がり、今日はネクタイもしていない。スーツは型崩れしていて、ズボンはだらしなくずり落ちかけている。

「さて、何をお話ししますか」古谷が両手を揉み合わせた。

「英人君の様子です。事実関係は認めているようですが、動機については喋ってないと聴いています」

「警察の調べがどうなってるかは知らないけどね」

「古谷さんは、英人君と話していますよね？　動機についても何か聴いているんじゃないですか」

「何を話したか、警察に教えるのはルール違反なんでね。依頼人と話したことは誰にも言えない——職業倫理の問題ですよ」

「私は、捜査する立場じゃないんです。仕事はあくまで、被害者や加害者家族の支援ですから。今、英人君の弟さんの面倒を見ています」

「ひどいことになってるそうだね。弟まで事件を起こしたとなったら——」

「あれはただの喧嘩です」晶は古谷の言葉を遮った。しかし次の瞬間、彼がこの情報を知っていることに気づいて驚く。事件を担当している所轄が違うから、彼の耳に入るとは思えなかった。「——だいぶ情報収集されているようですね」

「まあね」古谷が耳をいじった。「まあ、私としては手順通りにやるだけですよ」

「どうしてそう淡々としているんですか？」思わず聞いてしまった。

「事実関係ははっきりしている。戦いようがないとは言いませんが、弁護人にできることには限界があるんだ。警察の違法な取り調べに対して忠告するぐらいかな」

「それだと、弁護人なんかいないのと同じじゃないですか」

「いやいや、ちゃんと決められた仕事はしてますよ」古谷が薄い笑みを浮かべた。

「ご心配なく」

「陽平君についている弁護士の方は、熱心にやってくれていますよ」

「ああ、そう」関心なさそうに古谷が言った。「それは人それぞれ——状況にもよるけどね」

「少年事件ですよ？　普通の事件よりもずっと、デリケートな対応が要求されます」

「まあ、こちらは粛々とやりますよ」

「粛々と、じゃ困ります！」晶は声を張り上げた。「一人の少年の将来が決まるんですよ。大人として、きちんとフォローしてあげる必要があるでしょう」

「一々気合を入れ過ぎていたら、疲れて死んじまうよ」古谷は薄い笑みを浮かべたままだった。

「古谷さん、何歳なんですか？　疲れて死ぬほどの年齢じゃないでしょう」

「六十二。弁護士になって三十五年……ずっと事件に取り組んでいたら、疲れますよ」古谷が大袈裟に溜息をついた。演技臭が強い。「こういう商売は長くやるもんじゃない。ただし刑事弁護士は儲からなくてねえ。金を稼いだらすぐに引退したいんだけど、肝心の金が儲からない」

「そんな話をしに来たんじゃありません！」

「まあまあ、そうカリカリしなさんな」古谷がニヤニヤしながら言った。先走る若者を止める——こんなことは何度も経験してきたのだろう。

「私は状況を知りたいだけなんです」

「言えないこともある。警察と協力する必要はない——それは変わらないよ」

「被害者や加害者家族のケアをするのに、警察も弁護士も民間団体も関係ないと思います。協力し合って、スムーズに進めないと」

「そう言う割に、あなたは上から目線だね」古谷が鼻で笑った。

「まさか」そんなつもりはまったくなかった。

「業務でやっているだけです」

「その業務とやらが、他の仕事よりも重要で優先されるべきものだと思っていませんか？」

晶は口をつぐんだ。そういう感覚は……ないでもない。これは間違いなく、捜査一課時代に培われた感覚だ。捜査一課は主に、殺人事件を扱う。殺人は、あらゆる犯罪の中で最も重いもので、一刻も早い解決が望まれる。それ故、あらゆる余計な要素を排して、どこにも遠慮することなく、一気に解決しなければならない。

支援課がそんなに前に出てはいけないことは分かっている。一歩引いた立場から──向こうが望めば動く、何も言わなければ動かない。しかし今自分は、英人と陽平の気持ちを確認せずに勝手に動いている。

とはいえ、それが間違いだとは思えなかった。支援課には完璧なマニュアルやルールはない。その場その場で対応すべき──その原則だけは間違っていないはずだ。

結局古谷からは何も情報を引き出せなかった。疲れた一人の弁護士の生態を観察する機会にはなったが、そんなことを知っても何にもならない。

部屋を出るとすぐにドアが開き、最初に取り次いでくれた若い男性職員が顔を出した。

「あの──大丈夫ですか？」

「何がですか？」晶は思わず聞き返してしまった。

「大声が聞こえたもので」

「ああ」晶は苦笑した。「あれぐらいの怒鳴り合いはよくあります」

男性職員が廊下に出て来て、後ろ手にドアを閉めた。

「すみません、古谷先生は時々キレてしまうので」

「あれぐらいなら、キレたとは言わないと思います」古谷自身は大声を上げることもなかったのだ。考えてみれば、晶が一人で怒鳴っていただけだ。

「不快な思いをさせたら申し訳ないんですが」

「いえ、全然。もっとひどい経験は何回もしていますよ」晶は笑みを浮かべようとして失敗した。余裕でやり過ごせるほど、自分は成熟していない。「わざわざ職員の方に謝っていただかなくても大丈夫ですよ」

「先生も、だんだん意固地になってきて。そのうち、依頼人がいなくなりますよ」

もしかしたらこの職員も、普段から古谷のやる気のなさ、だらしなさに困らされているのかもしれない。とはいえ、弁護士事務所の中の話に、警察官である自分は関与できない。

「まったく、息子さんとはえらい違いですよ」職員が溜息をついた。

「そうなんですか?」晶は一瞬で状況を把握した。「もしかしたら息子さんも弁護士? 同じ事務所に勤めているとか?」

「いや、別の事務所です。渋谷の方なんですけど」

「渋谷?」晶は職員に一歩詰め寄った。職員がすっと後ろに下がる。「どこの事務所ですか？」

「渋谷中央弁護士事務所ですけど」

神岡が所属している事務所か。あそこに古谷という弁護士がいたかどうか……調べてもいないので分からない。

「苗字は違うんですが」

「苗字が違う？」

「詳しい事情は知りませんけど……」

「その人のお名前は？」

「神岡さんです。神岡琢磨先生。私は会ったことがありますけど、いい感じの先生ですよ」

いい感じ？　何だ、それは？

警察としては放っておいてもいい、というか調べる必要もないことだ。しかし兄弟についている弁護士を親子がそれぞれ務めているとなると、どうも気になる。弁護士の選任は法テラスで行っているはずで、そこに特別な配慮が働く余地があるとは思えない。当番弁護士のようになっていて、空いている人に順番に役目が回っていくのではないだろうか。

とはいえ、親子で事件の話をすることはないのだろうか？　相手が兄弟という共通事項があるわけだし、協力して仕事をする方が効率的なはずだ。

いろいろ考えると、どうしても放っておけなくなる。晶は新宿セントラル法律事務所を出ると、すぐに神岡の携帯に電話を入れた。

「何ですか？　さっき話したばかりでしょう」神岡は、さすがに少し迷惑そうだった。

「ちょっと確認したいことがありまして……まだ事務所ですか？」

「今日はもう出ましたよ。急ぎじゃなければ、明日にしませんか？」

「いえ、できれば今日」

「強引な人だな」神岡が苦笑したが、それほど怒っている様子ではない。「そんなに時間は取れませんよ」

「今、新宿にいます」

「だったら代々木《よよぎ》かな……あるいは北参道《きたさんどう》。今事務所を出たばかりなので」

「いいですよ」今いる場所からなら、歩いて行ける。神岡は、明治通り沿いにあるカフェの名前を告げた。「目印は真っ赤なドアです。マンションの一階だけど、目立ちますから」

「それなら分かると思います」

電話を切り、晶は大股で歩き出した。四月の夕方、今日は気温が高く、途中で汗が滲《にじ》み出すのが分かった。あまり格好いいものではないが、汗ばかりはどうしようもない。

赤いドアの店はすぐに見つかった。中に入ると、まだ神岡は来ていない。晶は窓際の席に陣取り、外を歩く人たちの姿を見ながら待った。向こうの方が近くにいたはず……いや、そうでもないか。それに神岡は、どことなく行動がゆったりした人間である。のろまな感じではないが、何事に対しても焦ったり急いだりしないようなタイプに見える。

三分後、ドアが開いて神岡が入って来た。予想通り涼しい表情をしている。晶は額や首筋の汗を拭って、ハンカチが既に濡れているのに。

「どうも」神岡は怪訝そうな表情だった。「そんなに急ぎの仕事、ありました？」

「急ぎではないけど、確認しておきたいんです」

「どうぞ……飲み物は頼みましたか？」神岡は相変わらず悠然としている。

「……まだです」

「先に頼みましょう」

神岡がゆったりしているので、何だか晶も毒気を抜かれてしまった。そもそも怒るようなことではないのだと気づいたが。

神岡はコーヒーを、晶はアイスカフェラテを――好物のエスプレッソはない――頼んだ。とても、温かい飲み物を飲む気にはなれない。注文を終えると、すぐにグラスの水を一気に飲み干した。それで少しだけ落ち着く。

「少年事件の弁護について教えて下さい」

「そこから？」神岡が目を見開いた。「警察官なら、そういうことは当然知っていると思いましたよ」

「私は少年事件の捜査を経験していないので」言い訳めいているなと思いながら、晶は言った。

「成年の事件とそんなに変わるわけじゃないですよ。違うのは、家庭裁判所への送致前は弁護人として選任されて、家裁に送致された後は付添人になるということです。だいたい、捜査段階での弁護士が、家裁でそのまま付添人になるパターンが多いですね。事件の流れを知っているから」

「ということは……現在のあなたは、付添人でも弁護人でもない」

「ええ。陽平君は逮捕されていませんからね。ただし、彼に対する捜査は進んでいるから、弁護士としての仕事はある」

「法テラスから回ってきた仕事ですか？」

「いや……」

「だったら、誰かに頼まれたんですか？」

「まあ……そんな感じではあります。弁護士は、法的にしか動けないわけではない。臨機応変にいろいろと動くんです」

臨機応変……支援課のモットーと同じだ。しかし彼の行動に感情移入はできない。

飲み物が運ばれてきたので、会話は一時中断した。ややこしい話なので、できるだけ店員には聞かれたくない。必然的に、額を寄せ合うように話すことになった。そもそも丸テーブルが小さいので、二人の距離は近いのだが。

晶はアイスカフェラテを一口飲んで気を落ち着けた。そこからさらに質問を続ける。

「もしかしたら、今回はボランティアみたいなものですか？」

「金を受け取るつもりはありませんよ」

「それじゃ、商売にならないのでは？」

「商売になるかならないかは、うちの所長が考えます。あなたに心配してもらう必要はないですよ」かすかに怒りを滲ませながら神岡が言った。

「誰かの紹介で……誰の紹介ですか？」

「それは言えません。守秘義務があります」

「そんな大袈裟なことじゃないでしょう」彼の頑《かたく》なな態度が気になった。「今のは話の流れです」

「あなたが知る必要のある情報とは思えない」

「それはこちらで決めることです」

まったく……どうにもやりにくい。神岡はのらりくらりとしたタイプではないかと見ていたのだが、いざ正面から遣り合ってみると意外な強硬派だった。

「柿谷さん、何か変な方向に突っ走っていませんか？　こんな話が、陽平君のためになるとも思えない」

「陽平君のお兄さん――英人君の弁護をしている人なんですけどね」晶は一気に勝負に出た。「ちょっと頼りない人なんです。他から情報が取れれば、支援活動の役に立つと思います」

「それは、私には何とも言えません」神岡が急に素っ気なくなった。

「英人君の担当の弁護士さん――あなたのお父さんじゃないんですか」

神岡が、手にしていたコーヒーカップをゆっくりとソーサーに戻す。手が震えていて、置く時にかちかちと高い音を立てた。

「何の話ですか？」

「あなたのお父さんも弁護士でしょう？　もしかしたら陽平君のことは、お父さんから情報が流れたんじゃないんですか」

「何も言えませんね」

「神岡さん、隠すようなことなんですか？　苗字《みようじ》が違うのは分かっていますけど、そういうこと、よくあるでしょう」

「言いたくありませんね」段々言葉がきつくなってきた。

「これは、あなたが担当している陽平君のことにもつながる」

「あなたは単に詮索しているだけだ」神岡が指摘した。「警察官というのが、好奇心旺盛な生き物だということはよく知っています。しかし、何でもかんでも調べればいいというわけじゃないでしょう」

「必要があるから調べているんですよ」

「そう勘違いしているだけじゃないんですか」神岡の口調は冷静だったが、やはり内心の怒りが滲み出ている。「前へ前へ出る人は嫌いじゃありませんけど、勘違いされたまま動いていたら、周りの人が不幸になる」

「私は不幸を減らすために仕事をしているだけです」

「そこも勘違いでは？」神岡が冷たく指摘した。「自分の言動が周りにどんな影響を及ぼすか、よく考えてから動いた方がいいですよ。私は今、不快だ。幸せには程遠い気持ちですね」

「神岡さん――」

「失礼」神岡が立ち上がった。結局コーヒーには口をつけていない。「あなたは、人の事情に立ち入り過ぎる。仕事のつもりなんでしょうけど、仕事でもやっていいことと悪いことがあります」

神岡が一礼して、さっさと店を出て行った。取り残された晶は、アイスカフェラテを思い切りストローで啜《すす》った。立ち入り過ぎる？　そうせざるを得ないのが警察の仕事ではないか。

たまには思い切り酒を呑みたい気分になることがある。今日がまさにそうだった。弁護士二人との面会は無意味に終わり、香奈江からは夜になって、「今日は美羽に接触できそうにない」と申し訳なさそうに報告が入って来た。収穫ゼロ。一人で自棄酒《やけざけ》を呑んで、さっさと寝てしまうか――。

しかし、何とか踏みとどまった。事態は流動的だから、酔っ払って不貞腐《ふてくさ》れている場合ではない。結局、冷蔵庫の余り物で適当に夕食を作って済ませ、普段より早く寝た。

そして夜中に、電話で起こされる。スマートフォンを取り上げると、午前三時。かけてきたのは、東多摩署の刑事課長・宮間だった。

「あんたに電話していいかどうか分からなかったんだが……本来は、おたくの係長か誰かに連絡すべきなんだろうが、連絡先が分からなかったんでね」

「何かありましたか？」晶はベッドを抜け出した。東多摩署からの電話——嫌な予感しかしない。

「高梨陽平が襲われたぞ」

「襲われた？」思わず聞き返してしまう。「こんな時間に？」今日はまだ病院に泊まりこんでいるはずだ。それとも家に帰ったのだろうか。それにしても時間が妙だ。こんな時間に……。「現場は自宅ですか？」

「いや、路上だ」

ますますおかしい——いや、陽平はバイクを持っているから、この時間に遠くへ出かけることもできるだろう。それにしても、いったい何が起きているのか。

答えは現場にしかない。

第三部　襲撃

1

晶はすぐに家を出た。深夜だが、駅に近い茶沢《ちやざわ》通りまで出れば、タクシーは摑まるだろう。案の定、茶沢通りに出てすぐ、一台の空車が走っているのに出会《でくわ》した。乗りこんで行き先を指示してからスマートフォンを取り出し、若本に電話を入れる。午前三時半、若本はぼやけた声で電話に出た。

「何だ、こんな時間に」

晶は小声で事情を説明した。タクシーの運転手に聞かれてしまうが、これは仕方がない。

「――それでお前は、現場に向かってるのか」

「署です」

「しかし、何でお前に直接電話がかかってくるのかね」若本は、指揮命令系統の乱れを気にしているようだった。

「係長の連絡先が分からなかった、と言ってました。うちには当直がいるわけでもないですし」

「そうか……所轄で情報を収集してから、もう一度連絡してくれ。俺は待機してる」

「課長に出てもらったらどうですか？」晶は思わず言った。「家も近くですし」

「馬鹿言うな――できるだけすぐに連絡してくれよ」

とはいっても、次に連絡するのは、一時間後――四時半ぐらいになるだろう。東京の道路は一番空いている時間ではあるものの、下北沢から調布までは結構遠い。

四時。晶は東多摩署に駆けこんだ。明け方が近い当直の時間帯だが、制服警官がひっきりなしに出入りしてざわついている。晶は階段を駆け上がり、刑事課に飛びこんだ。宮間は……いない。デスクで何か書類を書いている中年の刑事に、「課長はどちらですか？」と訊ねる。

「あれ？　今、下に降りてったよ」

どこで行き違いになったのだろう？　訝りながら、晶は全速力で階段を駆け降りた。昨夜呑まなくてよかった、とつくづく思う。深酒していたら、とてもこんな風には走れなかった。

一階の警務課に行くと、制服姿の宮間が課長席についていた。いつもワイシャツの袖をまくっている格好しか見たことがないので、かすかな違和感がある。

「ああ、来たか」宮間の表情が落ち着いているので、晶も少しだけほっとした。陽平が重傷——死んでもいたら、もっと険しい表情を浮かべているはずである。

「怪我の具合はどうですか?」

「大したことはない」

晶はゆっくりと息を吐いた。ずっと内に抱えていた緊張感が、ゆっくりと抜けていく。刑事課の課長が「大したことはない」と言えば、大したことはないのだ。

「肩をひどく殴られた。それで転倒して足がバイクの下敷きになったが、たぶん骨折はしていない」

「バイク、ですか」やはり家に戻ってからどこかに出かけていたのか……何となく違和感がある。陽平の行動らしくない感じがした。

「本人名義のバイクなのは間違いない」

「まだ病院ですか?」

「そう聞いてる」宮間が腕時計を見た。「うちの署員がつき添っているから、そっちは心配いらない」

晶はもう一度深呼吸した。立ったまま手帳を取り出し、ボールペンを構える。

「状況を教えて下さい」

「まあ、座れよ。突っ立ったままだと話もしにくい」

晶は近くの椅子を引いて座った。ひっきりなしに人が行き来するのが気になるのだが……。

「発生は、午前〇時半頃。場所は調布市飛田給二丁目……中央高速の下を走る、細い市道上だ」

「バイクで走っていて、いきなり襲われたんですか？」

「いや、そういうわけじゃない。おそらくだが、バイクに跨《また》った状態で誰かと話していて、そいつに肩を殴られたんだと思う。近所の人が、悲鳴とバイクが倒れる音を聞いて、外へ出て確認してくれた」

「もう一人の人間というのは……」

「現着した時にはいなくなっていた」

「緊配《きんぱい》はかけたんですか？」

「一応かけたが、まったく引っかかってこなかった」宮間が唇を捻《ね》じ曲げる。「そもそもその時点では、高梨陽平から話が聞けていなかったし、通報してくれた人も誰かを見たわけじゃない。どんな人間を追えばいいか、分からなかったんだから」

「今は、陽平君から話は聴けてるんですか？」

「いや、まだ断片的な情報しか入ってきていない。一番肝心な、犯人についても聴けていない」

「私が直接聴いてみていいですか？　彼とは何度も話していますから、警戒しないと思います」

「駄目だ」宮間が即座に晶の提案を却下した。「何人もで取り囲んで質問を浴びせかけたら、話せなくなる。相手は子どもだぞ」

「だから、私が一人で——」

「これはうちの事件だ。うちが責任を持ってやる」

「しかし——」

「はいはい、そこまで」

聞き慣れた声に驚いて振り向くと、亮子が立っていた。化粧っ気は一切ないが、きちんとグレーのスーツを着ている。

「課長……」若本が連絡したのだろうか。

「宮間課長、お疲れ様です」亮子が頭を下げる。

「いえ……」

宮間が、嫌そうな表情を浮かべた。援軍——しかも本部の課長が来て、ゴリ押しするのではと懸念しているに違いない。晶もそうなるだろうと思った。ここは自分が調べて、一気に捜査を進めないと。しかし亮子は、晶の想像と逆のことを言い出した。

「ここは署に任せて。私たちが口出しすることじゃない」

「しかし——」

「いいから。こっちはこっちで立て直さないと」厳しい口調で言ったものの、直後に欠伸《あくび》を噛み殺す。「ちょっとコーヒーでも飲みましょうか」

「そんな暇、ありますか？」

「時間はたっぷりあるわよ。課長、今日はこのまま当直から通常捜査に移行ですか？」亮子が宮間に訊ねる。

「そうなるでしょうね」宮間は顔を顰《しか》める。

「我々も隅の方でおつき合いしますから……さ、コーヒー、コーヒー」

亮子がまた欠伸を噛み殺しながら、警務課から出て行った。仕方なく、晶も後に続く。亮子は交通課の前にある自販機で紙コップのコーヒーを買っていた。胸の中は不満で一杯だったが、晶もそれに倣い、ブラックのコーヒーを買う。亮子は自販機の横のベンチに座り、紙コップを両手で持って息を吹きかけた。

「焦ったら駄目。基本でしょう」亮子が釘を刺した。

「焦ってませんよ」

「強引に事情聴取しようとしたのに？」

「きちんと申し出たつもりです」

亮子が盛大に溜息をつき、コーヒーを一口飲んだ。ちらりと晶の顔を見て続ける。

「それがあなたのいいところでも悪いところでもある」

晶は唇を引き結んだ。課長が言いたいことは分かっている。しかしこのまま言わせておくべきかどうか……向こうの反応を待ったが、亮子は何も言おうとしなかった。

「取り敢えず、ここで状況把握を進めて」

「そのつもりです」

「陽平君と会うのは、もう少し時間が経ってから。それより、お父さん——拓実さんがそろそろ退院じゃない？」

「そうでした」晶はスマートフォンを確認した。確かに今日のカレンダーに「退院」とメモしてある。経過が良く、途中で一日早まったのだ。退院の際には陽平が荷物持ちなどを手伝うはずだが、この状況ではそれは無理だ。「退院の手伝いをするのも支援課の仕事でしょうか」

「それは、清水君にでもやらせておけばいいわ」亮子がうなずく。

「私がやりますよ」

「荷物持ちぐらいは、清水君にでもできるでしょう」亮子が溜息をつく。

「あの……清水さんって、そんなに評価が低いんですか？」

「支援課を改組するに当たって、私はどうしてもこれだけは欲しい、という人間は確保した。例えばあなたのように」亮子が晶にうなずきかける。「でも、全員を私の希望だけで固めることはできなかった。人事の都合もあるから」

「うちみたいに小さな部署の人事は、課長が全部決めてるのかと思いました」

「まさか」亮子が首を横に振る。「実際はあなたを支援課に迎え入れるだけでも、結構大変だったのよ。特別な事情があったのに、ね」

将来の支援業務拡大のために、加害者家族である自分を採用した——その話を亮子から聞いた時、晶は警察のしたたかさと怖さを思い知った。十年も先のことを想定しながら動けるものか、と。

「お二人さん、よろしいですか」宮間がぶらりとやって来た。「……その前に俺もコーヒーだな」

宮間もブラックコーヒーを買った。晶と亮子は立ち上がり、三人ともコーヒーを飲みながら話し始めた。宮間はしきりに目を瞬《しばたた》かせている。夕方から翌朝までの警察署の当直勤務は、完全徹夜になることは少ない。大抵は何事もなく、順番に仮眠を取れるのだが、昨日からろくに寝ていないのだろう。

「治療が終わって、今連絡が入った。左の鎖骨を骨折、バイクに下敷きになった左足は打撲だ」

「今、まだ病院ですか？」晶は訊ねた。

「こんな時間に放り出すわけにはいかないからな。ただし、朝になってからどうするかはまだ決めていない。親が入院中という事情は説明したそうだ」

「父親は今日退院です」

「父親一人で大丈夫なのか？」

「いえ」亮子が割って入った。「そこは支援課でケアします。本当は、父親の退院を陽平君が手伝わなければいけないんですが、この状態だと無理でしょう。まず陽平君を家に連れ戻して、その後父親の退院を手伝います」

「警察の業務とは思えませんな」宮間が馬鹿にしたように言った。

「誰かがやらないといけないので」「田舎なら、親戚や近所の人が助けてくれるかもしれませんけど、ここは東京です」

確かに……東京は一人暮らしの人の街だし、家族で暮らしていても近所づき合いがあるとは限らない。マンション住まいの人は、隣にどんな人が住んでいるか、まったく知らない場合も珍しくないのだ。これが田舎なら、人間関係が濃い分、誰か助けてくれる人がいるだろう。そういう意味で、支援課というのは、東京――警視庁ならではの組織だと思う。

「では、陽平君のいる病院に行ってみます。それで彼を手伝います。病院、どこですか」亮子がさらりと訊ねる。

「それが、父親と同じ病院なんだ」

「ああ、この辺だと、大きい救急指定病院はあそこになりますね」亮子がうなずく。

「では、後は任せて下さい」

「すぐに行くなら、パトで送らせますよ」

「それは助かります」亮子が丸顔に笑みを浮かべ、一礼した。

何となく、負けた、という気がしてならない。亮子は誰とも喧嘩することなく、陽平と話をするチャンスをあっさり摑んでしまった。

午前五時の病院は、まだ完全に眠った状態だ。夜間救急入口から入って待合室に落ち着いた亮子は、「さすがにまだ早いわね」とつぶやいた。

「この時間だと、日本人の九十九パーセントは寝ていると思います」

「病院は、六時になると、そろそろ動き出すんだけど」

「そんなに早いんですか？」

「入院患者の体温や血圧の測定は、その頃から始まるのよ」

「さすが、詳しいですね」

「親が何回も入院してると、嫌でも病院のことには詳しくなるから」

「そうですか……」

先ほどの話――自分が強引に突っこんで陽平に話を聞こうとした時のことを蒸し返そうかと思ったが、直接聴くのも何だか嫌だ。晶は脇の方から話を進めることにした。

「結局、私の思い通りになりましたね」

「陽平君から話を聴くこと？　そうね」亮子が同意する。

「私は――焦り過ぎでしたか？」

「そう、焦り過ぎ」亮子が認める。「今回、陽平君に会うのは緊急の用件だったかな？　襲撃に関しては、うちが捜査するわけじゃない。だから焦って早く話を聴く必要はなかったのよ。二番手、三番手でよかった。どうせ支援業務は行うんだから、必ずうちに順番は回ってくる。そうすればいずれは話を聴ける――」

「結果的にそうなりました」晶も認めざるを得ない。

「一分二分を争う状況だったら、私も強引に押してたわよ。でも今回は、そうではなかった。ここは捜査一課じゃない。常にゴリ押しだけじゃ、上手くいかないから。押すのと引くのと、上手くバランスを取らないと」

「課長も、バランスを考えないといけないんじゃないですか？」

「私？」亮子が驚いたように言って自分の鼻を指差した。「私、そんなにバランスが崩れてる？」

「こんな時間に、課長が自ら現場に出てくるなんて、捜査一課でもない限りあり得ません。いくら家が近いと言っても」

「そうか」亮子が苦笑した。「確かにこれじゃ駄目だわ。一々現場にしゃしゃり出るトップは信用されない――あなたもそう思うわけね」

「いえ、課長のことは信用しています」今のところは、だ。支援課の中で一番よく知っているからというだけの話でもあるが。

「ありがたいわね」亮子がうなずく。「まあ、この辺も試行錯誤ということで」

「勉強になります」何だか悔しかったが、そう言うしかない。

「たっぷり勉強してね……さて、ちょっと今後の予定を確認しましょう」

亮子がナースステーションに向かう。晶も後に続き、亮子と当直の看護師が話をするのを見守った。陽平は薬を投与されている訳ではないものの、深く眠っている。無理に起こさず、七時ぐらいになったら一度声をかけてみるつもりだ、ということだった。

「痛がっていましたか?」亮子が訊ねる。

「それなりに」亮子と同い年ぐらいに見えるベテランの看護師がうなずく。「鎖骨の骨折は、結構痛みがありますからね」

「では、それまで待たせていただきますね。待合室をお借りしますが」

「どうぞ、どうぞ」朝五時という時間にもかかわらず、看護師は愛想がよかった。

「それと」晶はすっと前に出た。「脳梗塞でこちらに入院している高梨拓実さん――陽平さんのお父さんですが、今日退院の予定だと聞いています」

「すみません、そちらは担当の医師でないと何とも言えません」

「では、朝になってから確認した方がいいですね？」晶は念押しした。

「そうして下さい」

「朝の診察が終わった時点で、教えてもらえますか？」

「分かりました」

二人は待合室に戻った。この時間だとエアコンも効いておらず、自然なひんやりとした空気が漂っている。

「課長、家に戻られたらどうですか？」晶は勧めた。

「もういいわよ。どうせこれからだと眠れないし、陽平君の様子を見てから出勤するわ。うちの陣容は若本係長に任せる」

「電話しますか？」

「私がしておくわ」

亮子が若本に指示を与えるのを隣で聞きながら、晶は妙な目の冴《さ》えを感じていた。夜中の三時に叩き起こされて、五時過ぎには病院にいる——リズムが狂って体調が崩れてもおかしくないと心配していたが、何故か元気だった。内側から怒りともやる気ともつかない感情が湧き上がっている。

「——はい、じゃあ、そういうことで。念のために、清水君と秦さんをこっちに寄越して。電話するのは六時過ぎで大丈夫。私は様子を見て、本部へ出勤します」

スマートフォンをバッグに落としこんで、亮子が疲れた笑みを浮かべた。「さて、一時間半ぐらいあるから――少し寝ておきましょう」

「ええ」

「こういうところでも眠れるようにならないと、警察官はやっていけないわよね」

言うなり、亮子が腕組みをして目を閉じた。実際にあっという間に眠りに落ちてしまったようで、軽い寝息が聞こえてくる。晶もそれを真似ようと思ったが、ベンチの座り心地が今ひとつ……まあ、待合室のベンチに金をかける病院もあまりないだろう。ただし、ここを利用する人の多くが高齢者だということを考えると、少し心配になってくる。このベンチで長く待っていると、ストレスが溜まらないだろうか。

結局晶は、眠るのを諦めた。かといって、ずっとここで待っているのも馬鹿馬鹿しい。思い切って外へ出てしまう。近くにファミリーレストランでもあれば、ゆっくり朝食を食べて時間を潰せるのだが、そもそも店がない。空気は冷たく、歩いているだけで自然に背筋が伸びてくる。しかしこんな時間、スーツ姿で歩いている人間は怪しく見えるだろう――そもそも他に歩いている人もいないが。

近くのコンビニに寄って時間を潰す。もっとも最近は、雑誌はテープで閉じられていて立ち読みもできない。あちこちの棚で新商品を確認して時間を潰し、結局グリーンスムージーを一つ買った。動き回っていたせいか既に空腹を覚えていたが、こんな時間にサンドウィッチやおにぎりを食べたら、かえって一日のリズムが狂ってしまう。一本八十三キロカロリー……スムージーは腹に溜まるから、小腹塞ぎにはちょうどいいだろう。亮子にもと考え、もう一本を追加する。

店の外へ出て、早速スムージーを飲んだ。普段の朝食には普通の野菜ジュースを飲むことが多いのだが、スムージーでも違和感はない。特に青臭いわけでも苦味があるわけでもなかった。これで体にいいなら、明日から朝はスムージーだけでもいいな、と思った。普通のジュースよりは腹に溜まりそうだし。

それにしても体が冷える。まだ肌寒い朝に冷たいスムージーは、体にいいのか悪いのか。飲みながら、しばらく病院の周辺を散歩した。夜明けの散歩は悪くないが、気持ちが落ち着かない。

結局、別のコンビニの前で立ち止まり、飲み干したスムージーの容器をゴミ箱に入れた。コンビニは便利な存在だが、それ以上に防犯的な意味合いも強いのだと改めて思い知る。夜でも煌々《こうこう》と灯《あか》りが灯《とも》っていれば、それだけで人に安心感を与えるのだ。

ふと思いつき、スマートフォンを取り出す。神岡にこの件を知らせておかなくていいだろうか。彼が引き続き陽平に関わるつもりなら、一分でも早く知った方がいいと思うが、さすがに電話をかけるには気が引ける時間だ。どうしたものか……しばらく手の中でスマートフォンを弄んだ後、結局かけることにした。出ないかもしれないが。

出た。神岡は、目覚まし代わりに枕元にスマートフォンを置くタイプかもしれない。

「……あなたは、嫌がらせのためにわざわざ早起きするんですか？」声はぼやけているが、怒りは感じられる。

「違います。仕事です」

「仕事？」神岡はまだ半分寝ているようだった。

「高梨陽平君が襲われました。鎖骨骨折の重傷を負っています」

「あなたは？　今どこですか？」急にヴェールが剝がれたように、神岡の声が鮮明になった。

「陽平君が搬送された病院です。今、目が覚めるのを待っています」

「何があったんですか？」

「夜中にバイクで出かけて、家の近くで誰かに襲われたようです」肝心の「誰に」という部分は、陽平も喋っていない。治療中に断続的に話をしただけなので、担当した署員も完全には話を聴き出せていないのだ。「詳細はまだ分かりません。目が覚めるのを待って、私が話を聴きます」

「そうですか……今回は、彼は完全な被害者と考えていいんでしょうね？」

「ええ」

「誰かと喧嘩して怪我したわけではなく？」

「今のところ、そういう情報はありません」

「だとすると、私が口を挟む余地はなさそうですね」

「分かっています」晶はうなずいた。「でも一応、神岡先生の耳にも入れておいた方がいいかと」

「ありがとうございます、と言うべきですか？」神岡の口調は皮肉っぽかった。

「それは先生の自由ですので。それでは――」

「ちょっと待って。病院はどこですか？」

「来るんですか？」晶はスマートフォンをきつく握った。

「考えます」

「考えながら寝落ちしないで下さいよ」

「それは何とも言えないな」

考えてみると、この件に神岡が割って入る余地はない。だったらどうして、教えようと思ったのだろう……彼と話したかった？　まさか。ただし、話しやすい相手であるのは確かなのだ。まだ数回しか会っていないのに、どういうわけか遠慮なく話せる。だからこそ、すぐに喧嘩になってしまうのかもしれない——最近、こんな風にぶつかり合える相手が周りにいなかったな、とふと思う。

2

待合室の硬いベンチで、座ったままの姿勢を崩さず寝ていた亮子は、晶が買ってきたスムージーですぐに再起動した。午前七時過ぎ、看護師がやって来て「陽平と話ができそうだ」と教えてくれた。

急いで、陽平が眠っている病室に向かう。しばらく廊下で待っていると、四十歳ぐらいの医師が病室から出て来た。表情は淡々としている。晶は亮子に視線を送り、自ら前に出て、低い声で話し出した。

「警視庁総合支援課の柿谷です。容態を教えてもらえますか？」

「まだ鎖骨の骨折は痛むようですが、これは仕方がないですね。足の方は打撲ですから大丈夫……ただし、肩を怪我しているので松葉杖が使いにくいかもしれません。車椅子で動くか、頑張って自力で歩いてもらうしかない」

「このまま入院ですか？」

「今日明日は、念のためにここにいてもらいますけど、基本的には通院で大丈夫でしょう。自宅静養で、問題ないと思います」

「実は、彼のお父さんもここに入院していまして」晶は事情を説明した。

「ああ、あの事件の」医師が深刻な表情でうなずく。やはり病院内の事情は分かっているようだ。「そちらは担当していないので、よく分かりませんが」

「今日退院の予定と聞いています」

「そうですか……親子揃って同じ病院にね。大変だ」

「高梨──陽平さんは、お父さんと会えますか？」

「本人が痛みを我慢できれば、移動はできますよ。車椅子を使ってもいい。それより、お父さんにこちらへ来てもらった方がいいんじゃないですか？　今日退院なら、普通に歩けるでしょう」

「分かりました。その方向で動いてみます。それで、今は話ができますか」

「患者さん、かなり疲れていますから、短くお願いしますよ」

うなずき、晶は病室の戸を引いた。陽平はベッドに横たわっていたが、晶が顔を覗かせた瞬間、パッと目を開けた。眠りたいのに眠れず、悶々《もんもん》としていたであろうことが想像できる。

「痛みは？　大丈夫？」晶はなるべく平静を装って声をかけた。

「はい、ああ……大丈夫です」陽平の声はふらついていた。痛み止めを飲んで、頭がぼうっとしているのかもしれない。

晶は丸椅子を引いて座りかけ、亮子の存在を思い出した。振り返って、自分が座っていいかと目線で訊ねると、亮子が素早くうなずく。亮子自身は、部屋の片隅に置いてある一人がけのソファに座った。この位置で、口は出さずに見守るつもりだろう。

「大変だったね」晶は座りながら言った。あくまで軽い口調を心がける。

「いえ」

「昨日、病院を出たの？」

「親父が今日退院なんで、いろいろ準備があって家に……今朝、また来るつもりでした」

「だけど、夜中にバイクで走ってたでしょう」

「ああ……」陽平が、バツが悪そうな表情を浮かべた。「最近バイクに乗ってなかったし、たまには……」

「気分転換？」

「気分転換する権利なんかないかもしれないけど」自虐的に陽平が言った。

「それはいいけど、夜中に走ってると、いろいろ危ないよ」陽平のバイクは五〇ccだ。何かあっても車を振り切って逃げられるわけではないし、事故の心配もある。「まあ、説教はしないけど。私もよく、夜中にツーリングに行くから。車だけどね」

「はあ」陽平の返事はぼんやりしていて、今にも目が閉じそうになっている。

「陽平君、薬飲んでる？　痛み止めとか」

「ああ、さっき……注射されました」

「まだ効いてる感じ？　肩の痛みは？」

「あまり……ないですね」

本格的な事情聴取は、後回しにしないといけないだろう。時間が経てば経つほど人の記憶は薄れていくから、事件に関する事情聴取はできるだけ早く行うのが常道である。しかし今、陽平は薬物の影響下にあるから、そもそも証言が信用できるかどうか分からない。

「あなたを襲った相手の顔、見た？　知り合いじゃない？」

「いえ」

「バイクで走ってたんでしょう？　そこをいきなり殴られるわけないよね」

「強引に停められたんです」

「相手は――バイク？　車？」

「いえ」

「歩いてた？」

「飛び出して来た人が、両手を広げて……慌ててブレーキをかけたんで、転びそうになりました。停まったら急に近づいてきて……いきなり殴られて……」

「何で殴られたの？」

「分かりません」

「狙ってきたのは肩？」

「逃げたんです。頭を狙ってきたんで……」

「前から、だった？」

「はい」

正面から対峙した相手が、いきなり殴りかかってきた感じか。咄嗟《とっさ》に逃げて、相手の一撃は頭ではなく肩に当たったのだろう。頭を直撃されていたら、この程度の怪我では済まなかったはずだ。

「それでバイクが倒れて、下敷きになって」

「はい」

「自分で脱出したの？」

「いや、動けなくて……しばらくその場に倒れていたんですけど、たぶん近所の人が出てきて……」

「助けてくれた？」

陽平が無言でうなずく。目の焦点が合わず、声も次第に小さくなってきていた。小さな子どもが眠りに落ちる直前のような感じ。大声を出して目を覚まさせてもいいのだが、ショックを与えるのは本意ではない。

「あなたを襲った相手に、心当たりは？」

「ないです」今度の返事ははっきりしていた。ただし、そこだけ妙にしっかりした口調であることが気になる。全力で否定しておかねばならないことなのか？　本当は知っていて、警察にも知られたくない？

「見たこともない？」

「ええ」

「何歳ぐらいの人？」

「さあ……」陽平が目を閉じる。「何歳か……若い？」

「高校生ぐらい？」

「いや……マスクとサングラスをしてた……のかな」

「服装は？」

「覚えてません」

「そうか、いきなりだもんね」今の曖昧な証言に嘘はないと思った。「今までこんな目に遭ったこと、ある？」

「まさか」

「夜中によく走りに行く？」

「眠れない時とか、たまに」

普段からストレスが溜まっているのだろうか。あれこれ考えて睡眠が浅いのは、最近の晶も同じだが。

「お父さんとかに怒られない？」

「いや、夜中に店に入らないといけないこともあるので」

「バイト？」

「安くこき使われてますけど」陽平の表情がようやく緩んだ。「人手が足りなくて大変なんです」

「そうか、お父さんも、オーナーなのに徹夜することもあるんだよね」徹夜明けの朝に英人の事件を知らされた——一気にストレスが高まり、脳梗塞になるのも当然かもしれない。「後で、お父さんにこっちへ来てもらうから。まだ話はしてないけど、心配すると思う」

「いや、それは……」

「お父さんに知られるとまずい？」父親が不在の間に夜中に彷徨《うろつ》き回っていたのを知られたくないのかもしれない。

「そういうわけじゃないですけど」

「お父さんが退院だから、いろいろやること、あるよね」

「それは何とか……」

「家から持ってくるもの、ある？　私たちが手伝うけど」

「大丈夫です」

そこから急激に、陽平の喋りのテンポが落ちた。目が閉じがちになり、話が途切れてしまう。ここが引き上げのタイミングだ、と晶は判断した。

「後でまた来るから。取り敢えず、お父さんと会って」

「……分かりました」ほっとしたように言って、陽平が完全に目を閉じた。

晶は亮子に目配せして、病室を出た。事情聴取は失敗——しかし何かが気になった。気にはなるのだが、具体的に何がおかしいかは分からない。しかし病室を出た瞬間に、違和感の源泉に気づいた。

「何で夜中に出かけたんでしょうね」独り言のように晶は言った。

「彼の行動パターンに合わない？」亮子が話を合わせる。

「色々大変で、夜中に彷徨くような気にはならないと思います」

「確かにね」亮子がうなずく。

「もしかしたら、私たちの知らない一面があるのかもしれません」

「短い時間で、人の全てを知ることは不可能だけどね」

「ええ……」そんなことは分かっている。しかしどうにも気になって仕方がないのだった。「それと、陽平君は犯人を知っているかもしれません」

「そうね」亮子があっさり同意した。「犯人の話が出た時だけ、妙に否定が早かった。しかもかなり必死な様子だった」

「私もそう思いました。相手を知っている――庇っているのかもしれません」

「そうなると、彼が怪我させた律君のことが気になるわね」

「まさか、律君の友だちが復讐《ふくしゅう》したとか？」この件は、表沙汰にはなっていない。所轄も広報しないことになったのだが、学校の友人同士のトラブルだから、そちらの筋から噂が広まっていた可能性もある。ただし……支援課では、英人が逮捕されてからずっとネットをチェックしているが、陽平と律のトラブルに関しては、情報は流れていなかった。

「何とも言えないけど、私たちが知らない人間関係があってもおかしくはないわね。もちろん、通り魔に襲われた可能性もあるけど」

「そうですね……」

この傷害事件に関しては、晶たちには捜査する権利がない。今もあくまで、支援活動の一環として話を聴いただけだ。気にはなるが、積極的に手は出せない。しかし晶は、この事件――そして陽平たち一家に対して、今まで以上に責任を感じていた。

午前十時過ぎに再度目覚めた陽平は肩の痛みを訴えたので、また痛み止めの注射を打たれ、気絶するように眠ってしまった。その前に父親の拓実が陽平と話したものの、会話はごく短いもので、内容はなかった。

「退院、お一人で大丈夫ですか？」晶は拓実に確認した。「荷物運び」の清水が隣で控えている。

「ええ」拓実が怪訝そうな表情を浮かべる。「帰るだけなので」

「退院の準備は何か必要ありませんか？　家から取ってくるものとかないんですか？」

「ありません」

そこで晶はまた、陽平の小さな嘘に気づいた。陽平は昨日、父親の退院の準備があるからと自宅へ戻ったはずである。病院にいるのに飽き飽きしたのかもしれないが、そんなことで嘘をつく必要はあるまい。

「そうですか……では、取り敢えずお一人で家に帰られますね」

「そうします」実際には拓実は憔悴しきっていて、とても退院できそうな様子には見えなかったが。家に帰ってからも大変だろう。

「ちなみに陽平君ですが、夜中に外へ出るようなことはよくあったんですか？」

「ああ……」拓実の表情が曇る。「たまにありました。それは英人もそうだけど」

「夜中に遊びに出ていたとか？」

「私も夜中に店に出ていることがありますから、最近は二人と話す機会はそんなにないんですよ」

「そうですか」胸の中で疑念が広がるのを感じながら、晶はうなずいた。どうもおかしい……陽平だけでなく、英人にも裏の顔があるのではないか？　高校生だから、夜遊びしたくなる気持ちも分からないではないが、多摩中央高校は有数の進学校である。香奈江の調査によると、少なくともこの十年ほどは生徒による非行は一切起きていなかったことが分かっている。だからこそ、英人による殺人事件は大きな衝撃を以《もっ》て受け止められたのだ。

　ただし、進学校だから問題児がいないとは限らない。表沙汰になっていないだけで、悪いことに手を染めていた生徒がいた可能性は否定できないのだ。そこでまたも、半グレグループの問題が浮上してくる。警察が把握していないだけで、日下は本当に半グレグループの一員だったのかもしれない。これが本当なら、犯罪につながってくる可能性は否定できない。所轄も、この件はもう少しネジを巻いて調べるべきではないだろうか。

　亮子はその後本部へ引き上げ、晶は後から来た香奈江と合流した。学校に連絡し、あれこれ雑用をこなしているうちに、あっという間に時間が過ぎてしまう。結局拓実は昼前に退院し、朝から病院で待機していた清水が送って行った。そのタイミングで、亮子から引き上げの指示が入る。

「そこでやれることは、もうないでしょう。何かあったらまた出ていけばいいし」

それが面倒なのだが……二十三区内ならともかく、多摩地区で仕事をする場合は、移動だけでもかなりの時間がかかる。

亮子が、ゆっくり食事してから帰ってくればいいと言ってくれたので、晶は香奈江をランチに誘った。朝はスムージーを飲んだだけで、固形物を胃に入れていない。完全にエネルギー切れだった。とはいっても、病院の近くにはちゃんと食事ができる店がない。しかもここは、JR中央《ちゆうおう》線と京王線のほぼ中間地点で、どちらに行くにも時間がかかる……二人は、店が多そうな吉祥寺《きちじようじ》駅行きのバスに乗った。

香奈江は目に見えて疲れていた。最後部のシートに座ると、欠伸を嚙み殺す。

「バテた？」

「バテました」香奈江が認める。「でも、晶さんの方が疲れてますよね？　今日は三時ぐらいに起こされたんでしょう？」

「もう、一日分の仕事はした感じかな」しかし晶はまったく眠気も疲れも感じていない。気持ちが昂《たかぶ》り、まだまだ動けそうだった。本当は、本部に戻りたくもない。この辺にいた方が、何かあった時に素早く対応できるのではないだろうか。

「こんなに忙しいとは思ってませんでした」

「そう？」

「正直、支援課では少し楽したいと思ってたんです」香奈江が舌を出した。「少年事件課って、夜の仕事が多いんですよ」

「ああ、補導とかね」

「定期的にパトロールしてるのは所轄ですけど、事件が起きれば我々も捜査しますから。それを三年続けて、ちょっと体調もおかしくなってたんです」

「元気そうだけど」

「元気そうにしてるだけです」香奈江が寂しそうに笑った。「夜の仕事がたまに入ると、ガタガタになるんですよ」

しかし現代の警察は、無理な超過勤務を強いる組織ではない――建前としては。実際には、現場の刑事が、勤務時間を過ぎても残業手当なしで延々と働き続けることも珍しくない。香奈江もそういうタイプだったのかもしれない。

「真面目に仕事し過ぎだったんじゃない？」

「それは晶さんの方が……捜査一課時代のこともいろいろ聴いてますよ」

「悪い話だったら忘れて」晶は苦笑してしまった。かなり突っ張って、いろいろな人と衝突した。女性で、かつ若いということは、刑事としては一種のハンディキャップでもあるから、他の男性刑事に負けないように必死に仕事をしてきた自覚はある。早く出世したかったわけではなく、「舐められたくない」一心からだった。特に晶は加害者家族だったから、絶対に偏見の目で見られていると思いこんでおり——誰もそんなことは言わなかったが——仕事で自分の力を見せるしかないと思っていたのだ。

「正直、公務員って、もっと楽だと思ってました」香奈江が零《こぼ》す。

「それは、他の公務員の話。警察はきついから」

「最初は……警察学校とか交番勤務の時はきついけど、その後、仕事に慣れたら何とかコントロールできると考えていたんですよ。楽観的過ぎました」

「実際には、なかなかそうはいかないよね。こっちの都合で仕事はできないから」

「それに、親もいろいろうるさいんです。私、今年三十歳で」

「うん」

「私も以前は、さっさと結婚しようと思ってたんです」

「相手は？」

「学生時代から……」香奈江が目を伏せる。照れているというより、この話題を口にするのが嫌そうだった。

「じゃあ、結構長いんだ」

「長いですね。親にもう紹介してます。親の方が乗り気で、さっさと結婚しろって言うんですけど、私は何だか踏み切れなくなっちゃって。ここでの仕事が一段落しないと、そんな気にならないですね」

その問題が、香奈江の日常生活に微妙な影を落としているのだろうかと晶は想像した。結婚か、仕事か——働く女性はしばしば、その問題に直面することになる。

「忙しくても、結婚する人はいるよ」

「それは分かりますけど……」

「一課の先輩で——男だけど——結婚式の三日前に殺人事件が起きて、特捜に入った人がいる」

「当然、結婚式は延期ですよね？」

「それが、やったのよ」

「ええ？」香奈江が目を見開く。「あり得ないでしょう。まさか、新郎欠席でやったとか？」

「結婚式当日の半日だけ、特捜の仕事から抜け出したんだって。終わったらその足で特捜に戻って……さすがにハワイへの新婚旅行はキャンセルで、大損害になったみたいだけど」

「奥さん、どんな人なんですか？」

「普通に会社勤めをしていたと思うけど、確か今は専業主婦」

「うーん……」香奈江が頬に手を当てた。「やっぱり私が辞めないと、結婚、難しいかも」

「警察官で共働きの人も、たくさんいるじゃない」

「私、それほど器用じゃないです」

「まさか、本気で辞めようと思ってるの？」晶は声を潜めて訊ねた。

「それも選択肢の一つですけど……着きますよ」

話が中途半端になってしまった。そのうち、もっときちんと相談に乗らないといけないかもしれない。もっとも、結婚していない自分は、ろくなアドバイスもできないだろうが。

吉祥寺は、二人とも馴染みがない街だった。食事ができる店はいくらでもあるのだろうが、探している時間がない。亮子の「ゆっくり食事」が、実際には三十分ぐらいのことだと晶には分かっていた。警察官は、とにかく早飯で済ませるように教育されており、現場にいる限り、その癖が抜けることはない。

結局、京王線吉祥寺駅の駅ビルに入っているチェーンのコーヒーショップに足を運んだ。本格的なコーヒーを飲ませる店だが、料理もそこそこ美味いのは分かっている。二人ともハヤシライスを頼んで、そそくさと食事を済ませた。食後には濃いエスプレッソが欲しい――晶は普通のブレンドではなくエスプレッソ派なのだが、この店にはエスプレッソがない。仕方なくアイスコーヒーで妥協して、取り敢えずエネルギー補給は完了した。

　ＪＲで新宿まで出ようと駅の構内を移動している時に、香奈江のスマートフォンが鳴った。会話の最中に、香奈江の顔色がはっきりと変わる。短い通話を終えると、香奈江が晶にスッと身を寄せてきた。周辺をさっと見回すと、小声で囁《ささや》くように告げる。

「日下君の半グレグループの話、本当かもしれません」

「どこの情報？」晶はすぐに確認した。

「古巣――少年事件課です。昨日逮捕された人間が、日下君のことを喋っているらしいんです」

「すぐ戻ろう」晶は香奈江の腕を引っ張って小走りを始めた。

　これは、停滞している捜査の突破口になるかもしれない。

3

本部へ戻って、先ほどの半グレグループの話は香奈江に任せた。晶の方は、若本に今日の動きを報告する。

「ぐちゃぐちゃになってるな」目を瞬かせながら若本が言った。ひどく疲れている。晶が電話で叩き起こしてしまってから、寝ていないのだろう。彼にとっても長い一日になっているのは間違いない。

「だいぶ複雑なんですが……これからもっと複雑になるかもしれません」

「ああ？」

そこへちょうど香奈江が戻って来た。顔が紅潮しており、笑顔を隠しきれない。いい情報があったようだ。

「秦、今の件、係長にも説明して」

「はい」香奈江が立ったまま話し始める。「少年事件課と新宿中央署が合同で、昨夜午後十一時頃、覚醒剤所持の容疑で十九歳の少年を逮捕しました。現場は新宿駅西口、西新宿七丁目路上――」

「ちょっと待った」若本がいきなりストップをかけた。「それ、新宿中央署のすぐ近くじゃないか？」

「あ、はい」香奈江が手帳に視線を落とす。「タレコミがあって、警戒している中での逮捕だったそうです。逮捕されたのは、無職の前島京平《まえじまきょうへい》、十九歳。免許証記載の住所は国分寺《こくぶんじ》市になっていますが、現在は当該住所には住んでいないようです」

またあの辺か、と晶は唇を噛んだ。多摩地区の比較的近接した地域に住む少年たちが関連する事件……晶は香奈江に確認した。

「もしかしたら、多摩中央高校のＯＢ？」

「違います。ただし、中学校が英人君と同じで、二年先輩になりますね。これは、学校に確認したので間違いありません。実家は府中市、英人君の家にも近い場所です」

「ちょっと待って」晶はストップをかけた。「英人君？　日下君じゃなくて？」

「それが、前島は二人の名前を出しているんです。同じグループの仲間だと……特に英人君は、そのグループの創始者だったと言うんです」

晶は黙りこんでしまった。日下だけでなく英人も？　だとすると、この殺人事件はまったく別の意味を持ってくるかもしれない。半グレグループ内の内輪《うちわ》揉《も》めではないか？

「これが前島の写真です」香奈江がスマートフォンを取り出し、一枚の写真を提示した。

スマートフォンを受け取った晶は、一瞬で容疑者の顔を頭に叩きこんだ。何というか……分かりやすい、昔ながらの不良だ。金色に染めた髪はろくに手入れもしていないようで、根元は黒くなっている。鼻と耳にピアス。ふてぶてしい表情で写っているが、それは自分を強く見せようという幼稚なテクニックだろう。晶は若本にスマートフォンを回した。

「まあまあ、悪そうな奴《やつ》だな」若本が鼻を鳴らす。「それで、こいつが高梨英人との関係を話しているわけか。少年事件課で、そこまでチェックしてくれたのか？」

「いえ、今日になっていきなり、自分から話し始めたそうです。殺しで捕まった英人君とは知り合いだと。知り合いというか、一緒に動いていたと」

「おいおい」若本が香奈江のスマートフォンを指先で突いた。「こいつはヤクの売人なのか？」

「少年事件課ではそう見ています」香奈江がうなずく。

「ということは、高梨英人や日下健も同じグループでヤクの売人をやってたのか？それに関して、少年事件課の見方は？」

「まだ何とも……組織犯罪対策部と情報交換しながら捜査を進めるようですが、現段階ではまだ、二人と半グレグループとの実際の関係は分かりません」

「これから本格的に調べるわけか」

「はい。もしかしたら、この事件全体の構図が変わるかもしれません」

「確かにな」若本がうなずく。「うちが捜査するわけじゃないけど、事件の真相が分かれば、支援業務もやりやすくなるかもしれない。取り敢えず、少年事件課から上手く情報を絞り取ってくれ」

「分かりました」

「しかしなあ」スマートフォンを香奈江に差し出しながら若本は言った。「本当に高梨英人が半グレグループを作ったとして……本人が逮捕されているのに、まだ動きがあるのか？」

「半グレグループには、しっかりした指揮命令系統がありません。点と点のつながりみたいなものです。どこか一つ潰しても全体は生き残る——それが暴力団との違いです。トップが消えても、まだ動いていることもありますから」香奈江がスマートフォンを受け取ってうなずく。「情報収集、続けます」

香奈江がようやく自席に着いた。先ほどまでの疲れた様子は消え、今は瞳が輝いている。

「ポイント、稼いだね」晶は声をかけた。

「いえいえ……私が何かしたわけじゃないですから」

「古巣との伝手《つて》が、いい情報につながったじゃない」

「まあ、そうですけどね」遠慮がちに言いながらも、香奈江の声は明るい。

「こういうことがあると、ここの仕事もいいって思えてくるんじゃない？」

「何だ、お前、仕事に行き詰まってたのか？」若本が話に乗ってきた。

「違います」香奈江が真顔で答える。「ちょっと疲れてただけですよ。今朝、早かったし。係長も、顔色悪いですよ」

「オッサンには、早起きはきついんだ。柿谷は元気だな」

「お陰様で」

何がお陰様だか分からないが、晶は言った。少し空気が和んだ……いい手がかりが出てきた時には、よくこういう感じになる。仕事が順調に進むのは、警察官にとって何よりの動力源になるのだ。

さて――少しゆっくり情報を整理したい。歩き回っていれば、その分手帳への書きこみは増えるのだが、放置しておいたらただの文字の羅列である。たまに立ち止まって見返し、様々な情報をつなぎ合わせてみる必要もある――しかしさすがに今日は、集中力が切れていた。これからの時間は眠気との戦いになる。

手帳を睨んでいると、香奈江のスマートフォンが鳴った。画面を見て目を見開き、椅子を蹴るように立ち上がって廊下に出る。

「何だ?」若本が怪訝そうな表情を浮かべる。「彼氏から電話か?」

「係長、ワンペナです」

晶が忠告すると、若本が肩をすくめる。この人も、基本的にはハラスメントに対する意識が低い、古いタイプの警察官に分類すべきかもしれない。まだ「オヤジ」と呼ばれるような年齢ではないのだが、警察の男性職員は、やはり古い倫理観や職業意識に囚われている。

数分後、香奈江が部屋に駆け戻って来た。顔は紅潮し、先ほど少年事件課から情報が入ってきた時よりも興奮している。

「割れました」開口一番、普段より少し甲高い声で言った。

「割れたって、何が？」

「あれです、『ＭｉｕＭｉｕ』」

「え？」晶は思わず立ち上がった。「まさか、高山美羽？」

「はい。今、本人から電話がかかってきたんです。昨日会えなくて、メッセージだけ残しておいたんですけど」

晶は反射的に壁の時計を見た。午後三時過ぎ。高校の授業が終わった頃だろうか。

「自分が『ＭｉｕＭｉｕ』だって認めたの？」

「はい。陽平君とつきあっていることも……ただ、陽平君が襲われたことは知りませんでした」

「言った？」

「一応……」香奈江が居心地悪そうに体を揺らした。「まずかったですかね」

「いずれはどこかから耳に入ってくるはずだから、あなたから聞いた方が安心だと思う。それで、どうだった？」

「ものすごく動揺してました」

それはそうだろう……香奈江が告げたのは、失敗だったかもしれない。近くにいないだけに、彼女が予想もつかない行動に出た場合、止めようがない。

「すぐに行かないと。陽平君が襲われた件もちゃんと説明しないといけないし、話も聞きたいから」

「おいおい、何の話だ？」若本が不機嫌そうに訊ねる。自分だけ置いてけぼりにされたと思っているのだろう。

「陽平君のガールフレンドが割れたんです。今後の参考になるかもしれないから、会ってきます」

晶はすぐに、椅子の背に引っかけておいたジャケットに腕を通した。荷物をまとめている香奈江に声をかける。

「病院のこと、言った？」

「言う前に切られました」

「行く途中で、もう一回電話をかけて。病院で落ち合うのが一番いいと思う」

結局今日は、病院にいる時間が一番長くなりそうだ。それを考えるとまた疲れを感じたが、ここが踏ん張りどころだと自分を鼓舞する。友だちが知らないことも、恋人なら知っている場合がある。あの兄弟の実態に迫る突破口が開けるかもしれない。

夕方近く、病院に着いた。高齢者の姿が目立つ待合室に、高校の制服姿の少女が一人——高山美羽だろうと見当をつけ、晶は大股で歩み寄った。

「高山さん？」

晶は抑えた口調で呼びかけた。美羽が顔を上げる——不安で一杯の表情だった。可愛い娘《こ》だな、というのが晶の第一印象だった。丸顔に小ぶりな唇、丸い鼻。目は冗談のように大きい。メイクなしでこの目の大きさは、晶には少し羨ましい。小柄で、制服のブレザーは少しサイズが大きいようだった。どうせ背が伸びるから、入学時には少し大きめの制服を買って——というつもりだったのかもしれない。まだ体が制服のサイズに追いついていないのだろう。

「警視庁の柿谷です。ちょっと外へ出ようか」

「でも……」美羽の視線が床を這《は》う。

「陽平君に会えた？」

「面会させてもらえないんです」

晶は内心首を捻った。面会謝絶？　そんなに具合が悪いはずはない。香奈江に身を寄せ、「容態を確認して」と小声で指示する。香奈江がすぐに受付に向かったのを見送り、晶は美羽を病院の外へ連れ出した。

夕方になって、今日は空気が少し冷たくなっている。短いスカートにブレザーという制服姿の美羽は、しかしさほど寒そうな様子を見せない。高校生はまだまだ寒さに強いから、と晶は内心苦笑した。大通りから一本脇道に入り、周りに人気がないのを確認してから話し出す。

「いつ来たの？」

「十分ぐらい前です」

「誰と話した？」

「受付の人ですけど……家族じゃないと会えないって」美羽の大きな目には涙が溜まっていた。

「そんなに心配しなくても大丈夫だから。私は朝会ったけど、普通に話ができたよ」

「そうなんですね」美羽の目から涙が一筋流れる。「話を聞いてから心配で……」

「ごめん、電話でちゃんと説明しておけばよかったね」香奈江は簡単に話しただけなのだ。晶は自分の肩に触れた。「鎖骨を亀裂骨折していて、あとは足の打撲。命に関わるような怪我じゃないから。今日は念のために病院にいるだけ」

美羽がほっと息を吐いた。人差し指で涙を拭うと、何とか笑おうとして失敗する。泣き笑いのような可愛い表情を見て、陽平が好きになるのも分かる、と晶は思った。

「事件の被害者だから、病院側も家族以外の人には会わせたくないんだと思う」

「そんなに大変なことなんですか？」

「被害者は被害者だから……あなた、最近陽平君に会った？」

美羽が首を横に振った。バッグからハンカチを取り出すと目頭を押さえる。まだ動揺しているようで、詳しく話を聴くには時間がかかりそうだった。

「そうか……彼、学校にもほとんど行けなかったもんね。学校の中、どんな様子？」

「普通ですけど……」

「陽平君のことを悪く言う人、いない？」

「それはいるけど……関係ないです」

「関係ない？」

「陽平君が何かしたわけじゃないし」

「その通りなんだけど……」晶は美羽の目を真っ直ぐ見た。「誰もがそう考えるとも思えない。おかしな噂とか、出てもおかしくないと思うけど」

「私は聞いてないです」

それも変な話だ。陽平とつき合っていることを知られていたら、周りの人間はあることないこと彼女に吹きこむだろう。何もなくても余計なことを言いたくなるのが人間の性《さが》だ。

「陽平君のお兄さんは知ってる？」

美羽が無言でうなずいたが、態度が微妙に変わっていた。立ち位置は同じなのに、一歩引いたような感じ。ここはできるだけ話を聞き出しておかないと、と思ったが、そう決めたタイミングでスマートフォンが鳴った。こんな時に、と舌打ちしたが無視するわけにもいかず、電話に出る。香奈江の低い声が耳に飛びこんできた。

「会えます」

「分かった、すぐ行く」

スマートフォンをジャケットのポケットに突っこみ、美羽に声をかける。

「陽平君に会えるよ。私たちも一緒に行くから」

美羽がうなずき、安堵の息を吐いた。またハンカチで涙を拭い、病院の正門へ向かって歩き出す。足取りはしっかりしているが、晶は敢えて背中に手を添えた。こういうやり方が正しいかどうか……晶は支援課の分厚いマニュアルを何度も読み返したが、支援対象との肉体的な接触については意見が分かれていた。「決して手を触れないこと」という説がある一方、「最低限の接触は相手を安心させる」という説もある。こうなってくると、心理学の領域だ。しかし晶自身は、心理学をまったく信用していない。

待合室に戻ると、香奈江が待っていた。彼女にリードを任せ、晶は二人から少し距離を置いてついていった。美羽の小さな背中を観察して……特に何が分かるわけではない。バッグにつけた小さな犬のぬいぐるみが、歩く度に揺れるのが気になるぐらいだった。

病室の前で待っていた看護師につき添われて、美羽が病室に入る。看護師はすぐに出て来たので、香奈江が晶に訊ねた。

「私たち、入らなくていいですか？」

「それは悪趣味だよ」晶は指摘したが、美羽の泣き声が聞こえてきたので、放っておくわけにもいかなくなった。「中に入らなくていいけど、ドアは開けたまま監視しておいて」

うなずき、香奈江がドアに手をかける。「大丈夫？」と声をかけて、そのままドアを抑えて顔だけ中に突き出した。晶はさっと移動して中の様子を覗いたが、美羽はベッド脇にひざまずいて、布団に顔を埋めていた。陽平は、無事な右手でその頭を撫でている。若いな……と思いつつ、晶は陽平の孤独を感じ取った。彼女は心配して会いに来たわけだが、他の友だちはどうしたのだろう。余計なことに巻きこまれるのを恐れて、見舞いも避けているのだろうか。あるいはやはり「犯罪者の弟は……」と白い目で見ているのか。

二人を監視するようにと香奈江に指示したのは悪趣味だと思ったが、何か起きてからでは遅い。病室には五分、と晶は決めて、壁に背中を預けて腕時計を睨み始めた。

この五分が長い。二人は小声で話しているので、会話の内容はまったく分からない。香奈江には聞こえているだろうか。

五分経過。少しほっとして、晶は香奈江に歩み寄った。

「この辺にしよう」

うなずき、香奈江が病室に足を踏み入れる。美羽の肩を叩いて「陽平君の怪我に障るから、そろそろ出ようか」と声をかけた。優しい口調で、若者とのやり取りに慣れているのがよく分かる。

美羽がのろのろと立ち上がり、陽平に向かって手を振った。陽平も振り返したが、その際に顔をしかめるのが見えた。無事な右手を動かすだけでも、左肩に痛みが走るのだろう。

病室を出てからも、香奈江が美羽につき添った。

「学校の方、大丈夫？」

「大丈夫です」泣き通しの美羽の声は少し嗄《か》れていた。

「家まで送ろうか？　話も聞きたいし」

「一人で帰れます」

「じゃあ、お茶でも飲む？　疲れたでしょう」

「平気です」

会話は途切れがちになる。いかに少年事件の捜査経験を持つ香奈江でも、病院の中で歩きながらだと、まともに説得もできないだろう。何とか座って、落ち着いて話がしたいのだが……晶は歩きながら、スマートフォンで調べた。大きい病院なので、喫茶店があるはずだ——実際その通りだったが、既にこの時間では閉店していた。そして病院の周辺に飲食店がないのは分かっている——パトカーで来るべきだったと悔いた。車があれば家に送る理由になるし、道々話もできる。

結局ろくに話もできないまま、病院を出てしまった。

「じゃあ——」横断歩道もないのに、美羽がいきなり道路の反対側へ駆け出す。

「ちょっと——」晶は慌てて後を追おうとしたが、一瞬遅れてしまい、車の流れに邪魔された。美羽はクラクションが鳴り響く中、道路を渡り終え、発車間際のバスに飛びこむ。晶が道路を渡った時には、バスは既に出てしまった。

「すみません」香奈江が青い顔で謝る。「油断してました」

「今のはしょうがないよ。私も反応が遅れた」

「どうします？」

「せっかく摑まえたんだから話を聞きたいけど……これからいきなり家に行ったらまずいでしょう」

「ちょっと間を置いた方がいいと思いますけど、タイミングは難しいです」

「今夜とかは？　例えば、八時か九時。家に帰ってちょっと安心した後に訪ねれば、気が緩んで話してくれるかもしれない」

「そうですね……」

「あなたは引き上げていいから。いい加減、超過勤務になってる」

「それは晶さんも同じでしょう」

「一人なら、若本さんも処理しやすい。二人以上だと、事務処理が結構面倒よ」

「係長なんて、そういうことをするためにいるんじゃないんですか」

「それはそうだけど」

この件は報告しないと。報告というか、超過勤務を続ける許可を得るためだ。晶はバス停から離れ、近くの細い脇道に入った。若本に電話を入れて事情を説明すると、やはり渋い対応をされた。

「お前、今日は働き過ぎだぞ」

「できるだけ早く、事を進めたいんです」

「うちは捜査一課じゃないんだぞ。そんな急ぎでやらなくちゃいけないことはないはずだ」

「そんなことはないです。支援課でも急ぎの仕事はあります」

「これが支援業務に関係あるとは思えないが……」若本がぶつぶつ文句を言った。

「超過勤務をつけて欲しいわけじゃないです」煮え切らない係長の態度に、晶はキレた。「記録に残さなくてもいいです。ただ、私が今夜、調布辺りにいることは覚えておいて下さい」

「つまらない捨て台詞はやめろ」若本が忠告した。

「捨て台詞に聞こえました？　今のは単なる報告です」

通話を終え、肩を二度上下させる。近づいて来た香奈江が心配そうに訊ねた。

「秦は帰った方がいい。係長、お冠だから」

「晶さんが怒らせたんじゃないですか？」

「私？」晶は自分の鼻を指さした。「普通に話してただけだよ」

「晶さんは普通のつもりでも、話しているだけで相手を怒らせがちじゃないですか」

「それじゃ私は、普通に話もできないわけ？」

「そういうのが、ですよ」香奈江が笑みを浮かべる。

後輩に諭され、何だか気合いが抜けてしまった。いや、適度にリラックスしたと考えるべきだろうと自分に言い聞かせる。

美羽の家を訪ねるのは午後八時、と決めた。それまで三時間ほど、時間を潰さなければならない。結局香奈江は帰してしまうことにしたので、一人きり……美羽は京王線の布田《ふだ》駅近くに住んでいるので、取り敢えず仙川《せんがわ》駅行きのバスに乗った。駅までは香奈江も一緒。夕飯に誘おうかと思ったが、そうしたら結局香奈江は、夜の仕事にも同行してしまうだろう。ここは孤独を我慢だ。駅の構内で別れ、香奈江は上りホームへ、晶は下りホームへ向かう。きちんと電車に乗ったのを見届けたかったが、上り電車がすぐに来たので、香奈江の姿は見えなくなってしまった。

下り電車を待ちながら、これからの予定を考える。今、五時四十五分。夕飯を食べるには少し早いから、取り敢えず布田まで行ってまずお茶、それから食事にしよう。スターバックスがあるとありがたいのだが……あそこにはエスプレッソがある。

帰宅ラッシュの時間帯なのに、電車の間隔は空いている。急ぐわけではないのに、気が急いた。スマートフォンが鳴る。若本が「夜の仕事はやめろ」と警告してきたのかと思ったが、予想もしていない相手——神岡だった。

急いで階段の方へ戻り、途中まで降りて電話に出る。ここなら、電車がホームに入って来ても、あまり騒音は気にならないだろう。

「柿谷です」

「朝の仕返しですけどね」

「はい？　何言ってるんですか」

「警察は、この時間だともう業務は終わってるでしょう。こっちが朝早く起こされた分――」

「私はまだ仕事中です」子どもか、と呆れながら晶は言った。「電車待ちなんですけど」

「ちょっと話せませんか？」

「構いませんけど……」

「今どこにいますか？」

「京王線の仙川です」

「だったら、ちょうどいいや」神岡は、これまでにないほど機嫌がよかった。「今、飛田給にいるんですよ。飯でも食いませんか？」

「結局、食事の誘いですか」

「違う、違う。ついでです。どうせご飯は食べるでしょう？　家で作って待っていてくれる人がいるなら、話は別だけど」

「そんな人、いませんよ」この人は何を言っているのだろう、と晶は少し混乱してきた。無邪気なだけにも思えるが、かすかな底意地の悪さも感じる。

「右に同じくです。どうですか？　どこかで落ち合いませんか？」

「まあ……いいですよ。今回の議題は何ですか」

「陽平君の父親――拓実さんと会いました。今後のことが心配なので」

「分かりました」そういうことなら、話は聞いておかないと。ただし、どこで落ち合うかは難しい。晶としては、美羽の家に近い場所にいたいのだが、布田駅付近で落ち着いて話ができる場所などあるだろうか。「ちなみに、京王線沿線には全然詳しくないんですけど、どこかいいお店、あります？」

「まあ、調布かな。あそこならいろいろあるでしょう。ちょうど中間地点だし」

「じゃあ、駅で落ち合いましょう」

電話を切って、ホームへ戻る。ちょうど各停が滑りこんできたところだった。車内で路線図を確認すると、調布までは仙川から五駅、飛田給からは二駅になる。厳密に言えば中間地点ではないわけだ——神岡には騙《だま》す意図があったわけではないだろうが、何となく苛つく。

調布駅の広場口出口で落ち合うことにした。神岡の方が近くにいたはずなのに、まだ来ていない——すっぽかしか、と一瞬思った。結局約束の時間から五分遅れで、神岡が出て来る。珍しく焦った様子で、額には汗が滲んでいた。

「遅れまして」晶の前で立ち止まると、さっと頭を下げる。

「それで？　先生は、どこか美味しいお店、知ってるんですよね」

「さあ」神岡が首を傾げる。「この辺は全然詳しくないので」

「知ってるのかと思いました」いかにもそんな言い方をしていたのだが。

「いや、まったく。調布駅で降りたのは、生まれて初めてかもしれないな。でも、賑やかそうだから、何か見つかるでしょう」

「ゼロベースで探しますか。私も知らない街なので」

二人は外へ出て、駅前のロータリーにある交番の前に立って検索し始めた。

「今日、何の口ですか」スマートフォンの画面を見ながら神岡が訊ねる。

「何も考えてませんでした。昼はハヤシライスでしたけど」

「じゃあ、カレーかな」

「はい？」晶は自分の耳を疑った。「ハヤシライスもカレーも似たようなものじゃないですか」

「インド風のカレーならどうですか。好きなんですよ」神岡が嬉しそうに言った。

「神岡さん、モテないでしょう」

「いきなり何の話ですか？」神岡が顔を上げた。困惑している。

「相手の話を聞かないで、自分の希望優先だから」

「相手がノーアイディアの場合、こっちが提案するのは普通でしょう。あなたは何も考えていないと言った」

「そうですけど……」

「あれこれ話して何も決まらないで、結局ファミレスに入るのは馬鹿らしいでしょう――よし、北口にカレー屋がありますよ。ここは本格的みたいだな。どうします？」

「……行きます」本格的なインドカレーだったら、ご飯ではなくナンだろう。それなら、昼食とはまったく違う食べ物になる。

まんまとペースに乗せられてしまった。しかし、夕飯が決まらないまま無駄に時間が過ぎていくのも馬鹿馬鹿しい。

神岡は、スマートフォンを見ながら晶を先導した。途中、ごちゃごちゃした呑み屋街に入る。この雰囲気が好きな人はいるだろうな……これからの時間がエンジン全開になる感じで、焼き鳥を焼く煙が路地に漂っている。串カツ屋の前では、入店を待つ人たちが数人、丸椅子に座っていた。こんな時間に、もう満員になっているのかと驚く。

すぐに店を見つけて入った。まだ時間が早いせいか、中はがらがらである。四人がけのテーブルにつき、メニューを検討し始めた。初めて入るカレー屋なら、無難にバターチキン……サラダとナン、飲み物つきのセットがあるからこれでいこう。

「バターチキンにします」晶は先に宣言した。

「そうですか……私はどうしようかな」神岡は、深刻な表情でメニューを眺め渡していた。

「店はすぐ決められるのに、注文は決められないんですか」晶はつい皮肉を吐いた。

「一食一食、大事ですから」ひどく真面目な口調で神岡が言った。

急かすのもおかしいので、晶は水を飲みながら待った。その間に、神岡の様子を観察する。今日もスーツの着こなしは完璧……最近は勤め人の服装もカジュアル化がどんどん進み、夏でなくてもノーネクタイが普通になっている。しかし神岡は、晶が会う時はいつもネクタイを締めている。ネクタイは未だに、信用の象徴のようなところがある。ネクタイをしているイコール、真面目で信用できる人、のような。弁護士のような職業では、ユニフォームに近い感覚なのかもしれない。

それにしてもこの人、何歳ぐらいなんだろう。自分と同年代で、三十歳にはなっていると思っていたのだが、眉間に皺《しわ》を寄せてメニューを凝視している顔には、意外に幼さが残っている。そもそも行動が子どもっぽいし。

「キーマカレー、激辛だな」ようやく注文が決まったと思ったら、またメニューを見る。「私もセットにしますけど、他に何か、前菜的な料理はいりませんか？　タンドリーチキンとか、ケバブとか」

「そこまで胃に余裕がありません」

「食べそうに見えるけどな」

「見間違いだと思いますよ」

この人はいったい、私にどんなイメージを抱いているのだろう？　結局二人とも、同じセットを注文する。ただし神岡は、ナンをチーズナンに変えた。これは重そうだ。

「神岡さんこそ、滅茶苦茶食べるじゃないですか」

「今日は昼抜きだったんですよ」

「そんなに忙しいんですか？」

「弁護士の仕事を何だと思っているんですか？　千五百円のビジネスランチをゆっくり食べられるのは、企業法務をやっている弁護士だけだ」神岡が怒ったように言った。「刑事弁護士は、刑事さんより忙しいですよ」

「そうですか？」

「刑事さんと弁護士、どちらが人数が多いと思います？」

「人数の問題じゃなくて、事件数の問題だと思いますが」

「あなたのリターンは強過ぎる」神岡が困ったような表情を浮かべる。「テニスをやってたら、かなりいい選手になったんじゃないですか」

「その喩《たと》えは、いろいろなことが混同してます」晶は指摘した。こんなことで、法廷できちんと弁護活動を展開できるのだろうか。

この男に対しては、微妙な興味がある。警察官と弁護士と立場は違うし、すぐに衝突してしまうのは困り物だが、今まで自分の周りにいなかったタイプなのは間違いない。知らなかったことを知りたいと思うのは、刑事という好奇心が強い職業の人間ならではのことだと思う。

「拓実さん、どうでしたか？」

「取り敢えず脳梗塞の目立った後遺症はないみたいですね。私が訪ねた時は、部屋を掃除していました」

「掃除？　いきなり？」

「陽平に任せておいたら部屋が滅茶苦茶だ、と言ってましたよ」

「そんなに荒れてました？」

「私が見た限り、そんなことはなかったけど」神岡が首を傾げる。「綺麗好きな人かもしれませんね。一応、今後想定される状況を話して、対策を練りました」

「どんな？」

「それは言えません」神岡がどこか上から目線で晶を見た。「弁護士と依頼人の間の話ですから」

「正式に拓実さんから依頼があったんですか？」

「ええ」神岡がうなずく。

「陽平君には会いましたか？」

「それが、まだなんですよ。私が病院に行った時には、警察の事情聴取中で。そこに割って入るわけにはいかないでしょう。今日は、あなたに捜査の状況を教えてもらえると思っていたんですけどね。そのためだったら、ここは奢ってもいいと思っている」

「昨日のカフェのお金、私が払いましたよ」晶は指摘した。「先生、勝手に帰るから」

「あれはあなたが悪い」開き直ったように神岡が言った。表情が強張っている。

「あなたとお父さんの関係を聞いたことが、ですか」

「誰にでも、触れて欲しくないことはあるでしょう」

そんなに深刻な問題なのか……神岡と父親の苗字が違うのは、両親の離婚を示唆している。今時離婚は珍しくないが、修羅場になれば、子どもがトラウマを抱えてしまってもおかしくはない。自分のように兄が犯罪者で、父親がそれを苦にして自殺した方が、よほどダメージは大きいような気がするが、神岡はそもそも精神的に脆いのかもしれない。脆いという言葉が悪ければ、デリケート。

触れて欲しくないとはっきり言われたので、この話題はこれで終わりだ。ちょうどそこでカレーが運ばれてきたので、話を打ち切るいいタイミングになる。

晶は、指先を火傷《やけど》しそうなぐらい熱いナンを千切ってカレーにつけ、口に運んだ。辛さは「普通」にしたのだが、それでも相当辛い。バターチキンカレーは、トマトの味わいが勝って甘さを感じるものも多いのだが、これは容赦なく辛かった。頭皮に汗が滲み出すのが分かり、一緒に頼んでいたラッシーで辛さから逃れようとした。

見ると神岡は、キャベツのサラダをちまちまと食べている。

「血糖値でも気になるんですか？」晶は思わず訊ねた。

「え？」

「野菜を先に食べると、血糖値が上がらないって言うでしょう」

「ああ……何か前菜的なものを最初に食べたいだけですよ」

「だったらタンドリーチキンでも何でも頼めばよかったのに」

「いや、あなたが食べないって言うから」

「一人で食べればいいじゃないですか」

何だか微妙に会話が嚙み合わない。やはり自分とこの男は、根本的な部分でずれているのだと思う。

しかし何故か、不快ではない。

ようやくカレーに取りかかった神岡が、一口食べて思い切り顔をしかめた。

「辛さ自慢の店じゃないはずなんだけど」

「辛いの、好きじゃないんですか？」神岡は五段階で一番上の「激辛」を頼んでいたはずだ。

「いえ」

「じゃあ、どうして？」

「あのですね」神岡がおしぼりで額を拭った。「あなたと食事をするのは初めてだ」

「そうですね」

「女性と初めて食事をする時は、少しは格好いいところを見せたいじゃないですか。辛いものを食べても平然としているとか」

小学生か、と思って晶は思わず吹き出してしまった。神岡が「何ですか」と不満そうな表情を浮かべる。

「いえ……そんな見栄《みえ》を張るような人だとは思わなかった」

「見栄を張らなくなったら、人間は終わりです」

「あなたと私は、住む世界が違うみたいですね」

「そりゃそうだ。何を今さら」

神岡が無言でうなずき、辛いカレーに再挑戦する。一口食べて、少し辛さに慣れたようだ。晶はカレーの合間にサラダをつまみながら、ゆっくりと食べ進める。神岡は男性にしては食べるのが遅い方で、晶の方が先に食べ終えてしまった。

あらかた食事を終えたところで、晶は切り出した。こちらの手の内を明かしたくはないが、向こうから上手く話を引き出すためには、多少は情報を投げてやる必要がある。

「英人君の一件、逮捕直後の私の推測が正しかったのかもしれません」

「どういうことですか？」

晶は、覚醒剤所持容疑でたまたま逮捕された男が、英人と日下健の名前を出したことを説明した。神岡はアイスコーヒーを飲みながら、無言で晶の話を聴き続ける。しかし晶が話し終えても「そうですか」と淡々と言うだけだった。

「私は今、貴重な情報を喋ったんですけどね」

「英人君の件には、私は関与していませんから」

つっけんどんな言い方に、晶は神岡と父親の複雑な関係をまた思った。英人の弁護人である古谷の仕事に対して、思うところがあるのだろう。しかし……父親が気に食わないなら、彼が絡んでいる案件に「近い」一件に、わざわざ首を突っこむのもおかしい。断れるはずなのに、何故？　気にはなったが、この件を聴いたら、神岡はまた席を蹴ってしまうかもしれない。

「陽平君にガールフレンドがいたこと、知ってますか」

「それは初耳だ」今度は神岡は食いついてきた。「その娘《こ》、陽平君のことをよく知ってますかね」

「まだろくに話ができていないんですが……これから会うつもりです」

る。

「まあ……アポは取ってないですけどね」そもそも逃げられたわけだし、不安ではある。

「会えるんですか？」

「警察的に強引に行くんですか」

「強引だとは思っていませんが。ただ話を聴くだけですから」

「つき合おうかな」神岡がカレーの皿を脇へ押しやった。

「あなたが？　それは困ります」

「どうして」

「これは警察の仕事ですから」晶は呆れて言った。弁護士と警察官が一緒に事情聴取なんて、やはりあり得ない。

「あなた、自分の仕事について、私たちと協力し合えることがあると思うって言ってたでしょう」

確かに……晶は神岡の記憶力に驚いた。しかしあれは、今思えば机上の空論である。被害者やその家族だけでなく加害者家族まで支援するとなると、ノウハウがまったくない。関係者——その中には弁護士も当然含まれる——との協力が必要だろうとは思っているが、具体的なアイディアはまだない。神岡自身、そういう協力体制が必要だと、真面目に考えているのだろうか。だとしたら、今後もあれこれ試してみる必要が――いや、それは危険だ。弁護士は弁護士。しばしば警察とは敵対もするし、支援課の中でよく話して、方針を決めていかないと。

「私も興味がありますけどね。陽平君を支えていくためには、使える人は誰でも使わないといけません」

「ガールフレンドも？」

「高校生にとっては、ガールフレンドが世界の全てでしょう」

「神岡先生もそうでしたか？」

「私は……」神岡が咳払いした。「まあ、いいじゃないですか。昔の話ですよ。もう十五年も前のことだ」

ということは、彼は三十一歳から三十三歳の間、ということになる。自分と同年代という第一印象は正しかったわけだが、勘が当たったからといって、晶には何の得もない。

「こういう時は、刑事さんだけで行かない方がいいんじゃないですか」

「これが仕事なんですけど」

「刑事と弁護士では、相手が受け取るイメージが違う。どうですか？　あなたが強硬派で、私が懐柔する感じで、上手く喋らせることができるかもしれない」

「いや……」

「弁護士と勝手に協力していることが上司にバレたら、まずいと思ってるんでしょう」神岡がニヤリと笑った。「ただね、バレなければ存在しないんですよ」

「それは弁護士的な考えでしょう」

「裁判は、必ずしも真実を求める場じゃない。法律は、真実とは関係ない独自のシステムになっているんですよ」

確かに……刑事事件の場合「犯罪が合理的に証明できるかどうか」が最大のポイントである。その過程で、捜査に手続き的な間違いがあったりすれば、真実はさておき、裁判では無罪判決が出ることもあるのだ。本人の自供があったにしても、捜査のあり方が信用できなければ……。

「あなたが四角四面の人で、警察のやり方にどうしても従うというなら、私はもう何も言いませんけどね」

「いいですよ」挑発に乗ってしまったと意識しながら晶は受け入れた。「ただし、余計なことは言わないようにして下さい。これは私の仕事です」

「私は、あなたの横でニコニコしていろと？　確かに、私が笑っていると女性は喜ぶようですが」

「自意識過剰です」晶は鼻を鳴らした。「しかも相手は高校生ですよ」

「十歳から九十歳まで、幅広く人気があると思っているんですけどね」不思議そうな表情で、神岡が顎を撫でた。

本気？　この人のことがますます分からなくなってきた。

4

二人は布田駅へ移動して、美羽の自宅へ歩いて向かった。この一件が起きてから多摩地区を頻繁に訪れているのだが、高低差のないフラットな光景に驚かされることも多い。それで逆に、山手線の内側は坂道が多い地形だと意識する。

駅前からずっと南下していくと、商店街はすぐに終わり、静かな住宅街に入る。この辺には大きなマンションなどはなく、一戸建ての家が中心の、昔ながらの住宅地という感じだ。時刻は午後七時半。晶は「八時突入」と決めていたが、その時間に理由があるわけではない。あくまで感覚だ。少し早いが、訪ねてみてもいい。

歩いて十分ほど。駅前からの通りが二股に分かれる辺りに美羽の自宅はあった。しばらく、道路の反対側から観察する。まだ真新しい一戸建てで、ドアのデザインが洒落ている。ドア自体はベージュ色なのだが、中央部分に上から下まで、より濃いベージュ色が細長く走り、その両脇には同じ幅ですりガラスが入っていた。そこから、薄らと灯りが漏れている。

「どうしますか？」神岡が訊ねる。

「行きますよ」

「電話もせず？　携帯の番号ぐらい分かってるでしょう」

「いきなり行くのがいいんです」

　言って、晶は道路を渡った。途中で、ドアが開いて美羽が出て来る。制服から着替えて、ミニスカートに丈の短い薄手のコートという格好だった。足元はハイカットのスニーカー。こちらには気づいていない様子だ。駅の方へ歩き始めたところで、晶は道路を渡り切り、声をかけた。

「高山さん」

　美羽が振り向き、はっと顔を強張らせる。すぐに駆け出し、道路を渡ろうと一歩を踏み出した——晶はすぐに、背後から迫って来る車の音に気づいた。

「危ない！」

　クラクション、そして急ブレーキ。晶はダッシュして美羽に近づき、腕を摑んだ。思い切り引っ張ると、勢いで美羽は後ろ向きに転んだ。晶は逆に、道路に飛び出してしまう。

　次の瞬間、激しい衝撃が全身を襲う。バランスを崩して、自分から車に突っこんでしまったのか——状況は想像できたが、そこで意識が途切れる。

気づいた時には寝ていた。背中にふかふかした感触がある。ああ、ベッドか……はっとして、思い切り跳ね起きる。途端に激しい頭痛に襲われ、晶は両手で頭を抱えた。生きてはいるが、どんな大怪我をしたのだろう？　いや、こうやって起き上がれるぐらいだから、それほどひどくはないはずだ。

そう自分に言い聞かせたが、頭痛はひどい。しかもたまにある頭痛と違い、明らかに外傷から来る痛みだ。周辺を見回し、ベッドの脇にあるテーブルにスマートフォンが置いてあるのを見つけてカメラを起動する。自撮りモードで自分の顔を見ると、額の左側に大きな絆創膏《ばんそうこう》が貼ってあった。傷は額の生え際辺りだろうか。こういうところだと、治りにくいはず……何とかベッドから抜け出す。床のひんやりした感触のせいで、また頭に痛みが突き抜けた。スリッパがあったので履き、取り敢えず全身を見下ろしてみる。いつの間にか、病院が用意している寝巻きに着替えさせられていた。病室の中をゆっくり歩き回ってみると、左足首と背中の痛みも意識した。これは要するに――車に接触して派手に転んだということだろう。決して重傷ではない、と自分に言い聞かせる。頭がぼんやりするのは、怪我の影響というより、痛み止めか何かを投与されたからではないだろうか。

さっさとここを出ないと、と思ったところでドアが開く。入って来たのは清水だった。

「お前、何やってるんだよ」清水がいきなり文句を言った。「勝手に動いて怪我して。大問題だぞ、これ」

「高山美羽さんは無事ですか？」

「ああ？　お前の他に怪我人はいないぜ」

「交通事故として処理ですか？」

「だろうな。近くにいた人が証言してくれた。後で、所轄の交通課がお前にも話を聴きたがると思う」

近くにいた人——神岡だろうか。彼が助けてくれたのかもしれない。

「清水さん、わざわざ来てくれたんですか？」

「命令だから来たんだよ。まったく……」清水が吐き捨てる。

「もう大丈夫です。清水さんは帰って下さい」

「そうもいかねえよ。まず、あそこで何をやってたのか説明してもらわないと。俺には報告の義務があるからな」

晶はベッドに腰かけ、事細かに事情を説明した。夕方、香奈江と別れた時までのことは清水も既に把握しているだろうから、その先の話——ただし、神岡の存在は全て省いた。弁護士と一緒に動いていたことは、問題になりかねない。

「分かった。つまり、逃げようとした女の子が車に轢《ひ》かれそうになったから助けたら、逆にお前がぶつかった、と。ヘマしたな」

「清水さんだったら上手くやれてましたか」むっとして晶は言い返した。

「そんなの、分かるかよ。ぶつかった時の状況がよく分からないんだから」

自分にぶつかった車の運転手には、悪いことをしたと思う。いきなり道路脇で揉めていた二人……そのうち一人がよろけて車道に飛び出してしまったのだから。交通事故では、過失割合が十対〇になることはまずないが、今回は一方的に自分に非があると言っていいと思う。

「病院の方、何て言ってます？　そもそもここ、どこなんですか」

「調布の病院だよ。取り敢えず言っておくと、骨折なんかはないみたいだ。額の傷は縫ってない。放っておけば治るってさ」

「だったら帰ります。やることがあるので」晶は立ち上がった。しかし途端にふらついて、尻からベッドに落ちてしまう。

「めまいがするようなら、ＭＲＩで精密検査をするって言ってたぜ」

「今のはちょっとバランスを崩しただけです」晶は強弁した。

「そうか……俺は報告したら引き上げるぜ。今夜ぐらいは大人しくしてろよ」

晶は何も言わなかった。清水が病室から出て行った後、ベッドに腰かけたまま、スマートフォンを確認する。時刻は十時過ぎ……どこからもメッセージは入っていなかった。まったく、ヘマだった。美羽と話すチャンスをみすみす逃してしまったのだから。

どうしたものか……大怪我ではないから、さっさと病院を抜け出したい。しかし今から家に帰っても、かえって体が辛くなるだけかもしれない。となると——あれこれ考え始めたところで、またドアが開く。清水が戻って来たのかとうんざりしたが、顔を覗かせたのは神岡だった。

「先生」思わず立ち上がってしまう。今度はめまいはなかった。

「いやあ、警察もしつこいですね」うんざりした表情だった。

「まさか、今までずっと事情を聴かれてたんですか」単純な交通事故の処理に、そんなに時間がかかるわけがない。

「いろいろあったんですよ。話の整合性を合わせなくてはいけないから、面倒だった」

「お礼を言うべきですか？」

「そんな必要はないでしょう。私は単なる目撃者だ。たまたまあそこにいた、ということにしてありますから」

「美羽ちゃんは？」

「無事です。怪我もないと思いますよ」

それを聞いてホッとする。結局、時間を無駄にしてしまったわけだが。

「美羽ちゃんとは話しました？」

「いや、彼女は逃げた」

「家に戻ったのではなく？」晶は思わず目を見開いた。そうすると額の傷が引き攣って痛む。

「さっさといなくなりましたよ」

「何で追わなかったんですか！」晶は声を張り上げた。

「馬鹿言わないで下さい」神岡が真顔で言った。「あなたが倒れていたんだ。救命が最優先です」

「ピンピンしてるでしょう」晶は両手を思い切り広げた。

「あの時点でそれが分かるわけないでしょう」神岡が怒ったように言った。「私は、あなたは死んだと思いましたよ」

「心配し過ぎです」

「あなた、目の前で車が人に衝突した場面、見たことがありますか」

「ありませんよ」彼がどうしてこんなに怒っているか、理解できない。自分は美羽を助けようとしただけで、あの動きは当然ではないか。

神岡は目を細め、気持ちを落ち着かせようというつもりか、鼻で深く呼吸している。晶は彼を無視してスマートフォンを取り上げた。美羽の電話番号を呼び出してかける――つながらない。電源を切っているようだ。舌打ちして電話を切り、スマートフォンをベッド脇のテーブルに放り出す。

「まさか、これからまた動くつもりじゃないでしょうね」神岡が疑わしげに訊ねる。

「今出ると、病院から怒られそうなので……今夜は泊まります。明日、朝駆けしますよ」

「朝駆け？」

「マスコミ用語。相手が出勤する前に、家で摑まえることです」

「高校生の朝は結構早いこと、分かってますか？」神岡が指摘した。「七時過ぎには家を出る。あの家から駅までは十分ぐらい――ろくに話す時間もないでしょう」

「それは、会ったら何とかします」

「あなたは、いつもそんなに無計画なんですか？」神岡が溜息をついた。「行き当たりばったりじゃないですか。さっき、美羽さんに会おうとした時もそうだった」

「考える前に走り出さないといけない時もあるでしょう。今回がまさにそうなんです」

「しょうがないな」神岡は腕時計を見た。シンプルだが高価そう――本格的な機械式の時計かもしれない。「明日の朝、六時でいいですか？」

「はい？」

「六時に病院に迎えに来ますよ。それで一緒に、美羽さんの家に行きましょう」

その誘いは魅力的だった。朝、病院の前でタクシーを探す、あるいは呼ぶのはかなり面倒だ。早朝は、一番タクシーが摑まりにくい時間帯——しかし晶は、即座に拒否した。

「結構です。先生にそこまでしてもらう理由がありません」

「いや、陽平君の件では私にも責任があるんです。言いませんでしたっけ？　お父さんと話した時に、今後も相談に乗って欲しいと頼まれたんです」

「依頼人、ということですよね」

「そうです。ところで陽平君の傷害事件、まだ決着はついていないでしょう？」

「そうですね」実際には示談という形で被害者と加害者が和解し、検察に送致しないで決着がつくのではないかと晶は想像していた。警察は忙しい。仲間内の喧嘩などで怪我を負った人がいた場合は、できるだけ示談で済ませようとするのだ。

「陽平君のお父さんから、向こうの家族と話すように依頼されました。場合によってはお父さんも謝罪に行きますけど、まず私が交渉します——そういうわけなので、陽平君に関することは、全て知っておきたい」

「今の、論理の階段を十段ぐらい飛ばしてますよ」

「その十段を説明するのが面倒だ——とにかく、私のアバルトに乗りたくないですか？」

結局丸めこまれてしまった。アバルトの誘いが魅力的だったのも間違いないが……足代わりを申し出てくれる人がいるのだから、ちゃっかり利用してやろう。裏はない。

裏はないと思いたかった。

5

神岡のアバルトは、間近で見るとさらに強烈な印象だった。そもそも日本では黄色い車などあまり見ないし、この車の黄色は毒々しい。イタリア車らしいヴィヴィッドな色使いとも言えるのだが、いい趣味とは思えなかった。中はさすがに狭く、晶は乗りこむ時に背中の痛みのせいで結構苦労した。しかし何でもない風を装い、助手席に落ち着く。

球形のシフトノブはかなり上方、左腕を伸ばせば自然に届く位置にある。アナログのメーターが並ぶ晶のMGと違って、最近の車らしい大型のタッチパネルモニターが目立った。排気量の割には勇ましいエンジン音が車内にまで満ちる。神岡が、欠伸を嚙み殺しながら車を出した。

「運転、大丈夫ですか？」

「うーん……寝不足ですね」

「代わりましょうか？」晶は、病室で一度も目覚めなかった。考えるべきことが押し寄せてきて眠れないのではないかと思っていたのだが、予想外の熟睡で、最近の寝不足を取り戻せた感じさえする。

「自分の車のハンドルを握られるのは嫌いなんです。あなたもそうでしょう」

「――安全運転でお願いします」

道中、ほとんど会話はなかった。朝の街を、野太い轟音《ごうおん》を撒《ま》き散らしながらアバルトが走っていく。病院から美羽の家までは二十分ほど。午前六時半に到着して、しばらく「待ち」に入ることにした。車は近くのコイン式駐車場に停め、立ったまま待機……寒さが身に沁《し》みる。四月も半ばを過ぎたのに、朝はまだ冷えこむのだ。

「失敗かもしれないな」神岡が腕時計を見て言った。

「何がですか」

「もしかしたら、部活の早朝練習があるかもしれない。だったらもう出てるかも……インタフォン、押しますか？」

「やめておきましょう。家族を巻きこみたくない」

「それが正しいかどうかは……」

「分かりませんね」晶は肩をすくめた。「とにかく待ちます」

「結局また、行き当たりばったりですか」神岡が溜息をついた。

しかし幸いなことに、七時過ぎ、美羽が家から出て来た。すぐに晶に気づいて、家の中に戻ろうとドアに手をかける。晶は「待って」と声をかけた。

「昨日、怪我はなかった？」

美羽の動きが停まる。その視線が、晶の額に向いた。

「あの……」

「私の怪我は大したことはない。あなたは無事だったんだよね？」

美羽が黙ってうなずく。まだ緊張も警戒もしている様子で、手はドアハンドルにかけたままだ。

「……学校に遅れるので」

「途中まで一緒に行こう。それでも話はできるから。車があるから、学校まで送って行ってもいいわよ」

「それは困ります」

「じゃあ、駅まで一緒に……歩きながら話そう」

美羽はまだ固まっていたが、本当に時間がないようで、結局玄関を離れた。晶はすぐに横に並んで歩き始める。美羽はうつむいたまま、早足のペースを崩さない。晶は、足首の痛みに耐えながら、何とか遅れないようにした。それにしてもここはガードレールもないから、歩いていると危なくて仕方がない。

「あれから陽平君と話した？」

「いえ」雨の中を急ぐように前傾していて、顔を上げようともしない。小柄な彼女にしたら、ほぼ小走りと言っていいスピードも落とさなかった。

「陽平君が普段どんなことをしているか、知りたいんだ。彼は今、面倒な立場に追いこまれていて、私たちは助けたいと思っている」

「陽平君は……何もしてません」

「じゃあ、お兄さんは？　あなた、陽平君のお兄さんの英人君、知ってるって言ってたよね」

「知ってますけど……」

「今回の事件、どう思った？　英人君、人を殺すような人なの？」

「……まさか」

「学校の中、どんな感じになってる？　兄弟への風当たり、強い？」

「私は何も聞いてないです」

一応会話は成立しているが、内容はまだゼロだ。晶は一歩踏みこむことにした。

「昨日病室で陽平君と話した時、英人君の事件の話題、出た？」

「いえ」

「それはちょっと変だよね」晶は指摘した。「陽平君が襲われたのは、お兄さんの事件と関係していると思わない？」

「私、そんなの分からないです」

「じゃあ、陽平君はどうして襲われたと思う？」

「分かりません。私は警察じゃないです」美羽が一瞬顔を上げ、晶を睨んだ。

「何か思い当たる節、ない？」

「ないです」

「陽平君、夜中にバイクで遊びに行くような子なのかな？　あまり真面目に思えないけど」

「真面目ですよ」

「よく分からないな」

「私だって分かりません！」美羽が声を張り上げる。「いい加減にして下さい！」

「陽平君を襲った犯人、見つからなくてもいいの？　お兄さんの事件に絡んで襲撃された可能性もあるんだよ。事件を起こした人間の家族は白い目で見られる。最近は、家族にも責任があると言って攻撃してくる人もいるし、それが度を過ぎると、本当に被害が出ることもある」

「そんなこと言われても……」美羽の歩調が一瞬遅くなった。

一気に喋ったものの、晶はそこで攻め手を失ってしまった。会話が消え、美羽の歩調がさらに速くなる。このままだと、何も手に入らないまま、彼女は電車に乗ってしまう――晶は彼女の肩に触れた。美羽がびくりと身を震わせ、睨みつけてくる。

「ちょっと停まって」

「嫌です」

「一分だけ。私の話を聞いて」

美羽のスピードが少しだけ落ちる。ちょうどコイン式駐車場の前だったので、晶はそこに入った。美羽は依然として歩道に立って、距離を置いている。

「私の兄は、人殺しだった」

美羽が驚いたように顔を上げる。冗談のように大きな目は、さらに大きく見開かれていた。

「事故のようなものだけど、人を殺したのは間違いない。当時私は大学生で、後ろめたい――そんな言葉じゃ足りないぐらい、きつかった。大学の友だちは普通に接してくれたけど、ネットでは顔も名前も分からない人たちの誹謗中傷を浴びた。その結果、父は商売にも行き詰まって、最後は自殺した」

美羽の目が潤み始める。登校前にこんな話を聞かせて申し訳ないとは思うが……美羽が「嘘」とぽつりとつぶやいた。

「嘘じゃない」淡々とした口調で言いながら、晶は次第に胸が苦しくなってくるのを感じた。「『柿谷道郎《みちろう》』で検索してみて。まだあちこちに悪口が残っているから」

兄が起こした事件は、実際には偶発的なものだった。元彼にしつこくつきまとわれているという同僚の女性社員に相談を受け、話をつけるために会った瞬間に、元彼が激昂《げきこう》して殴りかかってきた。兄は空手の有段者で、しかも総合格闘技の選手としてデビューしたばかりだった。咄嗟に繰り出した正拳突きで相手は綺麗に仰向けに倒れ、アスファルトに頭を強打して、翌日死亡した——「プロの格闘家が素手の相手を殴り殺した」と簡単にまとめられ、兄は全てを失った。

「だから私は、家族が加害者になった人の気持ちを少しは分かる。百パーセント分かるとは絶対に言わないけど、少なくとも相手の立場になって考えることはできる。だからこの仕事をやっているの。陽平君は、自分には何の責任もないことで、精神的に追いこまれている。彼を何とか助けたいと思うけど、陽平君は頑なで、私たちの助力を拒否している。あなたの助けが必要なの。あなたが今、陽平君の一番近くにいる人じゃない？」

「いえ――」美羽は明らかに怯えていた。

「違う？」

「私は――」美羽がさっと頭を下げる。そのまま「ごめんなさい！」と謝ると、駅の方へ向かって走り出してしまった。

「高山さん！」

美羽は振り返ろうとしない。晶はすぐに後を追おうとしたが、神岡に肩を摑まれた。晶はとっさに神岡の手を振り払い、さらに手首を摑んで腕を折り畳み、相手の体重を利用して歩道に転がした。神岡が呆気《あっけ》に取られた表情で晶を見上げる。

「ごめんなさい」思わず、長年続けてきた合気道の技――四方投げが出てしまった。恐怖と後悔が襲ってきて、神岡の側に跪《ひざまず》く。これでは兄と同じではないか。

「いや、大丈夫だけど」尻餅をついたまま、神岡が平然と言った。「柔道の受け身も、案外忘れないものですね。高校の時に無理やりやらされただけなのに」

「……すみません」晶はまた謝った。

神岡が表情を変えずに立ち上がり、スーツを叩《はた》いた。柔道をやっていたのは本当なのだろう。咄嗟に受け身が取れなかったら、硬いアスファルトに叩きつけられて怪我していたかもしれない。

「今のお兄さんの話、本当ですか？」神岡が訊ねる。

「検索して下さい」美羽に言ったのと同じことを繰り返す。

「いや、あなたが言うなら信じます——今、お兄さんと同じことをしたと思ってるでしょう」

晶は唇を嚙んだ。神岡は、自分と美羽の会話をしっかり聞いていたのだろう。

「私は死んでいない——怪我もしてないんだから、気にしないで下さい」

「そうはいきません」

「私にこんなことを言う権利はないと思いますけど、仕事にのめりこみ過ぎると怪我しますよ」

「いえ……」否定したものの、実際は彼の言う通りである。村野が、そうやってすり減っていった。今のところ晶は、自分がこの仕事に百パーセントのめりこんでいるとは思っていないが。何も見えない中を、手探りでゆっくり歩いている感覚しかない。

「そんなに深刻に思いこまないで下さい」

「そうはいきませんよ」

「こっちは気にしてないんだけどなあ」神岡が頭を掻いた。「もしもお詫びしたいっていうなら、今度あなたの車でドライブに行きましょう」

「こんな時にデートの誘いですか？」晶は呆れる——怒りを感じた。場違いにもほどがある。

「どさくさに紛れて、ということもありますよ」

「治療が必要なら、後で治療費を請求して下さい」

晶は一礼して、駅の方へ歩き出した。足首の痛みは厳しく、どうしてもスピードが出ない。神岡が追って来るかどうかは五分五分だ。車は、美羽の家の近くに停めてあるのだから……振り返ると、神岡はまだ先ほどの駐車場の前にいた。あろうことか、笑みを浮かべて晶に向かって手を振る。

世の中には、どうしても理解できない人間もいる。


今日はもうこのまま休もうかと思った。怪我した翌日だから、休んでも何も言われないだろう。しかしそれも悔しい——晶は東多摩署に連絡を入れて、すぐにそちらに出向いた。交通課に顔を出し、昨夜の事故について証言する。神岡がかなり詳しく話していたようで、晶の証言はその補足のような形になってしまったが。

十時過ぎに交通課での事情聴取を終え、刑事課に回る。相変わらずワイシャツの袖をまくっている宮間が、怪訝そうに眉をひそめた。

「あんた、事故に遭ったんじゃないか」

「そう見えます？」

「ここ」自分の額を指差す。「怪我してるじゃねえか」

「これぐらい、怪我のうちに入りません」

「顔に傷ついたら、嫁にもらってくれる相手がいなくなるぞ」

「そういうことを気にしない相手を探しますから」

今の台詞に対して「セクハラ野郎」と攻撃することもできたが、今はその元気もない。晶はしばらく粘って、宮間と話をした。新宿中央署管内で少年事件課が逮捕した少年の話は既に東多摩署にも伝わっていて、その線で英人を叩いているというが、依然として供述は得られていない。

「正直、甘く見てたよ」宮間が渋い表情を浮かべた。「できのいい高校に通ってる、非行歴もない子だ。すぐに全部喋ると思ってたんだけどな」

「もう、あまり時間がないですよね」

「プレッシャーをかけるなよ……とにかく、本部の少年事件課とも協力して、何とかする」

「私もお手伝いできれば――」

「いい加減にしろって」宮間が手を振って追いやる仕草を見せた。「自分の怪我の心配をしてろよ」

あまりしつこくしても逆効果――既に自分に対する宮間の印象は最悪に近いことを認識していたので、晶は刑事課を出た。そのまま生活安全課に向かう。大河原は先日、陽平のクラスの名簿を密《ひそ》かに回してくれたのだが、そのことは互いに口にしない。大河原にすれば、結果的に大迷惑かもしれないが……美羽が事故に巻きこまれそうになって、重要な証言者を失いかけているかもしれない。

「あなたも、そのうち大怪我しそうだね」大河原が同情を感じさせる声で言った。

「自分の身は自分で守ります」

「まあ、俺がどうこう言えることじゃないけど、せいぜい気をつけなさいよ」

彼が流してくれた名簿を元に、美羽と接触できたのだが、彼女とのやり取りをどこまで話すべきか……晶は結局、名簿の存在を抜きに話をすることにした。大河原も、触れて欲しくないだろう。

「高山美羽という同級生が、陽平君とつき合っているのは間違いないと思います。昨日、病院で引き合わせました」

「実際、つき合ってる感じだった？」

「引き離すのが大変でした」

「若いねえ」大河原が苦笑する。「それで、何か知ってそうか？」

「すみません、テクニック不足で聞き出せていません」晶は頭を下げた。「最初から、少年事件のプロに任せるべきだったかもしれません」

「あなたが握っている仕事を他人に渡すとは思えないけど、そういう心がけは大事だね。どんな分野にでもプロがいるんだから」

「今後気をつけます——前島京平の話は、耳に入っていますか」

「もちろん。残念ながら、こっちの網には引っかかっていない奴だった」

「覚醒剤所持——売人ですよね。英人君がかかわっていた半グレグループが、ドラッグビジネスにも手を出していたということですか？」

「それがなあ」大河原が髪を撫でつけた。「英人、それに日下健の周辺は、徹底して捜査した。スマートフォンの解析もしている。しかし、不良行為がまったく見つからないんだ。もちろん半グレグループとの関係も分からない。今のところは証言だけなんだ。その証言もあてになるかどうか」

「陽平君もそうですよね？」

「ああ」大河原がうなずく。「ただし、夜中にバイクで出かけて襲われたというのは、ちょっとな……夜の徘徊《はいかい》が頻繁だとしたら、普段の行動も怪しくなる。しかし、学校の交友関係を当たっても、何も出てこない」

「スマートフォンはどうですか？」今時、実際に会って悪い相談をすることなど考えられない。

「それは、傷害事件の時に、府中中央署で調べたそうだ。こっちも、怪しい記録はないんだよな。もちろん、消去した可能性もあるが」

「結局何も分からない、ということですか」

「これから新宿中央署に行って来る。前島京平の身柄はあっちで押さえているから、少し話をしてみるつもりだ。奴が、中学校の時に高梨英人の先輩だったのは間違いないしな。しかもサッカー部の先輩と後輩だよ。関係はかなり深い」

「浅いとは言えませんよね」部活の先輩後輩の関係は、卒業してからも続くだろう。「ただし頭の程度は全然違う。前島京平は、多摩中央高よりも三段ぐらいレベルの低い高校に行って、そこも二年の時に中退している。今は接点がないはずなんだが……これはまだ捜査中だな」

「私も新宿中央署まで行っていいでしょうか？　直接話が聴ければ……」

「そこまで出しゃばるなよ。正直、あなたの評判はよくない。これ以上評判を落とすと、支援課にも迷惑がかかるんじゃないか」

「そんなことはないでしょう」

「評判は、本人の耳に入るのは最後だからな——とにかく、大人しくしてなよ。額の怪我もそうだし、ここへ入って来る時に足を引きずってただろう」

言われると、足の痛みを意識する。額の傷は少し痒《かゆ》いぐらいの感じなのだが、足は歩く時に引きずってしまう。治療と休養が必要なのか——いや、今の自分に必要なのは、知恵を絞る努力だ。

知恵が出ない。

署を出て、取り敢えず京王線の柴崎《しばさき》駅に向かって歩き始める。署は、柴崎駅と国領駅の中間地点にあり、都心部——本部に戻るなら新宿に近い柴崎駅に行った方がいい。しかし今は、本部へ戻るのが正しいかどうかも分からなかった。まず電話して、若本に指示を仰ごうとしたが、「休養しておけ」と言われるのがオチだろう。朝方電話を入れ、昨夜の事故のことについて供述してくると言ったのだが、連絡はそれきり……向こうからも何も言ってこず、完全に放置されている。

少し早いが、昼食でも済ませておこうか。朝食は抜いてしまったので、既にエネルギー切れという感じだった。甲州街道を柴崎駅入口の交差点で右折し、駅へ向かう。駅へ続くこの道は、ささやかな商店街になっているのだが、めぼしい店はない。スマートフォンで検索するのも面倒臭く、ぶらぶら歩いているうちに駅にたどりついてしまった。線路沿いの細い道を歩いていくと、インドカレーの店を見つけたが、昨夜《ゆうべ》に続いてカレーというわけにもいかない。

線路を渡って南口に出ると、ようやくステーキ店を見つけた。少し胃に重い感じはするが、この際何でもいいからエネルギーを補給しておこう。

店は開店したばかりで、他に客はいない。メニューをざっと見て、ハンバーグのランチを頼んだ。ステーキ屋を標榜《ひょうぼう》しているのに、ランチにはステーキがないのがちょっと不思議な感じだった。

ハンバーグにはたっぷりのデミグラスソースがかかり、目玉焼きが載っている。黄身の黄色が艶々しているのだが、今日はなぜか食欲をそそられない——神岡のアバルトの色に似ているからだと気づいた。今度会ったら「目玉焼き」と馬鹿にしてやろう。

会う機会があるかどうかは分からないが。

千円を切る値段の割にハンバーグは分厚く、味も上々だった。しかし気分は上向かない……かなりダメージを受けていることを自覚したが、これればかりはどうしようもない。食べ終え、他の客が入ってきたので店を出たのだが、その時点で途方に暮れてしまった。全ての扉が閉ざされてしまったのではないか？

スマートフォンが鳴る。若本からの呼び出しかもしれないと思ったが、見覚えのない番号が表示されていた。間違いか、悪戯《いたずら》か——しかし警察官は、かかってきた電話には出るように教育されている。

「はい」

「あの……柿谷さんですか？」若い女性の声だった。

「柿谷です」

「ええと、あの、美羽の友だちの……」説明は辿々《たどたど》しく、怯えている様子も伝わってくる。

「高山美羽さんの友だち、ね」

「あ、はい」

「お名前は？」できるだけ柔らかく話そうと晶は気をつけた。もしかしたら、美羽に対する態度も少しきつかったかもしれない。こういうのはやはり、少年事件課出身の香奈江の方が上手いようだ。

「町田《まちだ》です。町田優奈《ゆうな》」

「高校の同級生？」

「はい」

会話が遅々として進まない。焦るな、と晶は自分に言い聞かせた。ここで急かすと、向こうを萎縮させてしまうだろう。一つ一つの情報量が少なくても、最終的に必要なだけ手に入れればいい。

「私に何か話があるのかな？」

「はい。美羽に頼まれて……」

「美羽さん、電話できない状況なの？」そもそも今、学校はどうなっているのだろう？ 昼休みか？ そうでなければ、携帯は使えないだろうが。

「いえ、代わりに話して欲しいって。それで美羽が、秦香奈江さんという人に柿谷さ

ん の番号を聞いて」

「どんな話かな」そこまで言って、晶は自分が急ぎ過ぎていると気づいた。電話ではなく、直接会って話すべきではないか？「今日、普通に授業、あるよね」

「はい」

「もしも急ぎの用事でなければ、学校が終わってから会えないかな」

「私ですか？　電話で……」

「電話だと、大事なことが話せなかったりするから。会ってもらえますか？　学校の近くまで行くから」

「だけど、美羽が……」

「美羽さんの代理なんでしょう？　きちんと喋ってくれると助かるな。そもそも、美羽さんはどうして自分で話せないんだろう」

「辛いからって言ってました」

「辛い？」

「本当に、辛いんだと思います」

「……分かった」優奈と名乗ったこの子が、美羽の事情をどこまで知っているかは分からない。とにかく直接会って、顔を見てニュアンスを全て読み取りたい。そこから新しい何かが始まりそうな気がしている。

そして、この件は自分一人でやってはいけないと肝に銘じた。こういう時こそ、プロの出番だ。

6

晶は陽平の自宅を訪ね、拓実と少し話をした。すっかり元気をなくしており、体調も悪そうだった。病院へ行った方がいいのでは、と勧めたのだが、頑なに拒否する。父親の自分が何としても家を守る、と決めているようだった。

「陽平が退院するので、これから迎えに行きます」という話になったのが午後二時頃。車があれば送っていきたいところだが、拓実はタクシーを使うと言った。それに相乗りさせてもらい、飛田給の駅まで出る。

「絶対に無理はしないで下さい」晶は念押しした。「ご自分の体第一ですよ」

「無理のない範囲で……」そう言う拓実の声には、やはり元気がなかった。

晶はそのまま多摩中央高校の最寄駅に移動して、香奈江の到着を待った。約束していた二時半に、香奈江が改札から走って出て来た。

「お待たせしました」香奈江が申し訳なさそうに言った。

「こっちも今来たところ」晶はうなずいた。「ちょっと打ち合わせしてから、学校へ行こう」

　二人は駅前の交番に入り、事情を話して奥の休憩室を貸してもらった。卒配で来たばかりに見える若い女性警官が、お茶を出してくれる。心遣いに感謝して一口飲むと、体に染み入るような美味さだった。

「晶さん、大丈夫なんですか？　今日もフルで動き回ってるんでしょう？」

「シャワーを浴びたいだけ、かな」

「あー、それ、一番大変かも」香奈江が自分の額を指さした。「そこを避けて髪を洗うの、面倒ですよ」

「何とかする」

　晶が背筋を伸ばすと、香奈江も仕事モードに入ったようだった。

「町田優奈さん、でしたね」

「そう」

「美羽さんの友だちですか？」

「本人が言うには。確かに、クラスの名簿にも名前はある」

「そうでした」香奈江が自分のスマートフォンを見る。紙でもらったデータを、そちらに移し替えたのだろう。「それで、どういう約束になってるんですか？」

「学校が終わる時間に、近くで待機。向こうから電話がかかってくることになってるから」

「なるほど……電話で話した時の様子、どんな感じでした？」

香奈江の話し方は、微妙に尋問口調になってきた。晶は苦笑いしながら答えた。

「頼まれて仕方なく、という感じだったかな」

「うーん、それだと難しいかもしれませんね」首を捻って、香奈江がお茶を一口飲む。「面倒なことを頼まれると、逃げたくなるじゃないですか。逃げなくても、頼まれた用件を早く終わらせて楽になりたい——その子、先延ばしにされたと思って、不安になってるかもしれません」

「そこまで神経質になるかな」

「それはそうだと思いますよ」香奈江が少し呆れたように言った。「高校生でも普通の大人でも、感覚は変わらないと思いますけど」

「そうか……どうする？　秦が主役になって聞いてくれる？」

「そのつもりで来ました」香奈江がうなずく。「晶さん、今日、パワーが五十パーセントぐらいにダウンしてますよ」

「そんなことない、と言いたいけど……」

どこかが致命的に痛いわけではない。まだ足は引きずっているが、痛みは確実に薄れてきている。痛む足をかばっているせいで、普段よりも体力を消耗しているだけ

──と思いこもうとした。

「とにかく今日は任せて下さい。ただ、あの──これ終わったら、直帰でいいですか？」

「時間的にそうなるかもしれないけど、どうかした？」

「ちょっと、彼と……」言いにくそうに香奈江がつぶやく。

「ややこしい話？」

「ややこしくなるかもしれません」香奈江の表情が一気に暗くなった。

「時間がないから今は聞かないけど、何かあったら相談に乗るよ」

「晶さん、そっち方面ではあまり当てにならないような気がしますけど」

「はっきり言わないで」

そのやり取りで、少しだけ緊張が解れる。二人は対策会議を終え、交番を出てバスに乗った。陽平や英人は自転車で通っていたのだろうか。バスで移動している間に、話のできそうな場所を探す。

「学校から歩いて行けるところに、喫茶店がありますね」香奈江がスマートフォンを見ながら言った。

「一応、そこを第一候補にしようか」

バス停を降りてすぐのところにも学校の出入り口があるが、こちらは裏門で閉まっている。ぐるりと回って広い通りに出たところが正門だった。この時点で三時半。晶の記憶では、授業はこれぐらいの時間に終わるはずだ。ただ、晶は神奈川の県立高校出身だから、東京の高校では事情が違うかもしれない。

しかし間もなく、生徒たちがぞろぞろと出て来た。運動部の部員たちはグラウンドへ飛び出して行く。それを見ていると、優奈から電話がかかった。

「今、学校の近くまで来たけど、会えますか？」

「はい……一人で行かないと駄目ですか？」

「もしかしたら、美羽さんが一緒？」それなら話が早い。

「いえ」

「だったら、あなたとだけ会いたい。今、正門前にいるけど、出て来てもらえますか？」

露骨に溜息をついた後、優奈が「分かりました」と諦めたような口調で言った。晶は香奈江にOKサインを送り、二人は道路を挟んだ向かいの歩道上で待機した。すっかり緑が茂っているが、この辺には桜が多く、四月頭にはいかにも新学期という雰囲気になっただろう。

ふと、英人が日下健を殺した現場は、このすぐ近くだと思い出した。学校の近くで犯行に及んだことに、何か意味があるのだろうか。

下校する生徒たちの大波が一段落した後、一人の小柄な少女が出て来た。まだ中学生と言っても通じそうな感じで、身長は百五十センチもないだろう。制服のブレザーはぶかぶかだった。後ろで一つにまとめている長い髪が、左右を見回すタイミングでふわりと揺れる。晶と目が合った瞬間、はっと驚いたように動きを止める。間違いない――晶は軽い調子で腕を上げ、ひらひらと手を振ってみせた。少女――優奈がうなずき、横断歩道を渡って来て、晶の二メートル手前で立ち止まった。顔には警戒感がありありと浮かんでいる。

「町田優奈さん」

優奈が、今度はよりはっきりとうなずく。取り敢えず会えたことでほっとし、晶もうなずき返した。

「柿谷晶です。こっちは、同僚の秦香奈江」

「秦です」香奈江が笑みを浮かべ、落ち着いた口調で挨拶する。「ちょっと座って話をしようか。近くに、『カフェ・ミエ』っていうお店があるの、知ってる？」

「一応、校則で喫茶店出入り禁止なんですけど……」優奈が心配そうに言った。「学校の近くだし」

「大丈夫。バレたら私が代わりに謝っておくから。先生にも知り合いがいるから、心配しないで」

「……分かりました」

取り敢えず香奈江は、優奈を安心させることに成功したようだ。店に着くまでの相手を彼女に任せ、晶は二人を先導して歩き始めた。時々後ろを振り向いて、着いて来ているのを確認する。

五分ほど歩いて、目星をつけていた喫茶店に入る。マンションの一階にある店で、窓が大きく、店内のインテリアは白で統一されているので、やけに明るい。外を歩く同級生たちに優奈が見つからないよう、晶は店の一番奥の席に陣取った。

晶と香奈江が並んで座り、向かいに優奈——緊張で小さな肩が盛り上がっている。晶は香奈江に目配せして、話を任せた。それぞれ注文を終えると、香奈江は美羽の話から切り出した。

「美羽さん、今日はどんな感じ？」

「朝から様子が変で、全然話もしないで……昼休みになった時に急に、『代わりに話をして欲しい』って言われました」

「そうなんだ。代理なんだね。それで、何の話かな」香奈江の声は穏やかで、先を急がせない。

「高梨君のことです」

「高梨陽平君ね」香奈江がうなずく。「彼、美羽さんとつき合ってるんでしょう？」

「ええと……」優奈の目が泳ぐ。見ると、膝の上に置いた手が震えていた。「それは……」

「大丈夫？」香奈江が優しく語りかける。「何か心配なことでもある？」

「怖くて……」

「何が？」

「日下さんが」

「ちょっと待って」

晶は我慢できなくなって割って入った。ここでどうして日下の名前が出てくる？晶が大声を出したので、優奈はびくりと身を震わせた。声を張り上げないこと、と晶は自分に言い聞かせて続けた。

「日下さんって、日下健君のこと？　殺された？」

殺された、のところでさらに声をひそめる。優奈が、蒼い顔でうなずいた。

「日下君は、一年上――三年生だよね」

「はい」

「その日下君がどうしたの？」

「美羽にちょっかい出してきて……」

「美羽さんとつき合っていたのは陽平君じゃないの？」

「そうですけど、横槍って言うか」

「そういうことか」高校生でも、恋愛の揉め事はあるだろう。「まさか、そのことで

お兄さんの英人君が怒って……」

「それは知りません」

優奈の顔からは完全に血の気が引いていて、今にも吐きそうだった。そこでタイミングよく飲み物が運ばれてきたので、話が一度切れる。晶は優奈に、アイスティーにガムシロップを加えるように勧めた。血糖値を上げることで緊張が解れるかどうかは分からないが、甘いものは多少は気持ちを柔らかくしてくれるだろう。優奈はガムシロップをたっぷり加えてアイスティーを一口飲んだ。それで少し、顔に血の気が戻ってくる。

「日下君のことは心配しないでいいから」もう死んでいるから、と言いかけて晶は言葉を呑んだ。優奈はデリケート——とにかくまだ子どもだ。「死」という言葉は、さらなるショックを与えてしまうだろう。「多摩中央高校って、進学校でしょう？　あなたが日下君のことを怖いっていうのは……学校に、そういう怖い人もいるの？」

「学校で問題を起こすことはないんですけど、見ているだけで怖いっていうか。学校の外でいろいろあるみたいで」

半グレグループ。英人も日下も、学校の外ではとんでもない行動をしていたのかも

しれない。実際、ドラッグとの関連が薄らと見えているのだから。

「分かった」晶は軽くうなずいた。「それで、美羽さんからの伝言は？　彼女、何か伝えたいことがあるんでしょう？」

「陽平君は……陽平君は、日下さんと知り合いだから」

「それは、どういうレベルの知り合い？　同じ学校だから、顔見知りでもおかしくないと思うけど」

「晶さん」香奈江が低い声で警告した。晶は一瞬息を吞んで、背筋を伸ばした。先を急ぎ過ぎただろうか……香奈江に目配せして、後は彼女に任せることにする。

香奈江が、低く落ち着いた声で優奈に語りかけた。

「陽平君と日下君が知り合いだった、それは了解。どういう関係かな」

「それは……」優奈が唇を嚙んだ。「お兄さんとの関係があって……」

「英人君？　英人君と日下君も、関係があったの？」

「あの、これを」優奈がバッグから折り畳んだ紙片を取り出した。罫線《けいせん》が見えたので、ノートを破いたものだと分かる。テーブルに置いて、そっとこちらへ押し出す。

「美羽からです」

「メッセージ？」訊ねて、香奈江が紙片を取り上げる。開いて確認した瞬間、さっと表情が変わった。顔面蒼白ではないが、強張り、まるで事件の現場にいるような……

香奈江がすぐに、晶にメモを渡した。

陽平君を守って下さい。


その一言から始まるメモは、乱暴な文字で書きつけられている。字が下手というより、急いで書いたので文字が乱れたようだ。晶は二度、読み返した。分かったのは、美羽は事情を全て知っているわけではない、ということである。しかし陽平から断続的に話を聞いて、自分の中で情報をまとめ上げたのは間違いない。

「優奈さん」晶は意識して声のトーンを落とした。それでも優奈は緊張していて、返事も元気がない。「美羽さんは普通の子？」

「え？」

「だから……そうだね、何て言っていいのか難しいけど、優等生？」

「あの——学校の外のことはあまり知りません」

「多摩中央高校では、生徒が問題を起こして警察沙汰になるようなこともなかった。でも、実際はどうなの？　悪い人、いる？」

「学校の中では別に……」優奈の答えは曖昧だった。

「外で悪いことしてるとか？」

「そういう話、陽平君から聞いたこともないです。噂で流れてるだけで」

「どんな噂？」

「あの、半グレ？　そういう人たちがいるって」

「美羽さんも？」

晶は首を傾げた。美羽とはまだじっくり話せていないが、とても悪事を働くようには見えない。子どもと大人の間で揺れ動く、ごく普通の高校二年生という感じだ。悪の道に踏み出していれば、多少は外見も変わってくるものだが。いや……晶は半グレグループについて詳しくは知らないが、外見だけで判断してはいけないのかもしれない。ごく普通の若者が、暴力団と拮抗《きっこう》しうるほどの悪に手を染めることもあるだろう。

「美羽は違うと思います。でも、陽平君は……」

「半グレグループに入っていた？」

「私ははっきりしたことは知らないです。美羽のメモに書いてないですか？」

晶は香奈江にメモを戻した。香奈江がもう一度メモを見てうなずく。

「曖昧だけど、何となく事情は分かるわ。あなた、日下君と美羽さんのこと、何か知ってる？」

「詳しくは知らないです。美羽が愚痴をこぼしたことはあったけど」

「つきまとわれてるって？　ストーカーみたいなものかな」

「そこまでひどいかどうかは分かりませんけど」優奈が首を横に振った。細い指でアイスティーのストローを摘まんだが、飲もうとはしない。背の高いグラスに入った氷を、がらがらとかき回すだけだった。

「美羽さん、今日はどんな様子だった？」香奈江がもう一度確認する。

「元気ないです。心配そうでした」

「でも、私たちに相談してくれる気持ちはあったのね。直接会えないにしても」

「はい、たぶん……」

「ありがとう」香奈江が笑みを浮かべた。「あなたも、面倒なこと頼まれて大変だったわね」

「いえ、そんな……」

「美羽さん、今はどうしてるかな」

「帰ったと思います。部活もしてないので」

香奈江が晶の顔を見た。一人にしておいたら危険ではないか？　心配するのは分かるが、美羽に喫緊の危険が迫っているとは思えない。心配なのは陽平だ。晶は左手首の腕時計を見た。四時。おそらく陽平は無事に退院し、家に戻っているだろう。父親の拓実がいるから安心――いや、拓実もまだリハビリ中の身だ。ストレスが一番よくないはずで、危ない目に遭わせるわけにはいかない。

「分かった、ありがとう」晶は頭を下げた。「ごめんね、心配させて」

「いえ……」

「警察官は怖かった？」

「そういうわけじゃ……」優奈が苦笑する。

「女性警官は誰でも歓迎なんだけど、あなたもどう？」

「いやあ……私、裁判官を目指しているので」

多摩中央高校だったら、司法試験で合格者を多く出している大学へ進学するのも難しくないだろう。もしかしたら十年後、二十年後に優奈を法廷で見ることがあるかもしれない——警察官が法廷で証言することもよくあるのだ。

その時優奈は、自分を思い出してくれるだろうか。

二人はすぐに、陽平の家にとって返した。拓実には再度の訪問を伝えていなかったので、何事かと訝られたが、「陽平君の様子を見たかったので」という理屈で通す。

「痛いでしょう」

「痛いです」リビングルームで会った陽平は、肩を固定されているせいか、ひどく動きにくそうだった。

「あなたを襲った相手、本当に心当たりはない？」

「ないです」この答えは変わらない。

「あの時間に、どうして外へ出たの？」

「気晴らしというか……たまにバイクで走るのが趣味なので」

「陽平君のバイク、何ていうの？　私、バイクは詳しくないんだよね。スクーターじゃないんだ」

「スクーターじゃないです。ホンダのクロスカブ」

「スーパーカブの親戚みたいなもの？」

「まあ……そんな感じです」晶の指摘がずれていたのか、陽平が苦笑する。しかし突然、はっと目を見開いた。「そう言えば、バイクってどこにあるんですか？」

「東多摩署で保管してるはずよ」

「取りに行かないと」

「しばらく置いておいても大丈夫だから。今は心配しないでいいよ」

「何か、いろいろすみません」

陽平が素直に頭を下げる。その様子を見た限り、半グレグループにかかわっているとは思えない――いや、そういう偽装をしているだけかもしれない。半グレグループに関しては、今までの暴力団と同じような見方や対策は通用しないだろう。

「私たちはいいんだけど、陽平君の事件はちゃんと解決しないとね。不安でしょう」

「まあ……そうですね」

「私たちは捜査できないけど、今後の所轄の捜査には協力してあげてね。それと、律君と会った？」

「これからです」

「お互い怪我してるから、無理しないようにね」

「ちゃんと話せるといいんですけど」

「今回は、とにかく頭を下げた方がいいよ」

「そうするつもりです」陽平が溜息をついた。

「陽平君さ、美羽ちゃんといつからつき合ってる？」晶は話題を変えたが、途端に失敗に気づいた。父親の拓実は、次男のガールフレンドのことを知っているのだろうか。知らなかったとしたら、ここでバレるのはいかにもまずい……しかし近くで新聞を片づけている拓実は、気にもしていない様子だった。既に美羽の存在は知っているのだろう。

「ええと……去年の夏ぐらい？」

「英人君も、美羽ちゃんのこと、知ってる？」

「知ってますよ」

「そっか」晶は言葉を選んだ。しかし、曖昧なことを言っても話は進まない気がする。「日下君のことは知ってる？　知ってるというか、個人的につき合いはなかった？」

「いえ」

嘘。あるいは美羽が嘘をついているのかもしれないが。美羽についても、今ひとつ信用できなかった。怯えた子どものようにも見えるが、その実、裏では何を考えているのか分からない。万が一彼女が半グレグループの一員だったとしても絶対驚かないようにしよう、と晶は肝に銘じた。

インタフォンが鳴った。一瞬、リビングルームに緊張した沈黙が流れる。新聞を整理していた拓実が立ち上がり、インタフォンに向かった。

「はい」

「警視庁組織犯罪対策第五課です。開けてもらえますか」苛立ったドラ声が響いてくる。

晶は思わず香奈江と視線を交わした。香奈江が「英人君の件」と短く告げる。そうか……逮捕された前島京平が英人のことを喋っていたから、その関係だろう――家宅捜索？　英人への事情聴取は行ったのだろうか。

「警視庁……何ですか？」拓実が困惑した口調で言った。

「組織犯罪対策五課です。捜索令状があります」

拓実が、困ったように晶の顔を見た。何かおかしい……晶は「開けないで下さい」と言って部屋を出た。エレベーターがいないので階段を駆け下り、ホールに出る。四人の刑事が外で待っていた。晶が出ていくと、一斉に険しい視線を向けてくる。

「総合支援課の柿谷です」晶は名乗った。「今、高梨さんの家にいたんですが、何事ですか？」

「支援課？」先頭にいた中年の刑事が前に進み出て晶と対峙する。「支援課が何の用だ」

「高梨さん一家は、加害者家族であり、今は犯罪被害者でもあります。支援課として通常のフォローをしています」

「こっちの用事とは関係ないな。令状があるんだ」刑事が晶の眼前で令状を広げて見せた。

「覚醒剤ですか……」

「この家に薬物があるという情報がある」

「前島京平が歌ったんですか？」

「それはあんたに言う必要はない。どうする？　ここで俺たちの妨害を続けるのか。それとも中へ入れるのか」

「私には家宅捜索について何か言う権利はありません。高梨さんと話して下さい」

抵抗することはできるが、向こうもあくまで捜査である。

「面倒臭い連中だな」刑事が鼻を鳴らした。「そっちの仕事は、通常の捜査を妨害することなのか?」

「まさか」

「だったら通してくれ」

「ちょっと待って下さい」晶は食い下がった。この強硬な態度は、やはり危険である。「容疑をかけられているのは誰なんですか」

「ここの次男だよ」

「長男ではなく?　殺人容疑で逮捕されているのは知ってるでしょう」

「当然だ。ただし今回は違う」

「前島京平からの情報ですよね」晶は再度訊ねた。「その男の証言は信用できるんですか?」

「信用できるかどうかは、調べて見れば分かるだろう。こっちの捜査を邪魔しないでくれ」

「邪魔じゃないですよ。確認しているだけです」

「それで高梨の家につないでくれるのか?　そんな面倒なことはやってられないんだ

よ。あんたらも弁護士じゃないんだから……」

「犯罪被害者や加害者家族の支援のことをどう思ってるんですか？」晶は詰め寄った。「この家は今、大変なんです。親子とも退院してきたばかりで、家の中は落ち着いていません。家宅捜索も事情聴取も無理です」

「いい加減にしろ！」

「そっちこそいい加減にして下さい！」

晶は刑事と睨み合った。しかし刑事が、ふっと力を抜く。

「あのな、あんたがここでいくら頑張っていても、結局は時間の無駄なんだ。いつまでも抵抗するなら、上を通じて話をする。そうなると、あんたは相当面倒なことに巻きこまれるぞ」

組織犯罪対策第五課の課長から抗議が入ったら、亮子は庇ってくれるだろうか？いや、この状況では、自分の方が圧倒的に不利だ。ここは取り敢えず引くしかないだろう。引いて、無謀な捜査だったら妨害する。

しかし、こんな状況に陥った陽平たちを守れないのか——自分はまだ支援課の仕事がまったくできていないと晶は唇を噛んだ。

第四部　若者たち

1

組織犯罪対策第五課の四人の刑事たちのうち、三人が陽平の部屋の捜索にかかった。残る一人――一番若手の刑事が、陽平の事情聴取を始める。きさくな口調を心がけているようだが、内容は厳しい。

香奈江がすっと身を寄せてきた。

「どういうことか調べておきます」

「組対の方で、話を聴ける人間、いる？」

「この件、前島京平の逮捕から出た話ですよね？　だから少年事件課の方でも何か摑んでるはずです」

「分かった。任せる」

内密の電話をかけるために、香奈江が部屋を出て行った。晶は、ソファに座って話をしている刑事と陽平の近くに、自分の立ち位置を定めた。

「そこにいられると……」若い刑事が文句を言った。

「聴きたいことがあるなら聴いて。それがあなたの仕事なんだから。ただし、少しでも余計なことを聴いたら介入するけど」

若い刑事が嫌そうな表情を浮かべたが、それで引くようなことはなかった。陽平に、今まで薬物を買ったり使ったりしたことはないかとしつこく聴き続ける。陽平は短い言葉で否定を続けていたが、あまりにも何度も同じことを聴かれるので、次第に辛くなってきたようだ。

「陽平君、肩は大丈夫？」話が一瞬途切れたタイミングを狙って、晶は割って入った。「痛みは？」

「あの、ちょっと……」陽平が左肩を少しだけ動かし、苦痛の表情を浮かべる。

「痛み止めの薬、もらったでしょう。病院の方から何か言われてる？」

「痛い時に飲んでいいそうです」

「じゃあ、今、飲んだ方がいいね」

「ちょっと、困りますよ」若い刑事が立ち上がった。「痛み止めの薬を飲んだら、ちゃんと喋れなくなるでしょう」

「だったら、痛みを我慢して喋れっていうわけ？　組対はずいぶん乱暴だね」

晶は勝手に冷蔵庫を開け、ミネラルウォーターを取り出した。そう言えばこの水は、陽平がひどい風邪をひいた時に自分が用意したものだった……陽平にボトルを渡し、晶はテーブルに置いてあった薬の袋を取り上げて説明書きを読んだ。

「一錠……痛みがある時に飲む、頓服ね。取り敢えず今、飲んで。後で段々辛くなるかもしれないから」

陽平がのろのろと薬を掌に押し出し、ペットボトルに口をつけた。水をごくごくと飲んでから、薬を口に放りこみ、さらに追加の水を飲む。ほっと息を吐いて、ペットボトルをテーブルに置いた。

若い刑事が事情聴取を再開する。晶は、キッチンに待機している拓実と小声で話をした。というより、不安そうな表情を浮かべている拓実を放っておけなくなった。

「大丈夫なんでしょうか」拓実の目には涙が浮かんでいる。あまりにも衝撃的なことが続くと、体に障る。退院したとはいえ、脳梗塞で入院していたのだから……。

「お父さんの目から見てどうですか」晶は逆に訊ねた。「陽平君、薬物に手を出すようなことは……」

「あり得ないです」拓実が吐き捨てるように断言する。

「普段だって、薬を使っているような変な感じはなかったですよ」

とはいえ、この人は息子たちの生活をどこまで正確に把握しているのだろうと、晶は心配になった。妻を亡くしてから、必死に息子二人の面倒を見てきたのは間違いないだろうが、子育ては完璧だったのか？　高校生になれば交友範囲も広がり、親の目が届かない秘密も生まれるだろう。

そう、拓実の目は届いていなかった。詳しく話を聞いてみると、コンビニのオーナーというのは決して優雅な商売ではない。最近は人手不足でバイトの確保も難しく、自ら店に立たねばならない時間も多いというのだ。それも夜中が多いから、その時間は子どもたちはフリーになってしまう。何をしているか、兄弟二人が口裏を合わせてしまえば、親が知る由もない。

「では、陽平君は無実――ということですね」

「他に考えられないでしょう」

その時、先ほど晶と対峙した年配の刑事――名前は木月《きづき》と分かった――が陽平の部屋から出て来た。小さなビニール袋をつまむように持っている。中に白い粉が入っているのが見えた。そのまま陽平のところへ行き「これは？」と厳しい口調で訊ねる。

「いや……」陽平は困っていた。

「見覚えはないか？　君の本棚に隠してあった」

「本棚？　あり得ないです」

「どうして」

「それ、何なんですか」陽平が強い口調で反発する。さきほどまで痛みに苦しんでいた様子を感じさせなかった。

「それは検査してみないと分からないが、覚醒剤に見えるな」

「覚醒剤……」陽平が惚《ほう》けたように言った。「そんなもの……」

「これから尿の簡易検査を行う。その後、君には、取り敢えず近くの署に来てもらおうか。じっくり話を聴きたい」

「ちょっと待って下さい」晶は木月に迫った。「彼は怪我しているんですよ？　退院してきたばかりです。それを署に引っ張っていくのは、乱暴過ぎませんか」

「重大事件の捜査なんでね」

「検査の結果が出てからでいいじゃないですか。所轄での取り調べには耐えられませんよ。そうだよね、陽平君？」

陽平は何も言わなかった。あまりの衝撃に呆然《ぼうぜん》として、否定すらできない様子だった。

木月は強引な手には出ず、まず本部に報告を始めた。取り敢えず相談して、実際に引くかどうかを決めるつもりなのだろう。その間、晶は大急ぎで拓実と話をした。

「弁護士の神岡先生に相談していましたよね？」

「ええ——ああ、そうか、神岡先生に頼めばいいのか」

「私が連絡します」晶はスマートフォンを取り出した。邪魔されずに話せるよう、玄関へ退避する。神岡はすぐに電話に出た。

「これから陽平君の家まで来てもらえますか？」

「どうしました？」突然の要請にも、神岡の声は平静だった。

「今、組織犯罪対策部の刑事が家に来ています。陽平君の部屋から、覚醒剤らしきものが発見されました」晶は事情を説明した。

「彼は逮捕された？」

「まだです。簡易検査で、本当に覚醒剤を使用しているかどうかを調べないと……それに陽平君は怪我していますから、それを理由に――」

「あなたはそこまで心配しなくていい。弁護士じゃないんですから」神岡の口調は冷静――冷たかった。

「だったら、先生が何とかしてくれますか？　陽平君のお父さんからも頼まれています。あのアバルトで飛ばしてくれれば、時間はかからないでしょう？」彼曰《いわ》く、街中では最速の車。

「今日は車じゃないんでね……でも取り敢えず、そちらへ向かいますよ。動きが分かったら連絡を入れて下さい。自宅へ行くのか、どこかの警察署へ行くのか、無駄足にならないようにしたい」

「分かりました」

「今は『お願いします』では？」

「私は依頼人じゃありません」

電話を切り、ゆっくりと首を横に振る。事態は一気に動き始めており、いつ何が起きるかは分からない。神岡に頼り過ぎるのは、晶としては情けない限りだったが、弁護士でなければ対処できない事態も出てくるだろう。

リビングルームに戻ると、陽平が木月に促されてトイレに向かうところだった。薬物に対する尿検査はできるだけ早急に行わねばならないが、トイレの扉を開け放しにしたまま採尿させられるのは、かなりの屈辱だと聞いたことがある。しかし誤魔化しがないよう、監視は必要だ。

晶は強引に、押収したというビニール袋を見せてもらった。綺麗に小分けされた感じ……ビニール袋の中で輝く白い粉は、いかにも覚醒剤に見える。どこにあったか確認すると、本棚の一番上――デスクに近い位置だった。二年生の教科書の間に挟まれる格好で隠してあったという。

おかしい。

この程度の大きさの物――五センチ角ぐらいだ――を隠す時、まず考える場所は机の引き出しだろう。教科書の間に挟むというのは、いかにも不自然そうに思える。誰かが仕組んだのでは、と晶は想像した。しかしそれをどう証明する？

部屋を出ると、陽平がトイレから戻って来たところだった。顔面は蒼白で、額は汗で濡れている。緊張もあるだろうし、肩の痛みを我慢しながら採尿するのも大変だっただろう。

「陽平君、見覚えある？」

「……ないです」

「おい、あんたは勝手に話をしないでくれ」

木月が乱暴に言った。晶はそれを無視して、陽平に語りかけ続けた。

「お父さんの病院に泊まったの、いつからだったっけ」

陽平がスマートフォンを見て、消え入りそうな声で「十六日……」と言った。

「木月さん、陽平君は先週末から病院にいたんです。それに、昨夜襲われて大怪我していますよ」

「だから？」

「しばらく家を空けていたんです。その覚醒剤は、誰かが仕組んだものじゃないですか」

「そんなの、証明しようがないじゃないか」

「防犯カメラ」晶は、キッチンで呆然と突っ立っている拓実に声をかけた。「このマンション、防犯カメラはどうなってますか？」

「ホールと、うちの玄関にも……」

「玄関にも防犯カメラをつけてるんですか？」マンションの公共スペースに防犯カメラがあるのは珍しくないが、個別の家にまであるのは相当用心深い。

「一年ぐらい前に、このマンションに泥棒が入ったんです。うちは被害に遭わなかったけど、オートロックも当てにならないなと思って防犯カメラをつけたんですよ」

「玄関の防犯カメラを確認させて下さい。すぐ見られますか？」

「勝手に仕切るな」木月が詰め寄って来る。

「人の身柄を取るのは大変なことですよ。入念に準備して然るべきじゃないですか」

「もちろん準備している」

「それじゃ準備は足りません。防犯カメラの映像、確認してからにして下さい」

「どれだけ時間がかかると思ってるんだ？　ＳＳＢＣも仕事は詰まってるんだぞ」

「それぐらい、自分で確認して下さい。何だったら私も手伝います」

木月の胸が大きく膨らむ。ゆっくりと鼻から息を吐き、何とか緊張を逃したようだった。晶は木月を睨みつけながら続けた。

「陽平君は鎖骨を亀裂骨折しています。勾留には耐えられませんよ。ご家族もいて、逃亡の心配もありません——そもそも逃亡できないでしょう」

「そんなことはこっちで決める！」木月が爆発した。「どうして支援課がごちゃごちゃ口出ししてくるんだ！　あんた、弁護士じゃないだろうが」

「これも支援業務です」晶は涼しい口調で答えた。「とにかく、上と相談した方がいいんじゃないですか。今、弁護士も来ますし、急いでやるとまずいことになりますよ」

「あんたが弁護士を呼んだのか？」木月が目を剝く。「それは警察の仕事じゃないだろう」

「支援課の仕事がどうあるべきかは、誰にも分かりません。一々考えながらやってます」

「何だよ、それは」呆れたように言って、木月が首を横に振った。

「木月さんも、支援課に来てみれば分かります。いつでも歓迎しますよ」晶は大きな笑顔を浮かべた。声を上げて笑う一歩手前という感じ……木月の顔は、引き攣ったままだった。


結局、陽平の逮捕は見送られた。理由としては、覚醒剤らしきものについて、陽平が「知らない」と強硬に否認したこと、怪我していること、防犯カメラの映像を分析すべきだと組対の上層部が判断したこと――ただし木月たちは、引き上げる際に、陽平に対して「常に連絡が取れるようにしておくように」と警告した。

「街を出るな、か」ドアが閉まって木月たちの顔が見えなくなると、晶はつぶやいた。

「何ですか、それ」香奈江が晶の独り言を聞きつけて質問する。

「アメリカのハードボイルドで定番の台詞。警察に疑われた探偵が、『街を出るな』って警告されるわけ」

「そういう決まりなんですか？」

「さあ」晶は首を捻った。「小説ではよく読むけど、実際にそういう法的な縛りがあるかどうかは分からない」

「晶さん、小説なんか読むんですか？」意外だ、とでも言いたげな口調で香奈江が訊ねた。

「昔のハードボイルドだけ。人生について学びたかったら、ロスマクを読むといいよ」

「誰ですか？」

ロスマク——ロス・マクドナルドについて説明すると長くなる。ハードボイルドの「御三家」と言われるハメット、チャンドラー、マクドナルドの中では、晶はマクドナルドが一番好きなのだ。派手なアクションや絶妙な推理があるわけではなく、カリフォルニアの上流階級に潜む闇を、探偵がひたすら歩き回って暴いていくというのが、シリーズに共通した枠組みだ。あれは単純なミステリとしては語れない、アメリカ現代文学だと思う。自分たち日本の警察官から見ても、学ぶことは多い。

「いいから——誰か来たみたい」またインタフォンが鳴っている。親子は疲れ切っているので、晶は応対するように香奈江に指示した。

インタフォンで話した香奈江がすぐに「弁護士の神岡先生です」と告げた。

「中に入ってもらって」

そう言いながら、晶は今の一言が拓実を傷つけてしまったのではないかと懸念した。せっかく自分の家に帰って来たのに、他人に全てを仕切られているような気分になっているかもしれない。申し訳ないとは思うが、今は非常事態だから仕方がない。

神岡が部屋に上がって来るまでの時間、晶は陽平と話をした。陽平はすっかり疲れ切り、薬が効いてきたせいもあるのか、ぼんやりしている。

「陽平君、誰がこんなことをしたか、心当たり、ある？」

「いや……ええと……鍵が……」

「鍵？　家の鍵？」

「鍵がないんです」

「どういうこと？」薬のせいで記憶が混濁しているのかと思ったが、話を聞いてみると、本当に家の鍵がないという。バイクで出かける時にはあった——鍵は確実にかけた。しかし病院を退院する時には……拓実が割って入ってくる。

「お前、鍵をなくしたのか？」

「いや、分からない」

「もしかしたら、襲われた時に盗《と》られたんじゃないの？」晶は指摘した。

「そう、かもしれないです」陽平は自信なげだった。「早く気づけばよかったけど……病院で、持ち物をチェックしている暇がなかったので」

「それはしょうがないよ」

この話は、陽平に有利に働く可能性がある。バイクに乗っている時に襲われ、鍵が奪われたとなったら、それを使って誰かが家に忍びこんだという筋書きができる――自分でその捜査ができないのは、もどかしかった。組対は、防犯カメラのチェックをきちんとやってくれるだろうか。犯罪の事実を証明するためには刑事は必死に動くが、「やっていない」ことを明らかにするためにむきになる刑事はまずいない。

「それより、誰かに恨みを買っている恐れはない？　お兄さんと、殺された日下さんには本当に因縁があったみたいよ。お兄さんは本当に、半グレグループの創始者だった――日下さんと何かトラブルがあったかもしれない。そういう事情、あなたは知らない？」晶は一気に核心に入った。

「いえ……」

「日下さんの仲間が、あなたに復讐しようとしたとは考えられないかな？」

陽平は無言で頭を垂れてしまった。そのタイミングで、玄関のインタフォンが鳴る。晶は自ら神岡を出迎えた。

「一緒に住みますか？」ドアが開いた瞬間、神岡が言った。「こんなに頻繁に顔を合わせるようじゃ、一緒に住んでる方が手間がない」

「先生は、冗談は下手ですね」

「冗談じゃないとしたら？」

晶は溜息をついた。神岡という人間が、どうしても理解できない。ふざけている可能性が九十九パーセントだが、残り一パーセントは……。

「叩きのめしますから」

「それは怖いな」

真顔で言ってうなずき、神岡が玄関でしゃがみこんだ。紐《ひも》を解かないと脱げない靴……ちゃんとした靴で綺麗に手入れもされているが、こういう靴は弁護士の仕事には不向きではないだろうか。人の家に上がりこむ機会も多いはずで、一々紐を解いたり結んだりしていたら、時間がかかって仕方ないだろう。

「さて……」靴を脱いで廊下に上がりこんだ神岡が両手を叩き合わせた。「ちょっと外してもらえますか。ここから先は、弁護士と依頼人の話になります」

「捜査の状況、聞かなくていいですか」

「それは陽平君から聞きますよ」

「動揺してますよ？　きちんと喋れない可能性が高い」

「だったら、最初だけ」神岡が譲歩してうなずいた。「状況の説明だけして下さい。その後は退出してもらって」

「後で共有してもらえますよね？」

「必要だと思えば――陽平君が同意すれば。でも、あなたたちはあなたたちで、やることがあるんじゃないですか」

それはそうだ。ここに居座って高梨一家の話し相手になるよりも、脇からサポートした方が上手くいくかもしれない。

晶は最初の十分だけ、同席した。家宅捜索の状況、覚醒剤らしきものが出てきた時の状況などを説明し、防犯カメラの分析を続けてもらっているというところまで話した。

「この辺までにして下さい」神岡が退席を要請した。

「ちゃんと連絡して下さいよ」晶は念押しした。

「必要だと思えば」神岡がうなずいた。大人しい仕草だったが、何故か有無を言わさぬ圧があった。

マンションを出ると、すっかり暗くなっていた。晶ははっと思い出して、香奈江に声をかけた。

「ごめん、今日、直帰したいって言ってたよね？　時間、大丈夫？」

「ああ」香奈江が困ったような笑みを浮かべる。「さっきちょっと電話して……今日は延期にしました」

「忘れてた。途中で帰ってもらってもよかったのに」

「無理ですよ」香奈江が目を見開く。「そんなことができる状況じゃなかったでしょう」

「私がフォローする……駄目か。私じゃ頼りにならないよね」

「うーん……それより、晶さん、さっきの弁護士の人と親しそうだったけど、昔からの知り合いなんですか？」

「まさか。今回の一件で知り合ったばかり」

「ふうん」香奈江が面白そうに言った。「そうは見えなかったですね。何だか仲良さそうじゃないですか」

「馬鹿言わないで。一々気に食わない人なんだから」

「……ま、いいですけど」香奈江が背伸びした。「どうします？　弁護士さんとの話が終わるのを待ちますか？」

「それはいい――後で私がお父さんと話すから、今日は解散しよう。秦も約束に間に

しますか。何とかします。修羅場は経験してないこともないですから」

「どうですかねえ」香奈江が寂しそうな表情を浮かべて首を捻った。「まあ、何とかします。修羅場は経験してないこともないですから」

「恋愛のベテラン？」

「違いますよ」

二人は駅の方へ向かって歩き出した。香奈江が元気がない様子なので、夕飯に誘ってみたが、今夜はその気もないようだった。京王線で新宿方向へ向かい、晶は明大前《めいだいまえ》で乗り換え、香奈江はそのまま新宿へ向かう。

「晶さん、無理しないで下さいよ。一応、怪我人なんだから」

「忘れてた」晶は額に触れた。足首や背の痛みはまだ残っているが、額の方は引き攣るような感覚があるぐらいである。しかし、シャワーはどうしようか。

自宅へ戻るのは久しぶりな気がする。一晩空けていただけなのだが……部屋の窓を全開にして空気を入れ替える。先ほどまで外を歩いていたのに、今部屋に吹きこむ風はそれよりずっと冷たく感じられた。冷凍庫を覗いて食材をチェック……作り置きのトマトソース、小分けしておいたブロッコリーが凍りついている。あとは……賞味期限ぎりぎりのソーセージ。これだけあれば何とかなる。

　パスタという気分ではないので、トマトソースをベースに、ブロッコリーと小さく切ったソーセージを入れて、具沢山のスープにした。食パンを二枚、トーストする。本当は生野菜が欲しいところだが、トマトとブロッコリーがあるからよしとしよう。

　料理が終わったところで窓を閉め、一人きりの夕食に取りかかる。こんなことには慣れているし、トマトのスープにソーセージの燻製《くんせい》の香りがいい具合に移って美味いのに、何故か今夜は侘《わび》しくてならない。食べている最中も気になって、何度もスマートフォンをチェックしてしまった。

　神岡からの連絡はない。まだ打ち合わせが続いているのか、それとも晶に電話するのを忘れているのか。こちらからかけようかと思ったが、そうするのも何だか悔しい。

　気にしてもしょうがないだろう。洗い物をしている時にスマートフォンが鳴った――急いで飛びついてしまう自分が情けない。

「状況は厳しいですね」神岡が結論を先に口にした。「あなたは、誰かが部屋に覚醒剤をしこんだと推測している。それを証明するのは相当大変ですよ」

「そうですか……」美羽のメモのことは話していない。これが本当なら、全ての状況に合理的な説明がつくのではないかと思うのだが、そのためには陽平とじっくり話し合う必要がある。ただし、現在の陽平の様子では、それが可能かどうか分からない。

しかし別の可能性がある――真相を知っているもう一人の人物。

「明日以降も、何かあったらすぐに動けるようにしておきます。逮捕するかどうか、目処《めど》はどうなんですか？」

「何とも言えません。こちらもアンテナを張っておきますから、何か動きがあったら連絡しますよ」

「分かりました。ところで、食事は？」

「終えました」

香奈江を帰して、一人で待っていればよかったと一瞬思った。何でそんなことを考えたのか、自分でも分からないのだが。

2

翌朝、晶は支援課に出勤するとすぐに、拓実に電話をかけた。拓実は、昨夜はほとんど寝られなかったと愚痴を零したが、元気がないわけでもない。気が張っているのだろう。

「神岡先生とはつながっていますね？」晶は確認した。

「ええ。熱心でいい弁護士さんですね」

「それは……警察的には何とも言えませんが」逆に神岡の父親・古谷のやる気のなさは何なのだろう、と晶は訝った。親子なのに、こんなに違うものか？　古谷はベテラン過ぎて、個別の事案に熱心に取り組む意欲とスタミナを失っているだけかもしれないが。それだったら責められない。人は誰でも歳をとり、エネルギーが切れてしまう。

「何か動きがあったら、いつでも連絡して下さい」晶は話を締めにかかった。「私たちがあまり張りついているとご迷惑でしょうから、今日はそちらへは行かないつもりですが、連絡はいつしてもらっても構いませんから。二十四時間待機しています」

「何もないことを祈ります」溜息をついて、拓実が電話を切った。彼もこのところ苦労し通しだ、と同情する。長男は逮捕され、自身は脳梗塞で入院、さらに次男は幼馴染みに暴力を振るった末、自分も襲われて大怪我をした。一家揃ってぼろぼろという感じだろう。

電話を終えると、亮子がすぐ脇に立っているのに気づく。まったく気配を感じなかったのだが……忍び寄るのは得意なのかもしれない。

「ちょっといい？」初めて見る、厳しい表情だった。答えを聞かずに、課長室に向かって歩き出す。組対とのトラブルのことだな、と見当はついた。上を通じて正式にクレームが入ったのかもしれない。

課長室に入ってドアを閉める。亮子は自分のデスクについていたので、晶はその前に立ち、「休め」の姿勢を取った。

「昨夜、組対と大騒ぎしたそうじゃない」

「それは向こうの言い分ですか？」

「あなたはどう説明してくれるのかしら」

「正確には、叩きのめす一歩手前、でした」

亮子が盛大に溜息をつく。胸元に垂らしておいた眼鏡をかけ、両手を組み合わせてデスクに置くと晶を凝視する。

「私、スカウトを間違った？」

「さあ」晶としては答えようがない。自分で自分の評価はできないものだ。「課長の狙いは分かってますけど、私は支援業務に関しては素人です」

「そうじゃなくて、あなた、こんなに喧嘩《けんか》っ早《ぱや》い人だった？」

「喧嘩してるつもりはないです」

「見解の相違、という感じじゃなかったでしょう。組対から、非公式にだけど抗議が入ってます」

「だったら、始末書でも書きますか？」

二度目の溜息。自分は課長のストレッサーになっているだろうと晶は意識した。しかし、被害者や加害者の心情を考えずに、捜査の都合を優先させるやり方には納得できない。捜査一課にいた頃の自分も、意識せずにそんな風にしていたかもしれないが。外に出ると、他の刑事の「粗」がどうしても目についてしまう。

「怒ることがあるのは分かるけど、そこは多少抑えて。きちんと支援業務をするためにも、捜査する方とはある程度足並みを揃えた方がいいわよ」

「これは教育です。言わないと分からない人もいるので」

「そういうのは、担当の係に任せておいて」

電話が鳴り出し、亮子は晶に向かって人差し指を立てて見せた。一分待て、か……晶は休めの姿勢を保ったまま、電話が終わるのを待った。通話の内容は分からない。警察官は、電話で仕事の話をする時には、相手が言ったことを復唱するように教育されているのだが——周囲の人間にもすぐ状況が分かるようにするためだ——そういう会話ではないのかもしれない。そもそも今はスピーカーフォンにすれば周りの人間も聞けるのだから、復唱する意味もないのだが。

一分も経たないうちに、亮子が通話を終えた。困り顔——怒りが混じった表情は、少し和らいでいる。

「自宅のドアにつけられた防犯カメラのチェックが終わったそうよ」

「どうでした？」

「二日前に、怪しい人が侵入しているのが映っていた。午前四時頃」

「それは、陽平君が襲われた直後です。陽平君は、自宅の鍵を奪われたかもしれないと言ってました」

「なるほど……その人間が陽平君から鍵を奪って、家に忍びこんで覚醒剤を仕込んだ可能性があるわけね？　あなたはそれを懸念していた？」

「はい」

「だけど、完全には証明できないと思うわよ」亮子が指摘した。「家に入るところ、出てくるところは映っているけど、家の中で何をしていたかまでは分からない。泥棒かもしれないし」

「否定できませんけど、陽平君を襲って鍵を奪った人間が忍びこんで覚醒剤を仕込んだ──そう考えた方が、筋が簡単です。こういう時は、複雑な事情よりも簡単な答えの方が正しいことが多いです」

「オッカムの剃刀《かみそり》」

「はい？」

「仮説は少ない方がいいということ。仮説が複数ある場合、より単純な方の仮説を選択しろ、という意味でもある──確かにあなたの言う通りかもしれない。複雑な仮説は、大抵仮説のための仮説ね。人間はすぐに、物事を複雑にしたがるから」

「なるほど……でも、やったのは素人みたいですね。窃盗犯とかだったら、防犯カメラを警戒して何か対策を取るでしょう」

「そうね」亮子がうなずく。

「——それで、組対は今後どうするつもりですか」

「陽平君に対しての、任意の捜査は進める」

「そう言えば、昨日尿検査をしてましたけど、その結果は？」

「陰性。でも、それが全てじゃないわよ。所持だけでも問題になるんだから……とにかく、捜査は続行されます。ただしそれと並行して、家に忍びこんだ人間の割り出しも進める。そのために、陽平君が襲われた事件を追っている東多摩署とも協力する、という方針ね」

「分かりました」結構です、と言いそうになって、晶は言葉を変えた。結構です、はあまりにも上から目線だろう。「それともう一つ、やりたいことがあるんですが」

「何？」さすがに亮子はうんざりしていた。

「本当は、昨日報告して許可をもらおうと思ってたんですけど……英人君と話がしたいんです」

「冗談でしょう？」亮子が目を見開いた。「それはいくら何でも——所轄の仕事に首を突っこみ過ぎよ」

「分かってます。ただ、陽平君に話を聴く前に、英人君と話をしないといけません」

「どうして」

「陽平君より、英人君の方が落としやすいからです」

「落とす？」

「ちょっと、秦と一緒に報告していいですか」

「そういうことなら、若本係長も呼んで。面倒臭い話になりそうね」

「はい。実際面倒臭いです」

課長室に四人が揃った。支援課の課長室は狭いので、どうしても息苦しい感じになる。晶は最初に、昨日優奈経由で受け取った美羽のメモのコピーを、二人の上司に渡した。これを見ただけでは事情は分からないだろう。晶にとっては、集めた情報の隙間を埋めてくれる大事な存在だったが。説明を終えると、若本が疑わしげに言った。

「この内容は、本当なのか？　信用できる情報なのか？」

「分かりません。分からないから、本人に聞いてみたいんです」

「これが本当だったら、話が全部ひっくり返るぞ」若本が指摘した。「後処理も面倒なことになる」

それは仕方がない――見抜けなかった方に責任があるのだ。いずれにせよ、曖昧にしておくわけにはいかない。

「このままだと、英人君の起訴は難しいんじゃないですか」晶は指摘した。「もしかしたらそれが狙いだったのかもしれません」

「捜査を混乱させるため、か」若本が嫌そうな顔つきになった。「そういうのは、理屈ではあるけど、実際には見かけないな。少なくとも俺は経験していない」

「殺人事件の真相を知るためには、まず高山美羽ともう一度きちんと話をする必要があります。その後で、高梨英人に話を聴きたいんです」晶は若本の不満を無視して言った。「所轄にきちんと説明して捜査してもらう手もありますが、我々がやった方が早いと思います。少なくとも高山美羽に対する事情聴取に関しては、所轄には任せておけません。一から信頼関係を築いている時間はないと思います。私なら、話はできます」

「所轄の仕事を分捕《ぶんど》りじゃないか……」若本の顔が歪む。「後始末が大変だ」

「それは係長、よろしくお願いします」晶はずけずけと言った。「私の仕事は支援業務を進めること。係長の仕事は――」

「後始末かよ」若本が唇を尖《とが》らせる。

「まあまあ」亮子が宥《なだ》めにかかった。「まず高山美羽という子に事情聴取、さらに高梨英人と話をする。そこまでやったら次は高梨陽平――でも、高梨陽平に関しては、所轄に任せるべきね。うちにはそこまでの権限はない」

「今はまだ、陽平君はうちが守るべき人間です」晶は抵抗した。

「今はね」亮子がうなずく。「分かった。取り敢えず、高山美羽に話を聴いて。その内容次第では、高梨英人と話ができるように、私が取り計らいます」

「ありがとうございます」晶は頭を下げた。「じゃあ早速、秦と一緒に——」

「ちょっと待って」亮子が真剣な表情でストップをかける。「秦さんは待機」

「私、そんなに頼りないですか？」香奈江が情けない声を出した。

「違う、違う。あなたは少年事件課出身の人として、今回の一件では重要な情報を探りあててくれた。それは課長として評価します。でも次の段階では、より強力な態勢で臨まないといけないのよ」

「どういうことですか」

「柿谷、今回は村野君と一緒に行って。村野君なら、ややこしい状況になっても何とかしてくれるはずだから」

晶は一人で、庁舎内の喫茶室に行った。昼食後などにここで一休みしている職員がよくいるのだが——何しろ警視庁界隈《かいわい》には喫茶店などがない——午前中のこの時間はほぼ無人だった。コーヒーをもらい、国会議事堂までが見渡せる席に着く。

自分の要求――計画は通った。しかしあくまで条件つきである。これは、亮子が晶の能力を信用していない証拠ではないか？　信用していれば、自分と香奈江に全て任せるはずだ。もちろん、村野は晶よりベテランだし、支援課での経験も積んでいるが、だからといって人から情報を聞き出す能力に長《た》けているという保証はない。

支援課は改組されたばかりで、人数は増えたものの、経験を積んだ人間は限られている。亮子が不安になるのも当然かもしれないが、こういう場合はやってみないと分からないではないか。わざわざスカウト――十年も前に仕組まれたことだ――してきたのだから、ここは自分を信じて任せてくれればいいのに。

「やあ」

声をかけられ、はっと顔を上げると、その村野がいた。思わず顔が強張ってしまい、挨拶もできない。しかし村野は気にする様子もなく、晶の隣の椅子に腰を下ろした。

「課長に言われた。今回は助《すけ》っ人《と》だね」

「必要ないですけどね」晶は反射的に突っ張った。

「俺もそう思う」

「え？」意外な一言に、晶は村野の顔をまじまじと見た。そう思うなら、どうして助っ人を引き受けたのだろう？

「別に、君を信用してないわけじゃない。まだ状況がよく分からないけど、ここまでよく諦めないで粘ってきたと思うよ」

「だったらこの先も、私がやります」

「手柄が欲しいか？」

「それは――」挑発されているのだろうかと疑い、晶は言葉を切った。「仕事で結果を出したくない人はいないでしょう。それが手柄と言われれば……自分で決めるものじゃなくて、人が評価するものですけど」

「一回、その考え、捨ててくれないか」村野があっさり言った。

「どういうことですか？」

何か深い意味があるのかと思って村野の顔を凝視したが、心の内を読ませないような淡々とした表情が浮かんでいるだけだった。

「柿谷は、出世したいか？」

「別に考えてないです」

「考えてもいい――考えた方がいいんだ。女性の管理職がどんどん増えないと、警視庁は世間に取り残されるから。ガラスの天井なんか、ない方がいいよな。そして出世のためには普段の査定も大事――警察では手柄を上げて表彰されるのが一番分かりやすい。そういうポイントが貯《た》まって、試験の時には有利になる。でも支援課では、そい」

「警察官に査定はつきものですよ」

「歴代の課長とその件で話をしたけど、全員悩んでた。支援課の仕事は数値化が難しい」

「分かりますけど、私にそんなこと言われても」晶は怒りよりも戸惑いを感じていた。

「だから、自分の手柄に過大な評価を期待するなってことだよ。捜査部門と違って、俺たちの仕事は長く続く。実際俺は、五年も六年も前に支援業務でサポートした人と、今も連絡を取りあってるんだ」

「マジですか」晶は思わず目を剝いた。捜査一課の刑事も、罪を犯した者と縁が切れないことはある。改心して人生をやり直そうと本気で決めた者には気を遣い、出所後に仕事を紹介することさえある。しかし、支援課でも同じようなことがあるとは思ってもいなかった。ここへ来る前に受けた研修でも、そんな話は出なかった。

「犯罪被害を受けた人やその家族の心の傷、経済的な損失は、いつ埋められるか分からないんだ。一生背負い続ける人もいると思う。そういう人たちが困っていたら、俺たちはいつでも手を貸さないといけない。加害者家族の場合も同じだよ。むしろ加害者家族の方が大変かもしれない。被害者家族は、犯人を恨むことで多少は気持ちを立て直せる。恨みが、前へ進む原動力になるんだ。でも加害者家族は……自分の家族を恨むのは難しい」

晶は唾を呑んだ。そう……何があっても、家族は恨み切れない。兄を恨もうと思ったこともあるが、今の感情はもっと複雑だ。当時の事情をきちんと話して欲しいとは思うが、それがどこまで本気なのか、自分でも分からない。だから、捜し出すこともできるはずなのに兄の行方を捜そうとせず、出さない——出せない手紙を書き続けているだけなのだ。

「柿谷はそもそも、何のために警察官になった？」

「それは——」

そもそも求めていたのは「安定感」だ。父親は個人の貿易商。仕事はいい時も悪い時もあり、晶が幼い頃は生活が安定していなかった。しかも仕事よりも趣味を優先するようなところがあり、晶から見れば社会人としても父親としても失格だった。兄は高校生の頃から格闘技にのめりこみ、大学卒業後に就職はしたものの、総合格闘技のプロとしての活動も始めていた。大怪我の可能性があるのに、自分の夢のために——そういう不安定な家族の姿を見ていたから、せめて自分だけは安定した仕事に就き、母親を安心させてやりたいと思ったのだ。

警察官の採用試験が行われている最中に兄が事件を起こし、晶の将来は大きく捻じ曲がった。当然、試験は不合格、何か別の仕事を探さなければならないと諦めていたところ、わざわざ「試験は受け続けるように」と電話してくれた人がいて、結果的に晶は警察官の採用試験に合格した。

その後は……何となく肩身の狭い思いをしながら仕事をしてきた。兄は警視庁に逮捕されたので、晶の身の上は周りにも知られている。しかし何か言われることもなく――とはいえ晶は、陰口を叩かれているだろうと想像していた。それを跳ね返すためには、必死で仕事をするしかない、仕事で認められることでしか将来は開けないと思っていた。それ故、周囲との衝突も厭《いと》わず必死に走り回ってきた。村野が言うような、ガラスの天井を意識していたわけではない。ただ生き延びるために、必死に仕事をしなければならなかっただけだ。

所轄、そして捜査一課時代はそれでよかった。結果が出ないにしても、同僚や上司は晶の仕事ぶりをよく見てくれていて「たまに暴走するがよくやっている」という評価を下してくれていたはずだ。

だが、支援課では……警視庁が自分を採用した理由が、支援課の業務を拡大するための下準備だったことは、亮子から聞いて理解していた。そんなことを聞いてしまったら、張り切らざるを得ない。自分が軸になって、総合支援課の仕事を軌道に乗せていく――。

「とにかく、自分で何でもできると思っちゃいけない」村野が警告した。「一人でできることには限界があるし、その限界は自分で考えている以上に小さい。だから、周りに頼っていいんだ。警察はチームだから」

「私は、人に頼りません」

「まあ……」村野が苦笑いしながら頭を掻いた。「俺は頼りないかもしれないけど」

「村野さんは今まで、支援課の中心としてやってきたじゃないですか」

「それですり減って、現場を外れた」村野は肩をすくめた。「君はまだ分からないかもしれないけど、ここの仕事は、捜査一課とは別の筋肉を使う。俺の感覚では、捜査一課の仕事よりもきついよ。力業で進められないからな」

「私、力業でやってましたか？」

「それは否定できない」村野が微笑《ほほえ》む。「肩の力を抜けって言われても難しいかもしれないけど、これまで警察官としての常識だと思っていたことを、一度捨ててくれ。点数稼ぎや出世のための仕事にはならない。でも、誰かがやらなくちゃいけないんだ」

「そう……かもしれませんね」

「きついし、自分の得にはならないし、いずれは俺みたいにすり減るかもしれない。でも、この仕事は今の社会にも警察にも、絶対に必要なことなんだ」

「私は……」晶は髪をかき上げ、村野の顔を真っ直ぐ見た。「すり減りませんよ。村野さんよりタフですから」

「だろうな」村野が苦笑した。「そもそも俺は弱い人間だ——それはともかく、事件の詳細を聞かせてくれ。今回は、オン・ザ・ジョブ・トレーニングだ」

やっぱりまだ、研修中扱いされるわけね、と晶は少しむっとした。それも仕方がないだろう。何しろ自分が支援課に来てから、まだ一ヶ月も経っていないのだ。

晶が説明を始めようとした矢先、村野が頬杖をついて突然愚痴をこぼし始めた。

「ここの仕事に終わりはないって言ったけど、一区切りは欲しいよな」

「まあ……キリがないですよね」晶も同意した。

「できれば、近いうちにある程度の決着はつけたいけど」

「何かあるんですか？」

「ゴールデンウィークが近いだろう？　今年は、ちょっと予定を立ててるんだ」

「愛さんと新婚旅行ですか？」

「いやいや、そういうわけじゃない」村野が顔の前で手を振った。「旅行もリハビリみたいなものなんだ。今まで彼女は、手だけで運転できるようにした福祉車両に乗ってたんだけど、普通の車も何とか運転できるようになったんだ。それで、リハビリを兼ねて長距離ドライブに行く」

「村野さん……やっぱり優しいですね」晶は胸の中にぽっと灯りが点《つ》いたように感じた。

「誰にでも優しくありたい――そうじゃないと支援課の仕事はできないと思うけど、どうしても濃淡はついてくるよな。取り敢えず、自分に近い人に優しくすることから始めればいいのかな、と思って……そういう話は、今はいいよ。取り敢えず、今回の件をまとめよう」

晶は気持ちを切り替えて、これまでの経緯、そして自分で考えている事件の真相を説明した。村野は几帳面《きちょうめん》に、時々メモを取りながら聞いている。時折挟みこむ質問も的確――村野が自分の仕事をこなしながら、今回の一件を注視していたのが分かる。実際のところ村野は、総合支援課全体のコントロールタワーとしての役目を負わされているのではないだろうか。現場に出なくても、情報を分析し、方針を決める。階級を飛び越えて、課長のサポート役を務めるのかもしれない。いや、村野の性格から言って、自分からそんなことを言い出すとは思えない。亮子から「内密に」と頼まれている可能性はあるが。

打ち合わせを終えると、村野が腕時計を見た。

「十時半か――どうする？　学校が終わるまで、問題の子には会えないだろう」

「そうですね」狙いは三時半。それまで動けないのが痛い。今は一分でも時間を無駄にしたくないのに。

スマートフォンが鳴る。かけてきたのは香奈江で、声が切羽詰まっている。

「美羽さんが登校していないようです」

「どうして分かった？」

「担任の先生が教えてくれました」

一日ぐらい学校をサボっても、大問題になることはないはずだ。しかし担任は、美羽と陽平の関係や問題について知っている。連絡が取れないとなると、不安になるのは理解できた。

「家にはいない？」

「今確認しました。いません。朝、普通に家を出たようです」

「了解」

隣で電話を聞いていた村野が、にわかに表情を引き締める。

「全員出動だな」

「そんなに大事だと思いますか？」

「大事だと考えておいた方がいい。網は広げるだけ広げて、何もなければ黙って畳めばいいんだから」

3

総合支援課からは、一係、二係が全員出動した。管内に美羽の自宅がある東多摩署にも連絡。捜索が展開していく途中、陽平も家にいないことが判明した。

現地へ向かう覆面パトカーの助手席で、晶はスマートフォンを取り出し、父親の拓実に電話をかけた。緊急事態だと思わせないように、気楽な調子を心がける。

「今日はとっくに出かけましたよ」拓実は戸惑っている。

「まさか、学校に行ったんじゃないですよね？　怪我が――」

「警察です」

「警察？」

「警察でバイクを預かってくれていたでしょう。それを取りに行くと言ってましたよ。怪我してるから、止めたんですが」

鎖骨を怪我していて、バイクの運転などできるものだろうか。バイクの運転は全身運動だから、ただ走らせているだけでも体のあちこちに負荷がかかる。カーブを曲がろうとして、肩の痛みに耐えかねて転倒、という事故も考えられる。

いや、そもそもバイクを引き取りに行くのも、家を出るための方便だったかもしれない。拓実は父親としてはあまりうるさくないタイプのようだが、この状態ではさすがに、家を出てうろつくのは許さないだろう。

「そうですか……昨日の件はどうですか？　警察から何か言ってきましたか？」

「いえ」

本当は、誰かが家に侵入したことは教える必要がある。昨日、あれだけ疑いをかけられていたのだから……それが薄れたとなったら、黙っているのは卑怯《ひきょう》ではないだろうか。もっとも組対の常識は、支援課の常識とは違うかもしれない。

電話を切り、東多摩署に電話を入れる。課長の宮間に確認すると、陽平はまだバイクを引き取りに来ていないという。

「あんた、また何かやってるのか」宮間が疑わし気に言った。

「何もやっていないと、給料泥棒になるんじゃないでしょうか」

宮間は何も言わず、電話を切ってしまった。彼の沸点は結構低い、と晶は頭の中にメモした。日常的なジョークのやり取りでは済まなくなるタイミングは、知っておかなくては。

この覆面パトカーは清水が運転し、助手席には晶が、後部座席には村野と香奈江が乗っている。清水は運転手役を押しつけられて不満そうだったが、文句は言わない。晶は全員に聞こえるように大きな声で報告した。

「陽平君も家にいません。自分のバイクを取りに警察に行くと言っていたようですが、署には顔を出しておらず、連絡もないそうです」

「二人で手に手を取って逃げやがったか」清水が吐き捨てる。「二人とも高校二年だっけ？　高校二年で駆け落ちっていうのは、どうなのかね。生意気じゃないか」

誰も何も言わない。決まり悪くなったのか、清水が咳払いした。晶はちらりと振り向いて村野の顔を見た。村野は自分の手帳を凝視しており、晶の視線に気づいていない。

「村野さん、今の話……」聞いていなかったのかと思い、晶は話を振った。

「ああ」村野が手帳から顔を上げる。「どうするか、だろう？」

「はい」

「君はどうすればいいと思う？」

「立ち寄り先の割り出しと捜索です」

「何の容疑で？　容疑という言葉が悪ければ何の目的で？」

晶は一瞬言葉に詰まった。二人は容疑者ではない――今のところは。しかし陽平が襲われたことなどを勘案すれば、二人が危険な状態に追いこまれている可能性は否定できない。その立場は――晶は「参考人です」と答えた。

「参考人、了解」村野がまた手帳に視線を落とす。「で、どうする？　俺たちだけでやれることには限界があるぞ。支援課には機動力がないから」

「府中中央署にも協力を要請して、捜してもらいます」村野は自分を試しているのだと分かった。どう指示を飛ばすか――リーダー研修のようなものだが、こういうノウハウは知っておいて損はない。「立ち寄り先をリストアップして、課長に交渉をお願いします」

「じゃあ、よろしく」

こうなると、自分と香奈江の仕事だ。二人で陽平が立ち寄りそうな場所をリストアップし、香奈江がそれをメモに落とした。すぐに亮子に電話をかけ、所轄への協力を要請する。

「上手くいきますかね。緊急を要するかどうかは分からないでしょう」亮子と話し終えてから不安になって、晶はつい言ってしまった。

「課長なら大丈夫だよ」村野は平然としていた。「あの人、警視庁内では一、二を争うタフ・ネゴシエーターだから」

「あまり強引には見えないですけどね」

「交渉相手としては、そういう人の方が怖いんだぜ。穏やかに話しているうちに、いつに間にか搦《から》め捕られて、要求を全て呑むことになる」

確かに……自分は課長とよく話す方だと思うが、「いつの間にか搦め捕られて」を何度か経験していた。何となく、達人相手に合気道の試合をしているような気になる。こちらの力は全て、相手の技に利用されてしまう。

清水が、府中中央署の駐車場に覆面パトカーを乗り入れた。陽平の自宅を管轄に持つこの署が、今後の捜索の中心になるだろう。とはいえ、窓口になってくれた副署長に話を聞くと、近くの交番、それに地域課の制服組が動いているだけで、フル回転しているわけではない。まあ、こういう事案で刑事課が動くのは不自然だが……まだ事件ではないのだから。

「さて、支援課でも動き方を考えないと」村野が少し困ったように言った。「全員出動」を言い出したのは村野だが、具体的に何をするかまでは考えていなかったのだと思う。こういうこと——人の捜索に関しては、村野もプロではないということだ。

「ええと」清水が遠慮がちに切り出した。「所轄は、ずっと張りついているわけじゃないでしょう。せいぜい所在を確認するぐらいだ。うちは、立ち寄りそうなポイントで少し待機してればいいんじゃないですか？　学校とか、それぞれの自宅とか」

「そうだな」村野が同意した。

「そのうちふらっと家に帰って来る可能性が高いんじゃないですかね」耳を掻きながら清水が言った。「そうでなければ、もう東京を出てますよ。高校生でも、多少遠くへ行けるぐらいの金は持っているかもしれないし」

清水のやる気がない、というか物事を斜めから見るような態度には本当にむかつく。しかし今は、これを「矯正」している時間もない。

「じゃあ、若本係長に連絡して、現場を割り振るように頼んでくれないか」村野が言った。

若本は別の覆面パトカーに乗って、少し遅れて現場に向かっている。晶は若本に電話をかけ、指示を頼んだ。若本は「お前が指示した方が早いんじゃないか」と言ったのだが、今回は一係、二係が一緒に出動して大所帯になっているから、自分の指示では「重み」がない。その旨じっくり頼んで、晶は電話を切った。

「柿谷はここにいた方がいい」村野がアドバイスした。「地域課に張りついて、情報を収集しろよ。それで、指示のハブになれば、無駄がない」

「私も動きます」

「動かないことが仕事になる時もあるんだぜ」

言い合う暇もないので、村野の指示に従うことにした。地域課長は迷惑そうだったが、ここは図々しく居座ることにした。

とはいえ、頻繁に連絡が入ってくるわけでもない。晶は、二人が既に東京を出ている可能性に傾きかけていた。新幹線にでも乗ってしまえば、今頃は大阪にいてもおかしくない。そうなったら探し出すのはほぼ不可能だが、それほど金を持っていない二人がトラブルに巻きこまれるのが怖い。家族に行方不明者届を出してもらえれば、もう少し手を広げて動けるのだが、この時点で「家出」と判断するのは早いだろう。家族を説得する手間も必要だ。

晶は、自動販売機で買ってきた紙コップのコーヒーを飲みながら、先ほど香奈江と検討したリストに目を通した。何か漏れているような気がしてならない——ふと、本来なら陽平が真っ先に頼りそうな相手の名前がないことに気づいた。ここへ逃げこんでいる？

晶は、安田律の自宅へ電話をかけた。律の父親が出る。

「ああ、この前の刑事さんね」律の父親が、気楽な調子で応答する。自分に対して悪感情は抱いていないようだとほっとしつつ、すぐに用件を切り出した。

「律君、具合はどうですか」

「ああ、お陰様で先日退院しました。若いから、怪我はもう大丈夫ですよ」

「それはよかったです——あの、突然ですけど、そちらに陽平君は行ってませんか？」

「来てるよ。退院したから謝りたいってさ。陽平君も怪我してるみたいだけど、わざわざ来てくれた」

「一人ですか？」当たりだ、と興奮しながら晶は敢えて声を抑えた。

「いや、ガールフレンドが一緒だよ。学校サボってるけど、大丈夫なのかね」

晶は思わず立ち上がり、その勢いでまだコーヒーが入っている紙コップを倒してしまった。地域課員が厳しい視線を向けてきたが、無視する。今は謝っている暇もない。

「その二人が出かけないように、引き止めておいてもらえますか？」

「何ですか、いきなり」晶の大声を聞いて、律の父親は驚いていた。

「その二人に会いたいんです。すぐに行きますから、何とか説得して、家から出さないようにして下さい」

晶は電話を切り、地域課長に捜索をストップするように頼んだ。ついでにパトカーを貸して欲しい――しかし晶が運転するのは拒否された。うちの車だからうちの署員に運転させると、若い制服警官を一人つけてくれた。

すぐに出発する。ここから車だと十分……十五分ぐらいだろう。それぐらいなら、律の父親は何とか二人を監視し、引き止めておいてくれるはずだ。若本に連絡し、張り込み解除を告げる。律の家の近くにいるのは――香奈江と村野のコンビだ。ちょうどいい。香奈江に直接電話して、律の家に向かうように指示する。

何とか無事に見つかった――晶は、居心地が悪いパトカーのシートに背中を預け、一瞬目を閉じた。これから事態は最終局面に向かう。そこで何が起きようが、責任を取るのは自分だ。

律の自宅へは十分で到着した。当然サイレンは鳴らしていない。自宅から少し離れたところで下ろしてもらったが、念のために一緒についてくるように制服警官に頼む。二人いれば、何かあっても対応できるだろう。晶はシンプルな指示を与えた。

「ここに問題の二人がいるから、おかしな動きをしたら取り抑えて」

「大丈夫なんでしょうか」若い警官は不安そうだった。

「男の子の方は、鎖骨を骨折していて体調不十分。女の子の方は小柄だから、あなただったら片手で持ち上げられる」制服警官は身長が百八十センチほどあり、体格もがっしりしている。制服の肩や胸の辺りが窮屈そうなぐらいだった。

酒屋兼自宅は二階建てで、二階部分が住居になっている。店の方に顔を出すと、父親が店番していた。晶を見て、心配そうな表情を浮かべる。

「今、二人はどこにいますか?」

「二階です。律の部屋に」

「上がります」

「どうぞ」

店の奥で靴を脱ぎかけたところで、外で待機していた制服警官が、「待て!」と叫ぶのが聞こえた。

晶は慌てて外へ出て、制服警官を捜した。表にはいない――裏へ回ると、二階に向かって両手を差し伸べているところだった。見ると陽平が、ベランダの手すりに跨ったまま固まっている。逃げようとしたところを見つかり、身動きが取れなくなったのだろう。

「陽平君！」晶は声をかけながら、ベランダの下に駆け寄った。陽平はすぐに気づいたが、表情は強張ったままで、やはり動けない。晶はベランダの真下まで来て、改めて陽平に呼びかけた。

「陽平君、取り敢えずそこから降りようか。逃げる必要ないし、危ないよ」

「俺は――」陽平が声を張り上げたが一瞬のことで、後が続かない。

「ベランダから離れて。危ないから」

「俺は！」また怒鳴ったが、やはり次の言葉が出てこない。

次の瞬間、陽平が一気にベランダの手すりを跨ぎ越し、飛び降りた。体調が万全なら無事に着地できるかもしれないが、陽平は鎖骨骨折の重傷を負っている。飛び降りた時に体勢を崩して、着地に失敗する可能性が高い――一瞬のうちにそこまで考え、晶はダッシュした。それより一歩早く、制服警官が落下地点の真下に向かう。落ちてくる陽平を受け止めるつもりだろうが、一人では無理だ。晶は加勢し、一緒に陽平の体を迎える——思ったよりも勢いがあり、重さに耐えかね、三人はもつれるように転がってしまった。ごつん、と固い音がしたが、誰が被害を受けたのか——自分が頭を打ったのだと気づいた次の瞬間には、晶は意識を失っていた。

気絶していたのは一瞬だった。

意識が戻ると、陽平が目の前でのたうち回っている。制服警官は晶ほどダメージを受けていないようで、すぐに陽平の腕を固めにかかった。関節技が極まった瞬間、陽平が今にも死にそうな悲鳴を上げる。

「待って！」晶は叫んだ。「肩を怪我してる。無理しないで！」

制服警官が立ち上がった。しかし陽平からは離れようとせず、何かあったらすぐに飛びかかれる位置をキープしている。晶は道路に手をついて、何とか立ち上がった。左目が見えない……掌で触れて確認すると、結構な量の血がついてきた。先日の傷が開いてしまったのだろう。しかし、死ぬような怪我ではない。死ぬどころか、これからの動きが阻害されるほどでもないだろう。

「晶さん！」

振り返ると、香奈江が全力疾走してくるところだった。村野が少し遅れて続く——やはり足を引きずっている。事故の後遺症は今でも残っており、あれでは体力勝負の捜査一課で仕事を続けていくのはきつかっただろうと想像できる。晶は額を掌で押さえたまま、香奈江に指示した。

「美羽さんが家の中にいるはずだから、保護して」

香奈江が何も言わず、踵《きびす》を返した。遅れて来た村野が、「ちょっと手をどかして」と静かに言う。

「大丈夫です」

「いいから」

無理に抵抗するのも無意味だと思い、晶は額から手を離した。血が流れ出すのが分かる。村野が近づき、額の傷を覗きこんだ。

「前の傷が開いたんだろう。大したことはない」

「そんなの、見なくても分かりますよ」

「強がり言うな。他に怪我は？」

「無事です」

村野がポケットからタオル地のハンカチを取り出し、晶の額に当てる。晶はすぐに、自分で押さえた。そうすると急に、痛みも引いていく感じがする。出血は、放っておいても止まるだろう。ふと、鼻先に何か花の香りが漂った——ハンカチか。

「村野さん？」

「何だ？」

「洗濯は誰がしてるんですか？　愛さんですか、村野さんですか」

「うるさいな」村野の耳が赤くなった。別に、男性が洗濯するのは恥ずかしいことでも何でもないのだが……気を取り直すためにか、村野が咳払いする。晶の肩を押して、陽平に背を向けさせると、小声で話し出す。

「若本係長には連絡した。ここにあと何人か応援が来る。君はどうしたい？」

「予定通りです。まず美羽さんと話して、彼女のメモの裏を取る。その後で陽平君から事情を聴きます。その間、二人は引き離しておきたいんですが……」

「分かった、何とかする。署に行くか？」

「美羽さんに話を聴くのは、ここでいいです。パトの中でも話せますから」

「陽平君は、署に連れて行った方がいいんじゃないか？　話を聴くなら、家じゃなくて署の方がいい」

村野の提案を検討した。陽平は現段階では容疑者ではない。ぎりぎりまで、穏やかに落ち着いた状態で話をしたかった。しかしそもそも、二階から飛び降りた衝撃で怪我が悪化してしまったのではないか？　となると、病院で事情聴取ということにもなりかねない。あるいは病院側から、面会謝絶を言い渡される恐れもある。

「臨機応変に」

晶の言葉に、村野がニヤリと笑った。臨機応変。支援課のモットーとして、長く語り継がれることになるかもしれない。何だったら、書道の有段者に頼んで揮毫《きごう》してもらい、額装して課長室に掲げてもいい。

「フライング・ボディ・アタックをもろに受けたわけですね」晶の額の傷に絆創膏を貼りながら、香奈江が言った。

「二人がかりで受け止められないんだから、だらしないわね」晶は苦笑いした。実際には、陽平を受け止められるような体勢にもなっていなかったのだが。「傷、どう？」

「絆創膏にちょっと血が滲んでますけど、もう止まってると思いますよ」香奈江が救急箱を片づける。覆面パトカーに必ず載せている救急箱が、今回は役に立った。

「了解。じゃあ、美羽さんを呼んできて」

「本当にパトカーの中でいいんですか？」

「安田さんの家を借りるわけにはいかないし、交番も避けたい。パトカーの中だと緊張するかもしれないけど、できるだけ早く話を聴きたいから」

「じゃあ、行って来ます」

香奈江がパトカーから出る。晶も外へ出て、パトカーのボディに寄りかかって美羽を待った。額は痛む……気をつけないと集中力が薄れてしまいそうだ。

五分後、香奈江が美羽を連れて来た。制服ではなく、ミニスカートにサイズの大きなカーディガンという格好で、体の前でデイパックを抱えている。それにも犬のぬいぐるみがぶら下がっているのに晶は気づいた。もしかしたら彼女の家では、犬を飼っているのかもしれない。犬好きで、グッズも集めているとか。

晶は先に後部座席に滑りこんだ。香奈江がドアを押さえたまま、美羽を誘導する。美羽は躊躇していたが、香奈江が「すぐ終わるからね」と優しく言うと、意を決したように頭を下げ、パトカーに乗りこんだ。香奈江は運転席に陣取る。ここでは正式な調書は取れないが、記録係ということだ。

「昨日、メモをもらったわ。ありがとう」晶はお礼から入った。

「いえ……」

「いろいろあったんだね。あの学校も、中は大変なんだ」

「いろいろな人がいますから」美羽が、何かを諦めたように言った。

「その中でも、特に悪い人が何人かいた。一人は殺された日下健さん。もう一人は高梨英人さん」

「英人さんは――違います！」抗議するように、美羽が声を張り上げる。

「どうして？」晶は何とか穏やかな口調をキープした。

「英人さんは悪い人じゃないです」

「だけど、日下さんを殺したんだよ。事情はともかく、いい人とは言えない」

「だからそれは、メモで……」

「そうだね」晶はバッグから手帳を引き抜き、昨日からずっと持っていたメモを取り出した。「犯人は英人さんじゃない。別にいる。そして事件の責任は日下さんにある――そういうことよね？」

「はい」美羽がうなだれた。両手はむき出しの腿《もも》の間に挟んでいる。「でも……」

「日下さんは、あなたと陽平君がつき合っていることを知っているのに、ちょっかいを出してきた。それは間違いない？」

「嫌だってはっきり言ったんです」美羽がようやく、しっかりした声で言った。「あの人は悪い人だから……日下さんが何をやっているかなんて、生徒は誰でも知ってます」

「半グレグループにいた」晶は指摘した。「その件は、警察でも徹底して調べたのよ。でも、そういう情報は得られなかった。どうしてかな」

「そんなの、私には分かりません」

学校というのは特殊な閉鎖社会だ。しかも今は、生徒同士が水面下でネットでつながっていたりして、人間関係は複雑・重層化している。どんな噂が流れているか、外部の人間には想像もつかない――学校内にいる生徒たちでも把握できていないだろう。その一方で、肝心な問題は誰も知らなかったりする……それは学校だけでなく、一般社会も同じか。

「何があったか、あなたは説明できるよね」晶は迫った。

「言いたくないです」

「言ってもらわないと困る——私は、何が起きたか推測できているつもりだけど、喋りたくない。あなたが自主的に喋ってくれないと、証言の有用性が疑われるから。分かる？」

「誘導尋問、ですか」

「そう」厳しい状況なのに、晶は思わず嬉しくなって笑みを浮かべてしまった。やはり美羽は頭もいいし勘も鋭い。「誘導尋問はしない。あなたから話して欲しいんだ」

「でも……」

「あなたが喋ると、誰かが不幸になる？」

美羽は黙りこんでしまった。そう、たぶん彼女はこの一件の真相を知っている。喋れば全てが終わり——今まで上手く回っていた自分の人生が、一瞬で崩れてしまうと想像しているのだろう。そうかもしれない。彼女自身が罪に問われるかどうかは分からないが。

その時ふと、ずっと頭の中にあった疑問が再浮上した。

「凶器はどうしたのかな」

「凶器？」

「日下さんは、刃物で刺されたことは分かっている。でもその凶器はまだ見つかっていない。もちろん、相当入念に探したんだよ？　それでも見つかっていないということは、誰かがどこかに隠した可能性が高い。美羽さん、あなたは凶器がどこにあるか、知らない？」

美羽が泣き出した。

美羽が落ち着くまで、十分ほどかかった。途中、外で待機していた村野が、渋い表情を浮かべてパトカーに乗りこんでくる。厳しい教育的指導をしようとでもいう様子だったが、結局何も言わず、体を捻って、ミネラルウォーターのペットボトルを美羽に差し出した。

「水、飲んで」静かな声で言うと、美羽がボトルを受け取る。震える手でキャップを捻り取って口をつけた。しかし水は口に入り切らずに零れてしまい、顎と服を濡らす。かなり冷たいはずだが、嫌がる様子もなかった。

村野はさらに、晶に飴《あめ》を手渡した。私に飴を舐めろと？　目線で問いかけると、首を横に振る。「研修の時、寝てたのか？」と呆れたように小声で言った。

指摘され、顔から火が出る思いを味わった。確かに研修の時、「被害者や被害者家族から話を聴く時は、水やお茶などの飲み物、さらに飴など甘いものを用意しておくといい」というアドバイスがあった。その話をしてくれたのは、先輩の梓だった。水分は気持ちを落ち着かせ、糖分は動き回るためのエネルギーを与えてくれる。梓は、朝必ずペットボトルの水かお茶を買って、一日中バッグに入れているという。聞いたことは覚えていたが、水やお茶ぐらいどこでも買えるだろうと思い、実践してはこなかった。しかし実際には、美羽に水を飲ませることさえ忘れていた。

美羽はようやく落ち着いた。晶はしばらく掌の上で飴を転がしていた。黒砂糖の飴か……かなり甘そうだ。どうせならフルーツ味のキャンディか何かがいいのではないだろうか。今の高校生が、古臭い黒砂糖の飴を喜ぶとは思えない。

しかし差し出すと、美羽は素直に受け取った。小さな袋を細い指先で破くと、すぐに口に放りこむ。頬が大きく膨らんだのは、それだけ口が小さいからだろう。飴を舐めながら、車に乗ってから初めてシートに背中を預けた。こうやって見ると本当に小さい……まだ子どもだ。

「私は――」美羽が唐突に口を開いた。「見てました」

「分かった。話して」

美羽が途切れ途切れに語り続ける。晶は必要最低限の質問を挟むだけで、彼女が喋るのに任せた。混乱、緊張、悲しみ――様々な感情に襲われているはずだが、頭のいい子だけに、説明に揺らぎはない。

「勇気を出して話してくれて、ありがとう」美羽の説明が一段落したタイミングで、晶は礼を言った。「これで、罪のない人が一人救われる」

そしてもう一人が地獄に落ちる。それを既に理解しているのか、美羽がまた泣き出した。しかし今度はすぐに落ち着き、「もう一ついいですか」と切り出した。

「どうぞ」

美羽の決定的な一言。これで事件は解決するはずだ。

そして晶の心は、低く沈みこんだ。

事態は動き続けた。この現場まで来た清水が話をまとめ、東多摩署の刑事課に連絡。すぐに美羽の証言の裏を取ることになるだろう。この件では、美羽も厳しく調べられる。しかし今、晶にできることは何もない。支援課としてフォローできるかどうかも微妙なところだ。美羽は一度自宅へ戻ることを許されたものの、香奈江が監視役としてずっとつき添うことになった。所轄から呼び出されたら、そのまま同行する。

陽平は念のために病院に搬送された。肩が自由に動かない状態で、二階のベランダから飛び降りたのだから、無事でいられるとは思えない。晶たちも、完全にはクッシヨンにならなかったのだ。何もベランダから飛び降りて逃げようとしなくても……しかし陽平には、逃げる理由があった。

警察的には、追う理由ができた。

病院には清水と、所轄の刑事課からも人が向かっている。必要な相手はこれで押さえた、ということだ。

後は陽平の事情聴取——晶はそこまで自分でやり通すつもりでいた。

「病院へ移動するか？」現場に残っていた村野が切り出した。

「当然です」

「タクシーを使おうか。俺の方で精算しておくから」

「そうですね……今の私の取り調べ、何点でした？」

「だから、支援課の仕事には点数をつけにくいから」村野が苦笑いする。「捜査一課の刑事としては九十点以上つけられるけど、俺たちの仕事は取り調べじゃない。これはあくまで、支援業務のためだ」

「村野さん……私たちは、誰を支援しているんですか？」

答えはない。村野でさえ答えられないことがあるのだ。

4

陽平は、昨日まで入院していた病院へまた運びこまれた。晶と村野が到着した時には既に診察と治療は終わっており、病室で休んでいた。病室の前のベンチで待機していた清水と合流して、すぐに様子を聞く。

「新しい怪我はないそうだ」清水が淡々とした口調で報告する。「ただ、痛み止めを注射されたから、まともに事情聴取ができるかどうかは分からないけどな。しばらくぼんやりしてるんじゃないか」

「やります」晶は宣言した。「時間が経てば、意識は鮮明になるはずです」

晶は病室のドアを引いた。先ほどの失敗が身に染みて、今回は病院のコンビニエンスストアで、スポーツドリンクのペットボトルとチョコレートを買ってきている。陽平はかなり疲弊しているはずで、すぐにエネルギーになる甘いものが必要だろう。

陽平はベッドに横たわっているものの、寝てはいなかった。逃げ出そうとした時に着ていた白いシャツ姿のまま――襟のところが赤茶色に汚れているのが分かった。新しい怪我はないと言っていたから、もしかしたら自分の血がついたのかもしれない、と晶は思った。だとしたら申し訳ない限りだが……いや、自業自得だ。

晶は丸椅子を引いて座った。陽平がゆっくりとこちらを向く。次の瞬間には、ベッドに肘をついて上半身を起こそうとした。晶は急いで立ち上がり、「無理しないで」と言いながら彼の肩を押さえた。しかしちょうど鎖骨が折れた部分に触ってしまったようで、陽平がうめき声を上げて体を丸める。

「ごめん――大丈夫？」

「大丈夫――です」

大丈夫そうではなかったが、陽平は強がって、何とか上半身を起こした。晶は椅子を少し動かして、できるだけ彼と正面から向き合えるポジションを取った。振り返り、村野に向かってうなずく。村野が素早くうなずき返して――ゴーサイン。

「今、美羽ちゃんと話してきた」

陽平がびくりと身を震わせる。このまま一気に攻めてもよかったが、ここは少し場の空気を緩めることにした。

「何で律君の家に行ったの？」

「退院するって聞いたから、謝りにいこうと思って……」

「このタイミングで？」

陽平が無言でうなずいた。それだけで表情が歪む。鎖骨の亀裂骨折は、かなりの負担になっているようだし、痛み止めもあまり効いていないのではないか。

「幼馴染みだから、確かに謝っておきたいよね。彼とは仲直りできた？」

「はい」

「よかった」晶は笑みを浮かべてみせた。これが彼をリラックスさせられるかどうかは分からないが……昔から「笑顔が魅力的だ」と言われたことはないし。「でも、一つ分からないことがある。教えてくれる？」

「いや……」

軽い拒絶。しかし晶はそれを無視して訊ねた。

「どうして美羽ちゃんと一緒に行ったの？　彼女も律君のことは知ってる？」

「会わせたことはある……ありますけど」

「わざわざ学校をサボらせてまで、今日会いに行く必要、あった？　あなたは骨折しているから休みでもおかしくないけど、美羽ちゃんは関係ないでしょう」

「それは……別に……」

「律君にも話を聴いた」

途端に陽平の顔が蒼褪める。それを見て晶はすぐに謝った。

「ごめん、怒らないで欲しいんだけど、知りたいことがあったら、警察は誰が相手でも話を聴くから。今回もその必要があったから、律君と話をしただけ。要するに、幼馴染みにお別れをしに行ったんでしょう？」

晶の指摘に、陽平が完全に黙りこむ。拳を口に押し当て、必死で言い訳を考えている様子だった。しかし、苦しそう――陽平は基本的に、嘘をつくのが嫌いなのかもしれない。頭はいいのだから、晶を煙《けむ》に巻くぐらいの言い訳は考えつくはずだが、それをよしとしないのだろう。あるいは、既についた嘘で苦しんでいる。

「私たちがもう少し遅れていたら、あなたたちは無事に東京を脱出していたかもしれないわね。でも、どこへ行くつもりだったの？　どこかへ逃げるお金はあったの？」

「バイト代とか……結構貯めてたんで」

「お父さんのコンビニで働いて稼いだお金だよね？」

「はい」

「一緒に逃げることを、美羽ちゃんは了解してくれたの？　二人で逃げられるぐらいのお金があるの？」

「それは……」陽平が唇を嚙む。今は既に冷静になっているから、自分たちの計画にかなり無理があったことを悟っているだろう。頼れる相手――しかも大人がいない限り、二人の逃避行が長く続くはずはない。移動にも宿泊にも金がかかるし、高校生二人がうろうろしていたら目を引く。どこへ逃げてもすぐに怪しまれて、連れ戻されることになったはずだ。仮に陽平のバイクが原付ではなく、二人乗りできる大きな排気量のものだったら、多少は遠くへ行けたかもしれないが。

「美羽ちゃんは了解してくれたの？」晶は質問を繰り返した。

「それは、これから説得して……」

「美羽ちゃん、受けてくれたと思う？　彼女には彼女の生活があるんだよ。学校はどうするつもりだったの？」

「そんなの、働いて……」

「無理」晶は断言した。皮肉で言っているのではなく、実際に無理だと思う。昭和の若者なら、今とはまったく違うバイタリティで新しい暮らしを切り拓《ひら》いたかもしれないが、令和の若者はそこまで肝も据わっていないし、苦労する覚悟もないだろう。

「美羽ちゃんは、受けないと思う」

「美羽に何か聴いたんですか」陽平が探りを入れてきた。

「聴いてない」晶は首を横に振った。「でも、話していたら分かる。あなたたち、上手くいってた？」

「そんなの、自分では分かりません」

「殺された日下健君――あの人、美羽ちゃんにちょっかいを出していたみたいね。ちょっかいよりも悪質だったかもしれない」

「あいつは――」陽平が一瞬声を張り上げた。しかしまた痛みが走ったようで、肩を押さえて上体を丸める。

「急がないで」晶は忠告してから、まだスポーツドリンクを渡していなかったことを思い出した。肩が痛いとキャップを開けるのもきついだろうと、捻り取ってから手渡す。「飲んで」

陽平はしばらく躊躇っていたが、結局ボトルを受け取った。口をつけて、スポーツドリンクを一口飲んだが、それで喉の渇きを強く意識したのか、続いてボトルを傾けるようにして、三分の一ほど飲んでしまう。口をボトルから離すとほっと息を吐き、痛みを体内に押しこめようとでもするつもりか、きつく目をつぶった。

「陽平君、お兄さんが起こしたと言われる事件の真相を知りたいの。私たちは、加害者家族もフォローするけど、間違った加害者家族を担当するわけにはいかない——今、私が『起こしたと言われる』って言ったの、気づいた?」

陽平が疑《うたぐ》り深げな表情を浮かべてうなずく。それを見て晶は続けた。

「どういう意味かは分かるよね? 確定した事実じゃないっていうこと。私は、この事件の真相は別のところにあると思っている。それを知っているのは陽平君、あなただよね。それと美羽ちゃん」

「美羽《うめ》は関係ない!」陽平が思い切り声を張り上げる。それがまた怪我に響いたようで、呻きながら自分の胸を抱きしめるように背中を丸めた。

「無理しないで」無理させているのは自分だと意識しながら、晶は言った。

陽平がゆっくりと背中を伸ばす。静かに深呼吸しながら、落ち着こうと努力しているようだった。しかし握り締めた拳は小刻みに震え、目は潤んでいる。

「陽平君、美羽ちゃんだけでも助けようよ。大事な人なんでしょう？」

「美羽は関係ない……」繰り返したが、先ほどと違って声に力がない。

「美羽ちゃんは、今回の件に偶然巻きこまれただけだと思う。でも、偶然でも犯罪に関わってしまえば、責任は取らなくてはいけない。その際ポイントになるのが、情状酌量ということ。情状酌量、分かる？」

「事情を汲んで、罪を軽くすること」

言葉の定義がすっと出てくるので感心してしまった。高校生の頃の自分は、こんなに知識もなかったし鋭くもなかった。

「さすがだね」褒めたが、反応はない。晶は「脱線しないように」と自分を戒めて続けた。「……とにかく、私が聴いた限りでは、美羽ちゃんの責任は限定的だと思う。でもそれをはっきりさせるためには、陽平君の証言が必要なの。美羽ちゃんを酷《ひど》い目に遭わせないためにも、陽平君、きちんと証言して」

半分脅しになっていることは意識していた。相手に喋らせるために捜査一課では当たり前のテクニックだが、ここは気をつけないと……晶は一つ、深呼吸した。

「日下君のこと、教えてもらえる？」

陽平の肩がぴくりと動いた。次の瞬間には顔を伏せてしまう。二度と喋らないと無言で宣言するように、唇を引き結んでいるのが見える。しかしこちらは絶対に、あの口を開かせないといけない。

「日下君は、美羽ちゃんにちょっかいを出してきた。美羽ちゃんに、陽平君というボーイフレンドがいるのは知っていて……陽平君にすれば、相当鬱陶しいことだったよね。鬱陶しいというか、許せなかった」

「美羽は嫌がっていたんです」

「そんな気はないのにしつこく言い寄ってきたら、ストーカーだよね」晶は話を合わせた。「美羽ちゃんは、本気で嫌がっていたんでしょう？　だけど、どうしてそんなに日下君を嫌がったのかな。嫌う理由は？」

「それは……」陽平が素早く唇を舐めた。

「多摩中央高校は進学校で、不良行為をするような生徒はいないと私は思っていた。でも、どんなに優秀な人が集まっている場所でも、一定の割合で悪い人は出てくる」

「そんなこと……」

「官僚とか政治家とか、超一流企業とか、世間的に見れば頭のいいスーパーエリートの集まりの中にも、悪いことをする人はいる。ニュースを見ていれば分かるよね？」

所轄時代の先輩が、「悪の一定数」という持論を展開していたのを思い出す。晶が言った通りで、どんな集団にも一定の割合で悪い人間はいる――その集団の平均的な知能指数や学歴によって差はあれど、ゼロになることは絶対にない。だからどんな国でもどんな時代でも警察が必要なのだ、と。この原則は、学校にも当てはまるだろう。入学試験を突破するのが大変な高レベルの進学校でも、学校生活を送っているうちに悪の道に足を踏み入れてしまう子はいるはずだ。特に東京は、何かと誘惑の多い街である。晶が生まれ育った横浜でも、途中で真っ当な道を踏み外してしまう子はいた。そういう子の末路は――陽平を前にしている今は、そんなことは考えたくないが。

「日下君も、そういう一人だったんじゃない？　彼に関する情報は、警察ではあまり摑めなかった。それは、彼が学校内の人とのつき合いを避けてたからじゃない？　それよりも、外部の人間とのつき合いが大事だった――彼は半グレグループで、ドラッグの売買にかかわっていた可能性がある」

陽平がのろのろと顔を上げる。今にも涙がこぼれそうだった。

「水分補給して」

自分の意思を失ってしまったように、陽平が言われるままペットボトルを口に運ぶ。チョコレートも用意してきているのだが、それは勧めない方がいいだろう。とても食べるような雰囲気ではない。少しスポーツドリンクを飲むと、陽平の顔に血の気が戻った。

「まだ話せる？ 大丈夫だよね？」

陽平が力なくうなずいた。逃げられないことは分かっているはずだ。後はどう話すか——話し方によって自分が背負う罪の重さが決まってくる、とでも考えているのだろう。それは確かにその通りだが、その前に事実関係を把握しないとどうしようもない。陽平がきちんと話すかどうかが最大の壁だ。

「日下君が半グレグループに入っていて、違法行為に手を出している——そういうことは、学校の中でも噂になっていたんじゃない？」晶はさらに突っこんだ。「そんな人が美羽ちゃんに目をつけてきた。あなたとしては絶対に許せないことだよね？」

「あいつは——」

何か言いかけ、陽平が口をつぐむ。罵詈雑言を呑みこんだのでは、と晶は想像した。だとしたら陽平はまだ冷静だ。それがいいことかどうか……我を忘れるほど怒れば、つい本音が口をついて出てくることもある。しかしここは何とか、冷静に話したい。そうすれば必ず、真相が明らかになる。

「あなたは美羽ちゃんを守ろうとした。そのために日下君と話して、きちんとけりをつけようとした。それで、四月四日の深夜——もう五日だったわね、その時間に日下君を呼び出した。場所は調布市染地の多摩川河川敷。学校の近くだよね。そこに日下君を呼び出したのは、何か意味があるの？」

「……あいつの家が近いから」

説明の筋は通っている。うなずき、晶は続けた。

「同じ学校の生徒だからと言って、電話番号やメアドを知ってるとは限らないよね？　SNSのダイレクトメッセージでも使った？」

「電話番号は……知ってた」陽平が認めた。

「どこで知ったの？　どういうきっかけで？」晶は少し前のめりになって訊ねたが、陽平は顔を引き攣らせて引いている。押し引きのタイミングが難しい……子どもの扱いに慣れている香奈江に任せた方がよかったかも、と晶は弱気に考えた。どうも私は、強面《こわもて》の人間を相手にしている時の方が上手くいく感じがする。まだ捜査一課時代の癖が抜けていない感じだ。

肩を叩かれて振り返ると、村野が廊下の方に向けて顎をしゃくって見せた。まだ始まったばかりだが、ちょっとブレークか……晶は立ち上がり、廊下のベンチで腕組みして居眠りしている清水に声をかけた。

「清水さん」

清水が何も言わず、ゆっくりと顔を上げて再起動した。晶は歩み寄り、小声で「ちょっと監視をお願いできますか」と頼んだ。

「何だよ、人を雑用係に使うなよ」

「監視は雑用ではないでしょう」

「お前は一々理屈っぽいんだよ」

そう言いながら清水が立ち上がり、病室に入って行った。入れ替わりに村野が出て来る。ドアを閉める直前、首を捻って病室の中を見た。

二人は無言で、病室から離れた。引き戸は自動的に閉まるが、少しでも話を聞かれたくない。ナースステーションの前まで移動し、揃ってベンチに腰かける。

「村野さん、慎重ですね」

「何が？」

「最後まで病室を監視してたでしょう」

「いいバッターっていうのは、ボールを見送るまで視線を切らないんだ。超一流のバッターになると、キャッチャーミットに収まるまでボールを見てる。デレク・ジーターがそういう選手だった」

「はい？」

「いや、いい」村野が咳払いした。「気にしないでくれ……もう一歩だな」

「ええ。日下との関係は認めているも同然です。でも、ここから先は難しい。決め手がないんですよね――ちょっと待って下さい」

バッグに入れたスマートフォンが振動し、メッセージの着信を告げる。確認して、晶は「次の一手」につながる材料を得た。村野にメッセージを見せると、「これで七割まで攻められるかもしれない」と言ってうなずいた。

「そうですね。陽平君が美羽ちゃんを大事に思っているのは間違いないですから」晶は村野よりも楽観視していた。七割ではなく八割まで可能性を高められるのではないか？

「残り三割をどうするか、だな」村野が顎を撫でた。「君、何を考えてる？」

「何をって、何がですか？」

「この事件の全体像」

「それは……」晶は一瞬目を閉じて、考えをまとめた。複雑そうに見えるが、実は単純な構図ではないかと思えてくる。できるだけゆっくりと説明した。

「概《おおむ》ね賛成だ」村野が認める。「誘導尋問はしたくないけど、その推理に沿って話すことはできる。それで向こうが納得して全部話すかどうかは……賭けだな」

「最後のパーツは……」

「ああ」村野がうなずく。「君が考えている通りだ。美羽ちゃん――それと、もう一つのパーツを出してみよう。それで駄目なら、ゼロからやり直しだけどな」

「やりましょう」晶は膝を一つ叩いて立ち上がった。そこでふと気になり、バッグから村野のハンカチを取り出す。

「これ、洗って返します。血は取れるかどうか分からないけど」

「気にするなよ」

「それより村野さん、いいんですか？　結構遅くなっちゃいましたけど」壁の時計を見ながら晶は指摘した。

「今日はしょうがないよ」

「愛さんには連絡したんですか？」

「人の家の事情に、そんなに首を突っこむなって」村野が嫌そうな表情を浮かべる。

「でも、食事の準備とか――愛さんの面倒をみないとまずいんでしょう？」

村野が真剣な顔つきになって、口の前で人差し指を立てる。

「もしも君が彼女と会うことがあっても、絶対にそんなこと言うなよ」

「はい？」

「俺が殺される」

ああ、何だか……晶は思わず表情が緩むのを感じた。村野と愛の凄《すさ》まじい人生については、晶も色々な人から聞いて知っている。しかし今の会話を聞いた限りでは、単に村野が尻に敷かれている新婚夫婦にしか思えない。

村野が一瞬で真顔に戻った。

「とにかく、戦闘再開だ。今日中に終わらせるぞ」

「一気呵成《いっきかせい》、も支援課のモットーに入れますか？」

「そこは臨機応変で」にやりと笑い、村野が立ち上がる。歩き出した姿は――やはり足を引きずっているが、妙な力強さがあった。振り返って「行くぞ」と晶に声をかける。晶も自分に気合いを入れて、彼の後に続いた。


先ほどまでの陽平は、まだ鎮痛剤の影響下にあったのではないかと思う。少し休憩を取ってから事情聴取を再開すると、口調が少しだけ滑らかになっていた。ペットボトルのスポーツドリンクは、既に三分の一ほどに減っている。

「チョコレート、食べる？」晶は箱から一粒取って差し出した。

「ああ……はい」

一瞬戸惑ったものの、陽平は受け取った。丁寧に包装紙を剝き、口に入れると、目を閉じたままゆっくりと味わった。

「悪い知らせ――あなたにとっては悪い知らせがあります」晶は敢えて丁寧な口調で言った。途端に、陽平の眉間に皺が寄る。自分は冷静なままでいないと、と自分に言い聞かせて晶は続けた。「美羽ちゃんの家――彼女の部屋から刃物が見つかりました。丁寧に紙で包んで、さらにガムテープでぐるぐる巻きにしてあった。刃渡り二十センチぐらいの大型ナイフ——覚えはない？」

「いや——」

「これから鑑定しないといけないけど、美羽ちゃんは捨てるに捨てられず、取り敢えず部屋の中に隠しておいた——そういうことじゃないかな」

「俺は……」陽平が唇を噛んでうつむいた。

「あなたが言わないと、美羽ちゃんに厳しく話を聴くことになる」香奈江からの報告だと、既に美羽に対する所轄の事情聴取は始まっている。今まで見つかっていなかった日下殺しの凶器——少し想像すれば、東多摩署はそこに辿り着いてもおかしくない。美羽には、証拠隠滅の容疑がかかる。

「美羽は何もしていない！」

「じゃあ、どうして美羽ちゃんの部屋に刃物があったのかな。説明してくれる？」

陽平がまた黙りこむ。表情は暗く、どうすれば誰も傷つかないで済むか、真剣に考えている様子だった。しかし「逃げ」の答えはない。本当のことを話して、後は情状酌量を狙うしかないのだ。

「美羽ちゃんを助けたいなら、話して。あなたなら、刃物について説明できるわよね」

「……俺のです」

「その刃物は何に使ったのかな？　そして、どうして美羽ちゃんが持ってるんだろう？　きちんと説明してくれる？」晶はさらに迫った。

「俺が……俺が殺した」

「日下君を？」

「あいつはクソ野郎だ！　ガン細胞なんだ！　あんな奴、死んで当然だ！」陽平が一気にまくしたてる。息を切らし、肩で息をしながら必死に晶を睨んだ。

「死んでいい人間は一人もいない」陽平の怒りが、逆に晶を冷静にさせた。「日下君がどれだけクソ野郎かは、後でゆっくり聴く。でも今は、事実関係だけを話して。あの夜、いったい何があったのか。そしてどうしてあなたが日下君を殺したのか」

「俺は――」

「言えない？」晶は強い目線を陽平に突き刺した。「あなたが喋ると、お兄さんがまずいことになるとか？」

「それは――」

「お兄さんがこれ以上まずい状況に陥ることはない。それは保証する」

しかし、代わりに誰かがまずい状況に陥る。人が一人死んでいるのだから、ただで済むはずがない。ふと冷静になると、自分が置かれた立場が分からなくなってくる。

支援課の仕事は、被害者や加害者家族をサポートすることだ。捜査する部署ではない。しかし図らずも自分は、この事件の真相に迫りつつある。

これが支援課の仕事として正しいかどうか、分からなくなってくる。「臨機応変」と言って済む問題なのだろうか。

5

陽平に対する事情聴取が終わると、晶たちは今後の態勢を整えた。陽平はまだ逮捕されていないが、すぐに自宅へ帰すわけにはいかない。一度逃亡を図った人間は、失敗してもまたチャレンジしようとするものだ。病院に留めておくのが一番安全だという判断になり、晶はその交渉を行なった。病室は空いているからそのまま泊まってもいい——制服の警官が交代で監視しても問題ない、と話はまとまった。廊下でチェックしていれば安全だろう。病室は七階にあるから、窓からは絶対に逃げられない。

拓実には連絡して、軽い嘘をついた。事件のことは隠しておいて、怪我の具合を診るのに念のため今晩だけ入院する——拓実はすぐに病院へ行くと言ったのだが、晶はやんわりと押しとどめた。退院したばかりなんだから、無理しないで下さい。病院もきちんと面倒を見てくれます——。

嘘をつくのにさほど抵抗感を抱かなかったことに、晶は軽いショックを覚えた。こうやって「仕事のため」と言い訳しながら嘘をつき続けていくと、いつか本当のことが言えない人間になってしまうかもしれない。

病院での仕事を終えると、午後七時半。明日は朝一番から英人と勝負、ということになるのだろうか？　しかし自分には、そんなことをする権利がない。この件については村野にもいいアイディアはなく、二人で頭を抱えることになった。

「村野さんだったら、もっと強引にやってくれると思いました」晶はつい愚痴を零した。

「支援担当だったら、やってたかもしれない。でも今の俺は総務係――一歩引いた立場だから」村野の言葉は歯切れが悪い。

「お腹減ってるから、頭が働かないんじゃない？」

呑気な台詞が聞こえて周囲を見回すと、亮子が一人でこちらに歩いて来るところだった。

「課長……」相変わらずフットワークが軽い人だと半分呆れながら、晶は言った。

「一段落した？」

「ここでの作業は終わりました」

「じゃあ、取り敢えずご飯にしましょう。村野君、帰らなくて大丈夫？」

「今日は平気です」苦笑しながら村野が言った。「つき合いますよ」

「ここは中央線と京王線の中間地点ね……二人は、帰るのにどっちが便利？」

「どちらでも」村野が軽い調子で言って肩をすくめる。「どうせ新宿に出ますし」

「私もどっちでも構わないです」晶も同調した。正確には、京王線で明大前で乗り換えた方が早いと思うが、吉祥寺からなら井の頭線一本で帰れる。

「私もどっちでもいいけど——たまにはハンバーガーでもどう？　つつじヶ丘《おか》に美味しいお店があるわよ」

二人とも問題なし。夜にハンバーガーはいかにも体に悪そうだが、今夜はたっぷりエネルギーを充電しておく必要があると、晶は自分を納得させた。

タクシーでつつじヶ丘まで出て、亮子お勧めのハンバーガー屋に入る。マンションの一階に入っているこぢんまりとした店で、店内はアメリカ西海岸をイメージさせるウッディなインテリアで統一されていた。時間が遅いせいか、店内には他に客はいない。それぞれハンバーガーを注文し、晶は先に出てきたコーラを飲んで一息ついた。少しだけ元気になった感じがする。自分にも糖分が不足していたのだと実感した。

「二人ともお疲れ様。村野君は、関係ない仕事で申し訳なかったわね」

「仕事を振ったのは課長ですよ」村野が指摘した。「正直に言えば、歴代の課長で一番指示がきついです」

「それは褒め言葉よね？」

亮子がニコリと笑う。どうも、本気で褒められたと思っている節がある。この人の感覚は人と少しずれているようだ、と晶は思った。

「報告は聞いたけど、問題は明日以降ね」

「ええ」晶はうなずいた。「陽平君から聞いた話は、まだ所轄に上げていません」

「それで、できればあなたが直接英人君から話を聴きたい――そうでしょう？」

「はい」晶は認めた。

「本当は、支援課の仕事じゃないのよ。これは殺人事件の捜査になるでしょう？　支援課には、容疑者を取り調べる権利はない」

「分かってます」

「でも、今夜調べたことを所轄に報告して、それから改めて取り調べとなると、時間がかかるわね」亮子が顎を撫でた。「こういうのは一気に進めないと、事件が冷めてしまう」

「鉄は熱いうちに打て、ですね」村野が話を合わせた。

「今ここにいるのは、全員捜査一課の経験者なのよね」亮子が指摘する。「だから、捜査を急ぐことの重要性はよく分かっている。正直、相手が高校生――未成年じゃなかったら、この時間からでも取り調べを再開しているところね。でもさすがに、それはできない。だったら明日の朝一番で勝負。話は通しておくわ」

「でも……」さすがに晶もすぐには乗れない。モットーは臨機応変——しかし今回はやり過ぎではないだろうか。捜査の本道に突っこんでいくことになる。

「あれ？　あなたらしくないわね」亮子が面白そうに言った。

「私のこと、何だと思ってるんですか？」

「猪突猛進《ちよとつもうしん》」

村野が唐突に声を上げて笑った。晶が眉をひそめて見ると、彼は面白そうに続けた。

「何だか、四字熟語のクイズをやってるみたいだ。猪突猛進とか、臨機応変とか」

「そうね」亮子も笑う。しかしそれは一瞬で、すぐに真顔になった。「今回の件は、被害者と加害者の関係が複雑に入り組んでいた。所轄に任せると、フォローのことなんか絶対に考えない——考える余裕なんかなかったと思う。結果を急ぎ過ぎて、誰かが傷つくことだけは避けたいわ。そのためには、私たちがもう一踏ん張りしないといけない。特にあなた」

「私に、悪人になれということですか」晶は渋い表情を浮かべて確認した。

「嫌われる勇気、ある？」

「そもそも嫌われてますけど」

「いや、そこまで自虐的にならなくても」村野が心配そうに言った。

「自覚は大事です」

何だか険悪な雰囲気になってきた。そこでハンバーガーが運ばれてきて、一時休戦──晶は空腹を強く意識した。人間、腹が減っていると堪え性がなくなるものだ。

村野は店の名前を冠した、シンプルなハンバーガー。晶と亮子はベーコンチーズバーガーを頼んでいた。ベーコンの両端がバンズからはみ出して垂れ下がっており、ボリューム満点だ。村野のハンバーガーはシンプルな分、夕飯としては物足りない感じもする。

「村野さん、それで足ります？」

「太らないようにしないといけないんだ」

「健康診断で引っかかったんですか？」

「いや」村野が一瞬顔をしかめる。「体重が増えると、膝に負担がかかるから。リハビリ的にもよくない」

「すみません」ここは謝るところだ、と思わず頭を下げてしまった。

「いや、別にいいんだけど。それこそ健康診断で引っかかったり、病気になったりして食事制限をしている人はいくらでもいる。そういう人たちと同じだよ」

こういうことを軽く話せる村野は強いと思う。支援課の仕事ですり減ってしまったとは言っても、やはりタフだ。

亮子お勧めのハンバーガーは美味かった。バンズは少し硬めで食べ応えがあり、ひき肉ではなく肉を叩いて作ったらしいパテは肉々しい。味つけは控えめだが、ベーコンの塩気がいいアクセントになっている。チーズも有効。レタスとトマトも入って、栄養バランスもいい感じだ。これで、つけ合わせのフレンチフライを食べなければ、ハンバーガーは健康的な完全食と言っていいかもしれない。

ゆっくり食べると、腹は膨れた。フレンチフライは半分ほど残す。かなりの誘惑だったが、健康のことも考えねばならない。

「周りの人は何か言うかもしれないけど、ここはあなたが踏ん張って。どこかが文句を言うようなら、私が引き受けるから」亮子が宣言した。

「それでは大変だと思います」

「それが管理職の仕事よ。ここの課長になった時から、状況によっては集中砲火を浴びることも覚悟しているから」

「分かりました」晶も覚悟を決めた。となると、もう少しエネルギーを補給しておきたい。テーブルに置かれたメニューを取り上げ、即座に追加メニューを決めた。「追加でチョコレートサンデー、頼んでいいですか？」

「いいけど、お腹は大丈夫？」

「今日は思い切り糖分を取っておこうと思って……お二人もどうですか？」

「冗談じゃないわ」亮子が苦笑した。「私たちをあなたのペースに巻きこまないで」

翌朝六時、晶は軽い胃もたれとともに目覚めた。ハンバーガーはともかく、チョコレートサンデーはやり過ぎだった。おそらくあのチョコレートサンデーは、ざるそば一枚分――あるいはそれ以上のカロリーがあった。昨日の夕食だけで、成人男性に必要な一日分のカロリー摂取量をオーバーしてしまったかもしれない。

とはいえ、今日は忙しくなる。食事をしている暇もないかもしれないから、何か腹に入れておかなくてはならない。薄い食パンをトーストして、スクランブルエッグを作り、パンに直接載せてしまう。普段はこれにケチャップかマヨネーズを絞るのだが、今日は塩と胡椒《こしょう》だけにした。そして野菜ジュース。食べている間にコーヒーマシンで用意しておいたエスプレッソを二口で飲んで、戦闘準備は完了した。

午前八時前、東多摩署着。ちょうど当直と日勤が交代する時間で署内がごった返す中、晶は真っ直ぐ刑事課に向かった。宮間は自席の前で、ちょうどスーツの上着を脱いでいるところだった。上着を椅子の背に引っかけると、すぐにワイシャツの袖をまくる。毛深い腕が剝き出しになる――この姿にも、いつの間にか慣れてしまった。

「聞いてる」晶が課長席の前で「休め」の姿勢を取ると、宮間が嫌そうな表情で言った。

「ご面倒をおかけしますが、昨夜急遽《きゅうきょ》入ってきた情報ですので」

「病室で無理な取り調べをして、な」宮間がきつい口調で言った。

「取り調べではなく事情聴取です」晶はきっちり訂正した。「刃物の件は、東多摩署で把握しましたよね？　美羽ちゃんのこれからの取り調べはどうするんですか？」

「もちろん続行だ。今日もこれから話を聴く」

「まさか、逮捕する気じゃないでしょうね？」

「それは状況次第だ」

「美羽ちゃんはデリケートな子です。無理な取り調べは避けて下さい」

「それをあんたに指示される謂《いわ》れはない」むっとした口調で宮間が言った。「こっちからも一つ、条件を出させてもらう。うちの人間が立ち会う」

「構いません――当然です」

「無理したら、すぐに中止させるからな。そもそもあんたは今、取り調べができる立場じゃないんだ」

宮間の怒りはなかなか鎮まらなかったが、晶は余計なことを言わずに受け流した。ここで時間を食っていたら……即断即決、とまた四字熟語が頭に浮かぶ。

「では、一ヶ所にだけ連絡したら、すぐに始めます」

「好きにしてくれ。取調室は、そこの一番だ」晶の方を見もしないで、宮間が取調室の並ぶ刑事課の一角を指さした。

晶は廊下に出て、神岡に電話をかけた。この段階で、警察から弁護士に話す義務はないのだが、これまでの流れがある。それに陽平にとって、今日は運命が変わる日になるかもしれない。本当に弁護人も必要になるだろう。

「あなたは本当に、いつも変な時間に電話してきますね」神岡が溜息をついた。「まだ朝の八時ですよ」

「この時間には、日本人の五割はもう仕事してると思います」晶は反論した。

「そんな統計は聞いたことがないですけど……どうかしましたか？」

「どうかしたんです」晶は昨夜からの事情を説明した。ただし、陽平に容疑がかかるかどうかについては曖昧にする。この時点で話すのはまだ早過ぎると思った。

「つまり、私は待機しておいた方がいいということですね」

「ええ。動きがあったらすぐに連絡します」

マッチポンプのようなものか、と晶は思った。自分で取り調べて自供を引き出し、弁護士にも連絡する——妙な感じがしたが、いつも同じペースで仕事が進むわけではない。まさに臨機応変だ。周りの人がそれに合わせてくれるとは限らないが。

弁護人として神岡も確保した。今日の支援課の動きは……この署には香奈江が来てくれている。清水は陽平の自宅へ行って拓実と話している。若本は本部に残って、情報のハブとして待機中。他に、東多摩署の刑事課もフル回転しているはずだ。陽平の監視、昨日見つかったナイフの鑑定、さらに美羽への事情聴取。

今日で何人かの人生が変わる。

晶は、宮間に指示された一番の取調室に入った。すぐにドアが開き、入ってきたのは真佳だった。

「こっちのサポートに入ってくれる？」少しほっとしながら晶は確認した。

「ええ。今までも、このマル被の取り調べには同席したことがあります」

「少年事件だから、だね」

「はい」真佳は不安そうだった。「話は大体聞きましたけど、大丈夫なんですか？本当だったら、全部ひっくり返ってしまいますよ」

「そうなるね」晶はうなずいた。

「そうなったら、一からやり直しですか……」真佳の表情は暗い。「しかも、今までの捜査は間違っていたことになりますよね？　後始末、大変じゃないですか」

「それは私たちが心配することじゃないから。とにかく今は、この取り調べに集中して。基本は私が話を聴くけど、何かおかしいと思ったら、すぐに口を挟んでくれていいから」

「分かりました。それで――」

そこでドアが激しくノックされた。こちらが返事をする間もなくドアが開き、留置担当の警官が英人を連れて来た。

英人はすっかり疲れ切った様子だった。晶は、直接会うのは初めてだが、陽平にあまり似ていない、という感想を抱いた。陽平より少し背が高く、痩せ型。頰はこけている——これは留置場での生活が長くなっているからかもしれない。自由に食べたり動いたりできない上に、精神的な重圧で体重はどんどん削られていく。

英人が怪訝そうな目で晶を見た。しかし留置担当の警官にうながされ、すぐに晶の向かいに着席する。手錠と腰縄が外されると、英人が遠慮した様子で肩をぐるりと回した。

長袖のTシャツにジーンズという格好で、足元はサンダル。前髪がかかって目が隠れそうになっているが、これは身柄を拘束されている間に伸びたのだろう。髭も薄らと生えている。目は落ち窪み、爪が汚く伸びていた。潔癖性の人間だったら、自分の現状に耐えられないだろう。体力も精神力も使い果たし、疲れ切った様子だった。

「警視庁総合支援課の柿谷です」晶は頭を下げ、丁寧に挨拶した。「今日は特別な取り調べになるので、担当を交代しました」

支援課の仕事について説明——それは省いた。今は必要ないだろう。晶はいきなり、英人が一番衝撃を受けそうな話題を持ち出した。

「昨日、陽平君と話をしました。彼は自供しました。あなたは陽平君の代わりに逮捕されたんですね？　身代わりとして」

英人は完全に固まった。

英人が再起動するまで、五分ほどかかった。晶はその間何も言わず、彼が事情を理解し、覚悟を決めるのを期待し続けた。全てを話す気になってくれるか？　あるいはまだ逃げられると思って、必死で言い訳を考えている？　疲れた顔を見ているだけでは、何とも判断できなかった。

「今の件、了解してくれた？」結局晶の方で話を続ける。「陽平君が日下君殺しを自供した。これは分かるわね？」

「あいつが……」英人が聞こえるか聞こえないかぐらいの声で言った。しかし勢いよく顔を上げると急に声を張り上げ、「あいつがそんなことを言うわけがない！」と叫んだ。

「やるわけがない、じゃなくて言うわけがない？」晶は細かい引っかかりに突っこんだ。「言わない約束になっていたの？」

「それは……」

英人がうつむく。その仕草と表情が陽平とよく似ていることに、晶は気づいた。やはり仲のいい兄弟なのだろう。男二人の兄弟の場合、特別な絆《きずな》があるのではないだろうか。兄妹《きょうだい》だった晶には、その辺が感覚的に理解できない。

晶は淡々と説明を始めた。

「まず、事実関係をいくつか話します。あなたが日下健君を襲ったと供述した現場からは、凶器は見つかっていません。何を使ったんですか？」

「ナイフ……」目を合わせようとしないまま、英人が言った。

「そのナイフはどうしましたか？」

「さあ」

「捨てた？　捨てたとしたらどこに？　警察は、相当の人員を割いて捜索したけど、見つからなかった」

「知りません」英人の曖昧な供述は、逮捕当時から変わっていなかった。

「見つけました」

英人がはっと顔を上げる。混乱しているが、事実関係は理解できたようだった。

「どうして捨てなかったのかな」晶は両手を組み合わせた。「現場は私も見たけど、多摩川のすぐ近くでしょう。男性の力で投げれば、相当遠くまで捨てられる。川の中に沈んでしまえば、発見するのは実際的に不可能。それをわざわざ――どうしてナイフが美羽さんの部屋で見つかったと思う？」

英人が唇を嚙む。唇が一気に白くなった。もう少し力を入れたら、血が滲み出るかもしれない。

「この話は置いておきます」晶は次々と話を変える作戦に出た。多少相手を混乱させて、その中で供述を引き出す狙いだ。話がどこへ転がっていくかと想像しているうちに、つい本音を漏らしてしまうことはある。「昨夜、陽平君から話を聴きました。日下健君を殺したのはあなたではなく陽平君——間違いないですね」

「違う！」

「だったら誰が殺したのかな。あなた？　でもあなたは、逮捕された直後から、ほとんど何も喋っていない。どうして？　当たり前か……やってないんだから、喋れることがないよね」

「陽平は関係ない！」

「だったら、あなたがどんな風に日下君を殺したのか、最初から最後まできちんと説明して。まず、どうやって日下君を呼び出したか……あなたのスマートフォン、それに自宅の電話の通話記録には、日下君と話した記録が残っていなかった。だったら誰が日下君を呼び出したの？」

英人が両手を組み合わせた。両手の指が折れそうなほどきつく握りしめ、唇は震えている。晶はストップしないで攻め続けた。

「そもそもの始まりは、陽平君がつき合っていた美羽さんに対して、日下君がちょっかいを出してきたことです。だけど美羽さんはそれを嫌がった。彼女の証言では、ストーカーのようなものだったと……それがエスカレートして、美羽さんは日下君に乱暴された」

英人の喉仏が上下した。この話も当然知っているのだろう。

「美羽さんは家族にも警察にも相談しないで、陽平君に泣きついた。かっとなった陽平君は、日下君を多摩川の河川敷に呼び出して謝らせようとしたけど、すぐに決裂した。頭に血が昇った陽平君は日下君を刺し殺してしまった。そしてそのナイフは、美羽さんが持ち帰った。凶器のナイフが現場で発見されなかった理由はそれです。どうして陽平君でなく美羽さんがナイフを持ち帰ったかは分からないけど、いずれはっきりすると思う。美羽さんも取り調べを受けている。彼女の方で、どこまで黙っていられるかは分からない」

最初に相談してくれていれば、と思う。被害者支援業務の案件で一番多いのが、女性への性犯罪と交通事故である。しかし実際には、警察に駆けこめずに泣き寝入りする女性は少なくない。美羽もその一人だったのだ。

「それで……陽平は……」答えを求めるように英人が口を開く。

「あなたが説明してくれる？」

「いや……」

「だったら私が話す。もちろん、まだ推測の段階で、穴が埋まっていないことも多いから、間違いがあったら訂正して」一度言葉を切って、英人の様子を確認する。怯えている——自分が真相に近づきつつあると晶は確信した。「あなたは日下君を殺したことだけを認めて、その方法も動機も一切喋らなかった。私たちは、あなたが半グレグループで活動していた事実を摑めなかった。だから最初は、あなたが適当なことを言っているのではないかと思っていた。でもその後、たまたま覚醒剤の所持容疑で逮捕した人間の口から、あなたと日下君の名前が出た。中学であなたの二年先輩だった、前島京平。知ってるわね？」

呆然とした表情を浮かべて、英人がうなずく。やはり彼にとって致命的な情報なのだと確信した。

「あなたは実際に、半グレグループを組織した。中学時代の友だちや先輩、後輩に声をかけて、大規模なドラッグの売買組織を作ろうとしていた。どうしてそんなことをしたのかな」

「金——金のために決まってるじゃないですか」突然開き直ったように英人が言った。「うちは金がないんだ。ずっと生活は苦しくて、親父も苦労しっぱなしだった。俺は大学に行くつもりだし、陽平も……でも今のままだとそれは難しい。四年間大学に通っただけで一生借金に苦しめられるなんて、馬鹿馬鹿しい」

「大学進学のために、薬物の取り引きに手を出そうとした？　あなたが？　多摩中央高校の生徒が？」

半グレグループが多摩中央高校に巣食っていた――冗談にしか思えないが、英人が認めてしまった以上は信じるしかない。

「よく人を集められたわね」

「うちの中学は、荒れてたんです」英人が打ち明けた。「中学の頃から警察のお世話になってた奴もいたし、そこまでじゃなくてもいろいろ……周りは悪い奴らばかりでした」

「でも、あなたは違ったでしょう」少なくとも現段階では、英人に非行事実は一切ない。しかし中学の時の環境が悪かったら……ベースはあったのかもしれない。過去とのつながりが、彼の人生を捻じ曲げてしまったのか。

「そういう人間ばかりいたら、自分は悪いことをしなくても、悪いことは知ってしまう。中学の時にもう、半グレグループに入っていた奴らもいました」

「中学生が薬物を扱っていたとか？」晶は目を剝いた。そういうことがあるというのは、話としては知っていたが、直接聴くと衝撃は大きい。

「そういうこともありました。そういう連中は馬鹿だから、絶対にどこかで失敗する。でも、俺にはできる」

「もしかしたら、司令塔になろうとしたの？　自分は手を出さないけど、人を使って金を集める――そういうことをやろうとした？」

英人が一瞬間を置いてから素早くうなずく。そういう組織を作り上げたことを自慢するでもなく、後悔するでもなく、過去の出来事を淡々と振り返っているようだった。

「そういうの、大変じゃない？　人を集めて指示を飛ばすなんて、簡単にできることじゃない」

「儲かる話をすれば、寄ってくる人間はいくらでもいる。一人悪い奴を摑まえれば、そいつが別の人間を連れてくる――そういうことは、スマホ一台あればできるから」

彼らはそういう世代なのだ、と晶は納得した。しかし彼のスマートフォンからは、怪しい情報は一つも出てきていない。もしかしたら既に買い替えてしまい、現在のスマートフォンからは何もサルベージできなかったのかもしれない。その辺がこの話の肝になる、と晶は気を引き締めた。

「でもあなたは、実際には半グレグループで悪いことをしていたわけではない。どういうこと？　作るだけ作って抜けたの？」

「抜けた――抜けさせられた」

「誰に?」

「……陽平」

「陽平君があなたを止めたのね?」この話は、昨夜の陽平の証言と一致する。「馬鹿なことをするなって」

「金が欲しいなら、俺もバイトするからって……馬鹿なことをしたら死んだお袋が悲しむって……」

英人がうつむく。肩が小刻みに震えていた。しかし晶は話を止めず、一気に突っ走った。

「あなたは陽平君の頼みを受け入れた」

「頭をぶん殴られたような感じでした。自分がどれだけ悪いことをしようとしていたか、あいつが教えてくれたんです。それで『俺は抜ける』と」

「そんなに簡単に抜けられるものなの?」

「別に決まりはないですから。やりたい人間がやって、抜けたい人間は抜ける」

「あなたが作ったグループでしょう? 創始者のあなたが抜けた後も、誰かがコントロールして組織は動いていた。誰が——」そこまで言って、晶はピンときた。「日下君、か」

英人がうなずき、「あいつです」と認めた。

「彼とは、学校ではまったくつき合いがなかったんだよね？」

「ないです。別の人間が連れてきただけで……頭はいいから、俺がやろうとしていたことをすぐに理解して、いろいろ始めたんでしょう」

「なるほど」晶もうなずいた。「あなたがいなくなって、半グレグループのリーダーを日下君が引き継いだ、ということね。あなたはその後、グループとはまったく無関係に過ごしていた？　日下君たちにすれば、秘密を知る人間でしょう？　不安になって、ちょっかいを出してきてもおかしくないけど」

そこではっと気づいた。陽平を襲ったのも、日下の関係者ではないか？　日下は殺されてしまったが、半グレグループに関する情報漏れを恐れて、あるいは復讐のために陽平の口を塞ごうとした人間がいてもおかしくない。そのために陽平を襲撃して家の鍵を奪い、覚醒剤をしこんだ——単純に殺すよりも、その方がダメージが大きいと判断したのだろう。暴力団と違って組織がしっかりしていない分、犯人にたどり着くのは難しいかもしれない。今は、防犯カメラに記録された映像だけが頼りだ。

「入るのも出るのも勝手……仲間のことを喋らなければ、何をやってもいい——それだけがルールみたいなものです」

「だからあなたは、日下君たちと切れた。彼らが何をしていたかは、知っていた？」

「噂では」英人が認めた。「あいつらと一緒にいなくてよかったと思います。俺が想像していたよりもひどいことになっていた。中学生にも覚醒剤を売っていたみたいだし……俺は、そんなことまでやるつもりはなかった。金のあるサラリーマンなんかを相手にすればいいと思っていた」

「前島京平は、覚醒剤を所持していて逮捕された。その人が、あなたと日下君の名前を出したのよ」

「ああ」英人が呆《ほう》けたように言った。「確かに俺が、あの人をグループに引っ張りました」

「あなたはグループとはもう関係なくなっていた——でも、日下君が美羽ちゃんにちょっかいを出してきて、また関わることになってしまった」

「俺は……」英人がぼそぼそと打ち明け始めた。「陽平には恩があります。おかしな方向に行きそうになっていたのを引き戻してくれたから……だから美羽ちゃんのことで、陽平に借りを返したいと思った。日下を呼び出したのは、俺です」

「陽平君は、自分が呼び出したと言ってたわよ」

「違います。俺です」

「どうやって？　あなたのスマホには通話記録が残っていなかった」

「うちのコンビニの前に、まだ公衆電話があるの、知ってます？」

晶はコンビニの様子を思い浮かべた。確かに……今や街角からほとんど消えてしまった公衆電話が設置されていた。

「それまでも、直接話さないといけないような時には、公衆電話を使ってました。証拠が残らないから」

「なるほど……公衆電話を使って呼び出した、と。それで、あの河川敷で日下君と会ったわけね」

「陽平に手を出すな——美羽ちゃんにかかわるなと忠告したんです。でもあいつは笑ってるだけで、こっちの言うことをまったく聞かなかった。余計なことを言うと、俺が半グレグループにかかわっていたことをバラすって言い始めて……俺はその件は、一生隠しておくつもりだったのに。そこへ陽平と美羽ちゃんが来て」

「刺したのは——陽平君だね？」晶はこの事件の一番の核心に踏みこんだ。「あなたと日下君が揉み合っているのを見て、危ないと思った。それで、念のためにと持ってきていたナイフで日下君を刺してしまった」

「冗談じゃないって……あいつのために日下と決着をつけるつもりだったのに、陽平が余計なことをして……」

「余計なことだったかな」晶は疑義を呈した。「陽平君は、あなたが危ないと思って助けに入ったんだよ」

「でも、まさか刺すなんて……」英人が唇を嚙む。

「大変なことになって、あなたは、陽平君を助けようとした。それで、自分が代わりに罪を背負って、わざと警察に捕まった。日下君の血を服につけて、現場近くでフラフラして……警察は、まんまとそれに引っかかった。確かに状況的には、あなたがやったと判断してもおかしくなかった。あなたが喋らない、それに凶器が見つからなかったのは、警察にとっては誤算だったけどね。もしかしたらあなたは、このまま黙って逃げ切るつもりだった？　警察がきちんと立件できなければ、自分は釈放されるし、陽平君に疑いが及ぶこともない——それで二人とも助かると思った？」

英人は何も言わない。しかし間違いなく、自分の失敗を嚙み締めていた。

「英人君、陽平君はもう喋ったんだよ。あなたが庇う意味はなくなった。きちんと話して、家に帰ろう」しかしこのまま英人が責任を問われない、ということはない。警察に嘘をつき、捜査を妨害したのだから、厳密に言えば公務執行妨害、そして犯人隠避になる。しかも殺人という重大な事件の捜査を妨害したわけだから、責任は小さくない。

道を踏み外しかけた兄弟の庇い合い——誰が被害者で誰が加害者なのか、晶には分からなくなっていた。しかし、一つ分かった——想像できたことがある。陽平は、英人のことをほとんど話さなかった。それが不自然に思えたのだが、話せば余計なことまで口走ってしまうのではと恐れて、口をつぐんでいたのではないだろうか。

晶の仕事は終わった。英人が偽装工作を認めたので、後は所轄に引き継ぐ。殺人事件の捜査はやり直しになるので、特捜本部ができるかもしれない。

全てが終わると、どうしても気になることが出てくる。

英人の弁護人になっていた弁護士の古谷。彼は英人と何度も会って話を聞いていたはずだ。警察に言わないことでも、弁護士には語っていた可能性がある。それで真相を隠していたとしたら……。

数日後、晶は仕事でばたつく合間を縫って古谷と面会した。英人の供述について問い合わせてみたのだが、古谷の答えは「守秘義務があるので何も言えない」。その一点張りで、まったく話が前に進まなかった。

焦《じ》れた晶は、つい神岡の話を持ち出してしまった。

「神岡琢磨さん——あなたの息子さんですよね？　今回の一件で一緒に仕事をしました」

「それはそれは」古谷が目を細める。「私には関係ないですが」

「苗字が違いますよね。何かあったんですか？」

「柿谷さん……家族の事情はそれぞれです。仕事ならともかく、そうでないなら余計なことには首を突っこまない方がいい」

目の前でシャッターが下ろされた。

6

ゴールデンウィークが明けた直後の土曜日。高梨家の人たちに対する支援活動は続いており、晶は連休中にも何度か出勤して仕事をこなしていたので、この土日は必ず休むようにと亮子から厳命を受けていた。そして結局この日、神岡とドライブすることになってしまった。これはデートではない、と呪文のように唱えて、何とか自分を納得させる。いろいろあって、自分の方が負債が大きいから、ここで少しは返しておきたい。そのために、神岡を自分のMGに乗せてドライブするだけなのだ。実際彼は、「今度あなたの車でドライブに行きましょう」と言っていたのだし。

待ち合わせは午前七時。晶が普段、休みの日にツーリングに出かける時刻である。この時間を指定したら断ってくるだろうと思ったが、神岡はあっさり話に乗ってきた。分かりやすい場所ということで、東急三軒茶屋《とうきゅうさんげんぢゃや》駅前で落ち合う。茶沢通りから左折して国道二四六号線に出たところ——ここに長く停車するのはまずいのだが、晶が七時ちょうどに車を停めた時には、神岡は既に歩道で立って待っていた。晶のMGを見ると目を見開く。多少不快感を味わわせようと、トップを下ろしてきたのだ。しかしそれも無意味……神岡は防風・防寒のために、季節外れのウィンドブレーカーをしっかり着こんできている。彼の私服を見るのは初めてだったが、想像と違ってイマイチ野暮ったい。ジーンズにスニーカー、それに合わせているのが、アディダスのウィンドブレーカーなのだ。高校の後輩の応援に来た部活のOB、という感じがしないでもない。まあ、別にデートじゃないんだから……晶も黒いジーンズにトッズのドライビングシューズ、長袖Tシャツにデニムジャケットという色気ゼロの格好である。しかも髪を抑えるためにキャップまで被ってきた。

「やっぱり、なかなかすごい車だ」乗りこむなり、神岡が言った。「それで、どこへ行きますか」

「アクアラインで千葉まで。朝ごはんが美味しい店があるから紹介します」

「いいですね。片道一時間ぐらい？」

「そんなものでしょう」

「腹減ったなあ……」呑気に言って、神岡が後頭部で手を組んだ。「朝飯はちゃんと食べないとねえ」

何を言っているのか——晶はアクセルを踏みこんで、二四六号線の車の流れに乗った。ここから首都高へ入るのはなかなか難しいのだが、土曜のこの時間だと車が少ないので、ノーストレスだった。

首都高からアクアラインのドライブは、目をつぶっていてもこなせるぐらい慣れたコースだ。しかしこの車に他人を乗せることはほとんどないから、注意しないと……運転には、普段よりずっと気を遣った。しかし、トップを下ろしてきたのは正解だった。容赦なく風が吹きこむので、まともに話もできない。逆に言えば、何を話したらいいのか分からなかった。車の話？　無難だが、たぶんそれほど長くは続けられない。

一時間もしないうちに、海沿いにある行きつけの店に到着した。車を降りると、神岡が思い切り背伸びして、ついでという感じであくびもした。

「ちょっと驚きましたね」

「何がですか？」

「あなたはもっと飛ばすのかと思っていた」

「警察官ですよ？　スピード違反はご法度です」

二人は店に落ち着き――今日最初の客だった――晶がいつも頼むモーニングセットを注文した。最初に量たっぷりのコーヒーがきたので、それで胃を温める。神岡はリラックスした様子で、長い足を組んでコーヒーを楽しんでいた。

晶は、差し障りない範囲で事件のことを話した。神岡は流れのままに陽平の弁護人になっているので、事情は詳しく分かっているはずだが、初めて耳にする話のように、真剣な表情で聞いている。

「この件は難しくなると思います。弁護士としてはやりがいがある案件ですけどね」

「本当に何も知らなかったんですか？　陽平君は、実は先生には本当のことを話していたとか」

「それはありません。陽平君は、一切本当のことを言わなかった。話を聞き出せなかったのは、私の力不足でしたね」

「警察も――私も同じです。言い訳はしません」

「そうですね、言い訳するだけ時間の無駄です」神岡がうなずく。

「今、陽平君は何を喋ってますか」

「おっと――それは言えません」神岡が唇の前で人差し指を立てた。「弁護士の守秘義務があります」

「先生のお父さんも、何も言ってくれませんでした」

それまで穏やかな笑みを浮かべていた神岡が、表情を一変させた。怒っているのではない――心を無にしたような表情だ。

「お父さんに怒られました。家族の事情はそれぞれだ、と。確かにそうですよね。私が口を出すことじゃない――」

「クソみたいな親父なんですよ」神岡が唐突に乱暴な口調で打ち明けた。「私が小学校五年生の時に、家を出て行った。一方的に……原因は女性問題でした」

「離婚したんですか？」晶は小声で訊ねた。

「何年か後に、正式に。そして別居中も離婚後も、家にろくに金を入れなかったようです。本当は慰謝料や養育費をたっぷり分捕るべきだったんだけど、刑事弁護士というのは金がないもので」神岡が肩をすくめる。「それは、自分が弁護士になってよく分かりました」

「それで、お父さんを今でも……」

「ええ」神岡があっさり認めた。「もちろん憎んでいます。合法的に殺すチャンスがあったら、ぜひそうしたい」

「今時、離婚は珍しくないですよ」彼の反応は大袈裟、かつ過敏な気がした。

「母親が自殺しました」

この打ち明け話に、晶は口を閉ざさざるを得なかった。まさか自分と同じような事情があったとは……晶は自分からは訊ねず、神岡が喋るに任せる。

「お袋も頑張ったんですよ。金もろくにもらえない中で、仕事を掛け持ちして私を大学に入れてくれた。私が大学に入ったのがきっかけで、緊張の糸が切れてしまったんだと思います。五月……でした。もうすぐ命日です」

「それぐらいでいいですよ」晶は話を止めた。神岡の表情は平静だが、心の中では嵐が吹いているかもしれない。それが外に噴き出した時、止める手段は晶にはない。

「そうですか……」神岡がゆっくりと息を吐いた。「とにかくそういうことがあったので、英人君の気持ちも分からないではない。楽に金儲けできる手段があればと、何度も考えましたよ」

「悪い誘いはなかったんですか」

「ありました」神岡が認めた。「何とか踏みとどまりましたけどね」

「弁護士になるつもりだったから？　そういう人が逮捕されたりしたら、洒落にならないですよね」

「ええ」

「どうして弁護士になったんですか？　憎んでいるお父さんと同じ仕事じゃないですか」

「さあ」神岡が肩をすくめる。「何ででしょうね。自分でもよく分からない。見返してやりたい、みたいな気持ちもあったかもしれませんね。同じ仕事をすれば、どっちが上か、証明できるんじゃないか……そんなこともないか」

「弁護士の仕事は、数値化での評価が難しいですよね」晶はうなずく。支援課の仕事と同じか……。

「家の事情はそれぞれです。私もそうだし、あなたも——」

「その件については、話しません。でも、先生は知ってますよね？　美羽ちゃんに話した時、あなたも一緒にいた」

神岡は何も言わなかった。弁護士の調査能力は警察にも劣らないから、さらに調べて詳しい経緯を割り出したかもしれない。

「この辺でやめますか」神岡が休戦協定を申し入れた。

「――そうですね」

ちょうど料理が運ばれてきて、神岡の表情が一気に明るくなった。たっぷりのスクランブルエッグ、太いソーセージにベーコン、ポテトは……これもジャーマンポテトと言うのだろうか。アメリカの朝食でよく出てくる、じゃがいもと玉ねぎやピーマンを炒め合わせたもの。晶が知っているジャーマンポテトとは毛色が違う。主食に晶はパンケーキ、神岡はトーストを頼んでいた。

「喫茶店の朝食が好きなんですけど」神岡が打ち明ける。「残念ながらどこも、量が少なくて不満なんです」

「この朝食を毎日食べていたら、一年で十キロぐらい太りそうですけどね」

「これが食べられるなら、昼飯抜きでバランスを取ってもいいな」

言って、神岡が朝食の攻略に取りかかった。トーストには既にバターが染みこんでいるので、たっぷりのブルーベリージャムを塗り、スクランブルエッグを載せて頬張る。ああ、この前私も同じようにした……と晶はつい微笑んでしまった。

「何か？」晶の顔を見た神岡が、疑わし気に訊ねる。

「何でもないです」

「陽平君を襲った人間についてはどうなんですか」神岡が話題を変えた。

「殺された日下君の仲間が復讐しようとして彼を襲い、部屋に覚醒剤を仕込んだ——それが一番筋が通るんですけど、今のところ具体的な情報はありません。この件の捜査には時間がかかると思います」防犯カメラの映像も、あまり参考にはならなかった。素人じみたやり方だと思っていたのだが、マスクとキャップ、サングラスのせいで顔がまったく分からないのだ。半グレグループの実態も摑めていない。

「まだ終わらないわけですね」

「こんなものです」晶は肩をすくめた。「小説みたいに、全部のピースが綺麗にはまるわけではないですから」

二人は淡々と食事を終え、それぞれ二杯目のコーヒーをもらった。土曜の朝がゆるゆると過ぎて行く。

「後は帰るだけなんですけど」コーヒーを飲み干して晶は言った。

「ちょっと散歩でもしませんか？」神岡が誘った。「せっかく海辺に来たんだから」

しかしこの辺は、海辺の街と言ってもそれほど風情がない。道路の海側には背の高いブロック塀が設置され、海には出られない。しかし、早くも夏を予感させる暑さの中、潮風に体を撫でられながら歩くのは悪い気分ではなかった。

「今回の件は、私には勉強になったかどうか、分かりません」晶は言った。

「特殊な事件ですからね。後で参考になるかどうかも分からない」

「支援課の仕事として、正しかったかどうかも……何とも言えません」数値化できない、査定が難しい仕事。

「でも、無実の人を助けた」

「それは支援課の仕事じゃないんです」

「あなたは、自分に厳し過ぎる。一応事件が解決した後は、少しぐらい自分を甘やかしてもいいんじゃないですか？」

「まさか」

「連絡してくれれば、毎回ケーキぐらいは奢りますよ」

「甘いものはそんなに好きじゃないです」

「そうですか……」

沈黙。二人はアクアラインを遠くに見ながらぶらぶらと歩き始めた。こういうのは──悪くはない。贅沢《ぜいたく》な時間だと思う。

「そんなに背、高くないんですね」神岡が唐突に言った。

「そうですか？」晶は頭の上で掌をひらひらさせた。「今日は普段よりヒールが低い——ヒールが全然ない靴なので」

「そうか……あなたのことも、何も知らないですね」

「別に知られたくないです」

「私は、知りたいけどな」

「やめて下さい」反射的に言ってしまった。これは一種の告白なのか？　まさか、弁護士とつき合うわけには……亮子の失敗した結婚生活を想像する。

「あなたが何を考えているかは分かりますけど、世の中、何が起きるか分かりませんよ。コントロールできないから面白いということもある」

「私は何でもコントロールしたいんですけど」

「そうですか……」

予測もコントロールもできない人生は——それはそれで面白いのかもしれない。どうせ自分も神岡も、決まりきった道は外れているのだし。もちろん、道から外れた者同士だからといって、一緒に歩いて行くかどうかは別問題だ。

本書は文庫書下ろしです。
この作品はフィクションであり、実在する
個人や団体などとは一切関係ありません。

|著者|堂場瞬一　1963年茨城県生まれ。2000年、『８年』で第13回小説すばる新人賞を受賞。警察小説、スポーツ小説など多彩なジャンルで意欲的に作品を発表し続けている。著書に「支援課」「刑事・鳴沢了」「警視庁失踪課・高城賢吾」「警視庁追跡捜査係」「アナザーフェイス」「刑事の挑戦・一之瀬拓真」「捜査一課・澤村慶司」「ラストライン」「ボーダーズ」などのシリーズ作品のほか、『ピットフォール』『ラットトラップ』『ブラッドマーク』『焦土の刑事』『動乱の刑事』『沃野の刑事』『鷹の系譜』『鷹の惑い』『鷹の飛翔』『オリンピックを殺す日』『風の値段』『ザ・ミッション THE MISSION』『デモクラシー』『ロング・ロード 探偵・須賀大河』『守護者の傷』『ルーマーズ 俗』など多数がある。

誤《あやま》ちの絆《きずな》　警視庁総合支援課《けいしちょうそうごうしえんか》
堂場瞬一《どうばしゅんいち》

2022年８月10日第１刷発行
2024年11月５日第３刷発行

講談社文庫
定価はカバーに
表示してあります

発行者――篠木和久
発行所――株式会社　講談社
東京都文京区音羽2-12-21　〒112-8001
電話　出版（03）5395-3510
　　　販売（03）5395-5817
　　　業務（03）5395-3615
Printed in Japan

KODANSHA

デザイン―菊地信義
本文データ制作―講談社デジタル製作
印刷――――株式会社KPSプロダクツ
製本――――株式会社KPSプロダクツ

ISBN978-4-06-528869-6

講談社文庫刊行の辞

二十一世紀の到来を目睫に望みながら、われわれはいま、人類史上かつて例を見ない巨大な転換期をむかえようとしている。

世界も、日本も、激動の予兆に対する期待とおののきを内に蔵して、未知の時代に歩み入ろうとしている。このときにあたり、創業の人野間清治の「ナショナル・エデュケイター」への志を現代に甦らせようと意図して、われわれはここに古今の文芸作品はいうまでもなく、ひろく人文・社会・自然の諸科学から東西の名著を網羅する、新しい綜合文庫の発刊を決意した。

激動の転換期はまた断絶の時代である。われわれは戦後二十五年間の出版文化のありかたへの深い反省をこめて、この断絶の時代にあえて人間的な持続を求めようとする。いたずらに浮薄な商業主義のあだ花を追い求めることなく、長期にわたって良書に生命をあたえようとつとめるところにしか、今後の出版文化の真の繁栄はあり得ないと信じるからである。

同時にわれわれはこの綜合文庫の刊行を通じて、人文・社会・自然の諸科学が、結局人間の学にほかならないことを立証しようと願っている。かつて知識とは、「汝自身を知る」ことにつきていた。現代社会の瑣末な情報の氾濫のなかから、力強い知識の源泉を掘り起し、技術文明のただなかに、生きた人間の姿を復活させること。それこそわれわれの切なる希求である。

われわれは権威に盲従せず、俗流に媚びることなく、渾然一体となって日本の「草の根」をかたちづくる若く新しい世代の人々に、心をこめてこの新しい綜合文庫をおくり届けたい。それは知識の泉であるとともに感受性のふるさとであり、もっとも有機的に組織され、社会に開かれた万人のための大学をめざしている。大方の支援と協力を衷心より切望してやまない。

一九七一年七月

野間省一

講談社文庫　目録

西村京太郎　仙台駅殺人事件
西村京太郎　七人の証人〈新装版〉
西村京太郎　十津川警部　両国駅3番ホームの怪談
西村京太郎　午後の脅迫者〈新装版〉
西村京太郎　びわ湖環状線に死す
西村京太郎　ゼロ計画《プラン》を阻止せよ〈左文字進探偵事務所〉
西村京太郎　つばさ111号の殺人
仁木悦子　猫は知っていた〈新装版〉
新田次郎　新装版　聖職の碑《いしぶみ》
日本文芸家協会編　愛染夢灯籠〈時代小説傑作選〉
日本推理作家協会編　犯人たちの部屋〈ミステリー傑作選〉
日本推理作家協会編　隠された鍵〈ミステリー傑作選〉
日本推理作家協会編　Play《プレイ》　推理遊戯〈ミステリー傑作選〉
日本推理作家協会編　Doubt《ダウト》　きりのない疑惑〈ミステリー傑作選〉
日本推理作家協会編　Bluff《ブラフ》　騙し合いの夜〈ミステリー傑作選〉
日本推理作家協会編　ベスト8ミステリーズ2015
日本推理作家協会編　ベスト6ミステリーズ2016
日本推理作家協会編　ベスト8ミステリーズ2017
日本推理作家協会編　2019ザ・ベストミステリーズ
日本推理作家協会編　2020ザ・ベストミステリーズ
日本推理作家協会編　2021ザ・ベストミステリーズ
二階堂黎人　ラン迷宮〈二階堂蘭子探偵集〉
二階堂黎人　増加博士の事件簿
二階堂黎人　巨大幽霊マンモス事件
新美敬子　猫のハローワーク
新美敬子　猫のハローワーク2
新美敬子　世界のまどねこ
西澤保彦　新装版　七回死んだ男
西澤保彦　人格転移の殺人
西澤保彦　夢魔の牢獄
西村　健　ビンゴ
西村　健　地の底のヤマ(上)(下)
西村　健　光陰の刃《やいば》(上)(下)
西村　健　目撃
楡　周平　修羅の宴(上)(下)
楡　周平　バルス
楡　周平　サリエルの命題
西尾維新　クビキリサイクル〈青色サヴァンと戯言遣い〉
西尾維新　クビシメロマンチスト〈人間失格・零崎人識〉
西尾維新　クビツリハイスクール〈戯言遣いの弟子〉
西尾維新　サイコロジカル(上)〈兎吊木垓輔の戯言殺し〉／(下)〈曳かれ者の小唄〉
西尾維新　ヒトクイマジカル〈殺戮奇術の匂宮兄妹〉
西尾維新　ネコソギラジカル(上)〈十三階段〉
西尾維新　ネコソギラジカル(中)〈赤き征裁vs.橙なる種〉
西尾維新　ネコソギラジカル(下)〈青色サヴァンと戯言遣い〉
西尾維新　ダブルダウン勘繰郎《かんぐろう》　トリプルプレイ助悪郎《スケアクロウ》
西尾維新　零崎双識の人間試験
西尾維新　零崎軋識《ぜろざききししき》の人間ノック
西尾維新　零崎曲識の人間人間
西尾維新　零崎人識の人間関係　匂宮出夢との関係
西尾維新　零崎人識の人間関係　無桐伊織との関係
西尾維新　零崎人識の人間関係　零崎双識との関係
西尾維新　零崎人識の人間関係　戯言遣いとの関係
西尾維新　xxxHOLiC　アナザーホリック　ランドルト環《かん》エアロゾル
西尾維新　難民探偵
西尾維新　少女不十分
西尾維新　本題〈西尾維新対談集〉

講談社文庫　目録

講談社文庫　目録

藤井邦夫　渡　世　人〈大江戸閻魔帳㈢〉
藤井邦夫　笑　う　女〈大江戸閻魔帳㈣〉
藤井邦夫　罰《ばち》当《あた》り〈大江戸閻魔帳㈤〉
藤井邦夫　福　の　神〈大江戸閻魔帳㈥〉
藤井邦夫　野　暮　天〈大江戸閻魔帳㈦〉
藤井邦夫　仇《あだ》討《う》ち異聞〈大江戸閻魔帳㈧〉
福澤徹三　糸柳寿《とし》昭《あき》　忌《い》み地〈怪談社奇聞録〉
福澤徹三　糸柳寿昭　忌み地　弐〈怪談社奇聞録〉
福澤徹三　糸柳寿昭　忌み地　惨〈怪談社奇聞録〉
福澤徹三　糸柳寿昭　忌み地　屍《し》〈怪談社奇聞録〉
福澤徹三　作　家　ご　は　ん
藤井太洋　ハロー・ワールド
藤野嘉子　生き方がラクになる 60歳からは「小さくする」暮らし
富良野馨《かおる》　この季節が嘘だとしても
藤井聡太　山中伸弥　前　人　未　到
藤井聡太　丹羽宇一郎　考えて、考えて、考える
伏尾美紀　北緯43度のコールドケース
ブレイディみかこ　ブロークン・ブリテンに聞け〈社会・政治時評クロニクル2018-2023〉
辺見　庸　抵　抗　論

星　新一　エヌ氏の遊園地
星　新一　編　ショートショートの広場　①〜⑨
本田靖春　不　当　逮　捕
保阪正康　昭和史　七つの謎
堀江敏幸　熊　の　敷　石
本格ミステリ作家クラブ　編　ベスト本格ミステリTOP5〈短編傑作選002〉
本格ミステリ作家クラブ　編　ベスト本格ミステリTOP5〈短編傑作選003〉
本格ミステリ作家クラブ　編　ベスト本格ミステリTOP5〈短編傑作選004〉
本格ミステリ作家クラブ選・編　本格王２０１９
本格ミステリ作家クラブ選・編　本格王２０２０
本格ミステリ作家クラブ選・編　本格王２０２１
本格ミステリ作家クラブ選・編　本格王２０２２
本格ミステリ作家クラブ選・編　本格王２０２３
本格ミステリ作家クラブ選・編　本格王２０２４
本多孝好　君　の　隣　に
本多孝好　チェーン・ポイズン〈新装版〉
穂村　弘　整　形　前　夜
穂村　弘　ぼくの短歌ノート
穂村　弘　野良猫を尊敬した日

堀川アサコ　幻　想　郵　便　局
堀川アサコ　幻　想　映　画　館
堀川アサコ　幻　想　日　記　店
堀川アサコ　幻　想　探　偵　社
堀川アサコ　幻　想　温　泉　郷
堀川アサコ　幻　想　短　編　集
堀川アサコ　幻　想　寝　台　車
堀川アサコ　幻　想　蒸　気　船
堀川アサコ　幻　想　商　店　街
堀川アサコ　幻　想　遊　園　地
堀川アサコ　殿の幽便配達〈幻想郵便局短編集〉
堀川アサコ　魔　法　使　ひ
堀川アサコ　メゲるときも、すこやかなるときも
本城雅人　境　界〈横浜中華街・潜伏捜査〉
本城雅人　スカウト・デイズ
本城雅人　スカウト・バトル
本城雅人　嗤　う　エ　ー　ス
本城雅人　贅沢のススメ
本城雅人　誉れ高き勇敢なブルーよ

講談社文庫 目録

本城雅人 シューメーカーの足音
本城雅人 ミッドナイト・ジャーナル
本城雅人 紙の城
本城雅人 監督の問題
本城雅人 去り際のアーチ〈もう一打席!〉
本城雅人 時代
本城雅人 オールドタイムズ
堀川惠子 裁かれた命〈死刑囚から届いた手紙〉
堀川惠子 死刑の基準〈「永山裁判」が遺したもの〉
堀川惠子 永山則夫〈封印された鑑定記録〉
堀川惠子 教誨師
堀川惠子 戦禍に生きた演劇人たち〈演出家・八田元夫と「桜隊」の悲劇〉
堀川惠子 暁の宇品〈陸軍船舶司令官たちのヒロシマ〉
堀川惠子・小笠原信之 チンチン電車と女学生〈1945年8月6日・ヒロシマ〉
誉田哲也 Qros《キュロス》の女
松本清張 草の陰刻
松本清張 黄色い風土
松本清張 黒い樹海
松本清張 殺人行おくのほそ道(上)(下)

松本清張 邪馬台国 清張通史①
松本清張 空白の世紀 清張通史②
松本清張 カミと青銅の迷路 清張通史③
松本清張 天皇と豪族 清張通史④
松本清張 壬申の乱 清張通史⑤
松本清張 古代の終焉 清張通史⑥
松本清張 新装版 増上寺刃傷
松本清張他 日本史七つの謎
松本清張 ガラスの城〈新装版〉
松谷みよ子 ちいさいモモちゃん
松谷みよ子 モモちゃんとアカネちゃん
松谷みよ子 アカネちゃんの涙の海
眉村卓 ねらわれた学園
眉村卓 なぞの転校生
麻耶雄嵩 翼ある闇〈メルカトル鮎最後の事件〉
麻耶雄嵩 痾《あ》
麻耶雄嵩 メルカトルかく語りき
麻耶雄嵩 夏と冬の奏鳴曲《ソナタ》〈新装改訂版〉
麻耶雄嵩 メルカトル悪人狩り

麻耶雄嵩 神様ゲーム
町田康 耳そぎ饅頭
町田康 権現の踊り子
町田康 浄土
町田康 猫にかまけて
町田康 猫のあしあと
町田康 猫とあほんだら
町田康 猫のよびごえ
町田康 真実真正日記
町田康 宿屋めぐり
町田康 人間小唄
町田康 スピンク日記
町田康 スピンク合財帖
町田康 スピンクの壺
町田康 スピンクの笑顔
町田康 ホサナ
町田康 猫のエルは
町田康 記憶の盆をどり
舞城王太郎 煙か土か食い物〈Smoke, Soil or Sacrifices〉

宮部みゆき　ステップファザー・ステップ〈新装版〉
宮子あずさ　看護婦が見つめた人間が死ぬということ
宮本昌孝　家康、死す(上)(下)
三津田信三　忌《い》館《かん》〈ホラー作家の棲む家〉
三津田信三　作者不詳〈ミステリ作家の読む本〉(上)(下)
三津田信三　蛇《じゃ》棺《かん》葬《そう》
三津田信三　百《ひゃく》蛇《じゃ》堂《どう》〈怪談作家の語る話〉
三津田信三　厭魅《まじもの》の如き憑くもの
三津田信三　凶鳥《まがとり》の如き忌むもの
三津田信三　首無《くびなし》の如き祟るもの
三津田信三　山魔《やまんま》の如き嗤《わら》うもの
三津田信三　水魑《みづち》の如き沈むもの
三津田信三　密室《ひめむろ》の如き籠《こも》るもの
三津田信三　生霊《いきだま》の如き重《だぶ》るもの
三津田信三　幽女《ゆうじょ》の如き怨むもの
三津田信三　碆霊《はえだま》の如き祀るもの
三津田信三　魔偶《まぐう》の如き齎《もたら》すもの
三津田信三　忌名《いな》の如き贄《にえ》るもの
三津田信三　シェルター　終末の殺人

三津田信三　ついてくるもの
三津田信三　誰かの家
三津田信三　忌《い》物《ぶつ》堂《どう》鬼《き》談《だん》
道尾秀介　カラスの親指〈by rule of CROW's thumb〉
道尾秀介　カエルの小指〈a murder of crows〉
道尾秀介　水の柩
深《み》木《き》章《あき》子《こ》　鬼畜の家
湊かなえ　リバース
宮内悠介　彼女がエスパーだったころ
宮内悠介　偶然の聖地
宮乃《みやの》崎桜子《さきさくらこ》　綺《き》羅《ら》の皇女《ひめみこ》(1)
宮乃崎桜子　綺羅の皇女(2)
三國青葉　損料屋見鬼《けんき》控え　1
三國青葉　損料屋見鬼控え　2
三國青葉　損料屋見鬼控え　3
三國青葉　福　猫　屋〈お佐和のねこだすけ〉
三國青葉　福　猫　屋〈お佐和のねこかし〉
三國青葉　福　猫　屋〈お佐和のねこわずらい〉
三國青葉　母上は別《べっ》式《しき》女《め》

宮西真冬　誰かが見ている
宮西真冬　首の鎖
宮西真冬　友達未遂
宮西真冬　毎日世界が生きづらい
南　杏子　希望のステージ
嶺里俊介　だいたい本当の奇妙な話
嶺里俊介　ちょっと奇妙な怖い話
溝口　敦　喰うか喰われるか〈私の山口組体験〉
三谷幸喜　松野大介　三谷幸喜　創作を語る
村上　龍　愛と幻想のファシズム(上)(下)
村上　龍　村上龍料理小説集
村上　龍　新装版限りなく透明に近いブルー
村上　龍　新装版コインロッカー・ベイビーズ
村上　龍　歌うクジラ(上)(下)
向田邦子　新装版　眠　る　盃
向田邦子　新装版　夜中の薔薇
村上春樹　風の歌を聴け
村上春樹　1973年のピンボール
村上春樹　羊をめぐる冒険(上)(下)

村上春樹 カンガルー日和
村上春樹 回転木馬のデッド・ヒート
村上春樹 ノルウェイの森(上)(下)
村上春樹 ダンス・ダンス・ダンス(上)(下)
村上春樹 遠い太鼓
村上春樹 国境の南、太陽の西
村上春樹 やがて哀しき外国語
村上春樹 アンダーグラウンド
村上春樹 スプートニクの恋人
村上春樹 アフターダーク
村上春樹 佐々木マキ絵 羊男のクリスマス
村上春樹 佐々木マキ絵 ふしぎな図書館
村上春樹 糸井重里 夢で会いましょう
村上春樹・文 安西水丸・絵 ふわふわ
U・K・ル＝グウィン 村上春樹訳 空飛び猫
U・K・ル＝グウィン 村上春樹訳 帰ってきた空飛び猫
U・K・ル＝グウィン 村上春樹訳 素晴らしいアレキサンダーと、空飛び猫たち
U・K・ル＝グウィン 村上春樹訳 空を駆けるジェーン
T・ファリッシュ著 B・ルート絵 村上春樹訳 ポテト・スープが大好きな猫

村山由佳 天翔る
睦月影郎 密通妻
睦月影郎 快楽アクアリウム
向井万起男 渡る世間は「数字」だらけ
村田沙耶香 授乳
村田沙耶香 マウス
村田沙耶香 星が吸う水
村田沙耶香 殺人出産
村瀬秀信 気がつけばチェーン店ばかりでメシを食べている
村瀬秀信 それでも気がつけばチェーン店ばかりでメシを食べている
村瀬秀信 地方に行っても気がつけばチェーン店ばかりでメシを食べている
虫眼鏡 東海オンエアの動画が6.4倍楽しくなる本〈虫眼鏡の概要欄 クロニクル〉
森村誠一 悪道
森村誠一 悪道 西国謀反
森村誠一 悪道 御三家の刺客
森村誠一 悪道 五右衛門の復讐
森村誠一 悪道 最後の密命
森村誠一 ねこの証明
毛利恒之 月光の夏

森博嗣 すべてがFになる〈THE PERFECT INSIDER〉
森博嗣 冷たい密室と博士たち〈DOCTORS IN ISOLATED ROOM〉
森博嗣 笑わない数学者〈MATHEMATICAL GOODBYE〉
森博嗣 詩的私的ジャック〈JACK THE POETICAL PRIVATE〉
森博嗣 封印再度〈WHO INSIDE〉
森博嗣 幻惑の死と使途〈ILLUSION ACTS LIKE MAGIC〉
森博嗣 夏のレプリカ〈REPLACEABLE SUMMER〉
森博嗣 今はもうない〈SWITCH BACK〉
森博嗣 数奇にして模型〈NUMERICAL MODELS〉
森博嗣 有限と微小のパン〈THE PERFECT OUTSIDER〉
森博嗣 黒猫の三角〈Delta in the Darkness〉
森博嗣 人形式モナリザ〈Shape of Things Human〉
森博嗣 月は幽咽のデバイス〈The Sound Walks When the Moon Talks〉
森博嗣 夢・出逢い・魔性〈You May Die in My Show〉
森博嗣 魔剣天翔〈Cockpit on knife Edge〉
森博嗣 恋恋蓮歩の演習〈A Sea of Deceits〉
森博嗣 六人の超音波科学者〈Six Supersonic Scientists〉
森博嗣 捩れ屋敷の利鈍〈The Riddle in Torsional Nest〉
森博嗣 朽ちる散る落ちる〈Rot off and Drop away〉

講談社文庫　目録